中华传世小品

月印万川

历代禅语小品

桑大鹏 许苏民 主编

长江出版传媒 崇文书局

图书在版编目（CIP）数据

月印万川：历代禅语小品 / 桑大鹏，许苏民主编 .
—武汉：崇文书局，2017.1
（中华传世小品）
ISBN 978-7-5403-4217-3

Ⅰ . ①月…

Ⅱ . ①桑… ②许…

Ⅲ . ①小品文—作品集—中国

Ⅳ . ① I26

中国版本图书馆 CIP 数据核字（2016）第 253890 号

月印万川：历代禅语小品

责任编辑　程　欣　刘　丹
出版发行　长江出版传媒｜崇文书局
地　　址　武汉市雄楚大街 268 号 C 座 11 层
电　　话　(027)87293001　邮政编码　430070
印　　刷　湖北鄂东印务有限公司
开　　本　680mm×960mm　1/16
印　　张　16.5
字　　数　200 千字
版　　次　2017 年 1 月第 1 版
印　　次　2017 年 1 月第 1 次印刷
定　　价　31.50 元
（如发现印装质量问题，影响阅读，请与承印厂调换）

总　序

　　1993 年，湖北辞书出版社出版了"小品精华系列"，一共十册：《历代尺牍小品》《历代幽默小品》《历代妙语小品》《历代寓言小品》《历代山水小品》《历代诗话小品》《历代笔记小品》《历代禅语小品》《明清清言小品》《明清性灵小品》。这套"小品精华"，风格亲切幽默，平易近人，深受欢迎。二十多年过去了，许多想得到这套书的读者，早已无处可购。考虑到读者的需要，崇文书局拟在"小品精华系列"的基础上，精益求精，隆重推出"中华传世小品"，第一辑为十册。主持这套书的朋友嘱我写几句话，我也乐于应命，有些关于小品的想法，正好借这个机会跟读者交流交流。

　　"中国历史上写作小品文的作家，多半是所谓名士。"现代作家伯韩的这一说法，流传颇广。那么，什么是名士呢？伯韩以为，也就是一种绅士罢了，不过与普通绅士有所不同而已。他们"多读了几句书，晓得布置一间美妙的书斋，邀集三朋四友，吟风弄月，或者卖弄聪明，说几句俏皮话，或者还搭上什么姑娘们，弄出种种的风流韵事来。这都算是他们的风雅"。

　　这样来看中国历史上的小品，如果不是误解的话，真要算得上不怀好意了。

据《论语·先进》记载：一天，孔子和子路（仲由）、曾皙（曾点）、冉有（冉求）、公西华（公西赤）在一起，他要几个弟子谈谈自己的志愿。子路第一个发言说："一千辆兵车的国家，处在几个大国之间，外有军队侵犯，内有连年灾荒。让我去治理，只消三年光景，便可使人人勇敢，而且懂得同列强抗争的办法。"孔子听了，淡淡一笑。冉有的志愿是："一个纵横六七十里，或者五六十里的小国，让我去治理，三年时间，可使人人丰衣足食。至于修明礼乐，那就有待于贤人君子了。"第三个回答孔子的是公西华，他说："不是我自以为有什么了不得的才能，只是说我愿意来学习一番。国家有了祭祀的典礼，或者随着国君去办外交，我愿穿着礼服，戴着礼帽，做个好傧相！"公西华说话时，曾点正在弹瑟，听孔子问他："点，你怎么样？"曾点放下手中的瑟，站起来道："我的志愿跟他们三位都不相同。暮春三月，穿一身轻暖的衣服，陪着年长的、年轻的同学，到沂水沙滩上去洗洗澡，到舞雩台上去吹吹风，一路唱着歌回来！"孔子感叹道："我赞同曾点的想法！"孔子以为，子路等三人拘于礼、仁，气象不够开阔、爽朗。只有精神发展到能够怡情于山水自然的境地，人格才算完善。

孔子这种陶醉于山水之美的情怀，由魏晋时代的名士做了淋漓尽致的发挥。有一部书，专记当时名士的言行，名叫《世说新语》。其中有个人物谢鲲，他本人引以自豪的即是对山水之美别有会心。晋明帝问谢鲲:"你自己以为和庾亮相比怎么样?"谢鲲回答说:"身穿礼服,庄严地站在朝廷之上,作百官表率,我不如庾亮;但是,一丘一壑(指在山水间自得其乐),臣自以为超过他。"以"一丘一壑"与朝廷政务并提,可见其自豪感。因此,当著名画家顾恺之为谢鲲画像时,便别出心裁地将他画在岩石中。问顾为什么这样,顾答道:"谢自己说过:'一丘一壑,臣自以为超过他。'所以应该把这位先生安置在丘壑中。"足见魏晋名士的趣味相当一致。

也许是由于魏晋以降的儒生多拘束迂腐,也许是由于全身心陶醉于山水之美的魏晋名士对老庄更偏爱些,后世人往往将名士风流与儒家截然分为二事,似乎它们水火不容。晚明袁宏道在《寿存斋张公七十序》中批评这种误解说:

> 山有色,岚是也。水有文,波是也。学道有致,韵是也。山无岚则枯,水无波则腐,学道无韵,则老学究而已。昔夫子之贤回也以乐,而其与曾点也以童冠咏歌,固学道人之波澜色泽也。江左之士,喜为任达,而至今谈名理者必宗之。俗儒不知,叱为放诞,而一一绳之以理,于是高明玄旷清虚澹远者,一切皆归之二氏。而所谓腐滥纤啬卑滞局局者,尽取为吾儒之受用,吾不知诸儒何所师承,而冒焉以为孔氏之学脉也。

袁宏道的结论是："颜之乐,点之歌,圣门之所谓真儒也。"这话是有几分道理的。

上面说了那么多,其实是要说明一点:孔子是中国古代第一位小品文作家,《论语》是中国古代第一部小品文著作。以小品的眼光来读《论语》,不难发现一个亲切而又伟大的孔子。

比如,从《论语》中不仅能看出孔子陶醉于山水之美的情怀,还能感受到他那无坚不摧的幽默感。孔子曾领着一群学生周游列国,再三受到冷遇,途经陈、蔡时,被两国大夫率众围困,"不得行",粮食没有了,随行的人也病了,而孔子依然"讲诵弦歌不衰"。他开玩笑地问:"'我们不是野兽,怎么会来到旷野上?'莫非我的学说错了吗?"颜渊回答说:"夫子的学说极其宏大,所以天下不能容纳。不能容纳有什么不好呢?这才见出你是真正的君子。"孔子听了,油然而笑,说:"你要是有很多财产的话,我愿给你当管家。"置身于天下不容的困境中,孔子师徒仍其乐陶陶,在于他们互为知己,确信所追求的目标是伟大的。北宋的苏轼由此归纳出一个命题:"师友以道相乐,乃人间之至乐也。"

在人们的感觉中,身居显位的周公是快乐的、幸福的。其实未必。召公负一代盛名,管叔、蔡叔是周公的弟弟,连他们都怀疑周公有篡夺君位的野心,何况别人呢?这样看来,周公虽坐拥富贵,却无亲朋与之共乐。苏轼由此体会到:周公之富贵,不如孔子之贫贱:富贵不值得看重。他的

《上梅直讲书》说的就是这个意思。

据《论语》记载,孔子还曾有过一件韵事。跟孔子同时,有个名叫南子的美女,身为卫灵公夫人,却极度风流淫荡。一次,她特地召见孔子。孔子拜见了她,还坐着她的马车,在城内兜了一圈。性情爽直的子路很不高兴,对孔子提出非议,孔子急得发誓说:"假如我孔某有什么邪念的话,老天爷打雷劈死我!"

对孔子的这件浪漫故事,历史上有两种不同的解释。一种说法认为:孔子是迷恋南子的漂亮。另一种意见则较为规矩,其代表人物是南宋的罗大经。罗大经在《鹤林玉露》中说:南子虽然淫荡,却极有识见,"有后世老师宿儒之所不能道者"。孔子之所以去见南子,即因看重她的识见,希望她改掉淫行,成为卫灵公的好内助。"子路不悦,是未知夫子之心也。"

前一种说法似乎亵渎了孔子,但未必没有可取之处。孔子讲过:"吾未见好德如好色者也。"在他看来,好色是人的不可抗拒的天性,任何人都没有资格假定自己从不好色。所以,当孔子向子路发誓,说他行端影直的时候,我们真羡慕子路,有这样一位可以跟学生赌咒发誓的老师。孔子让我们相信:圣人确有不同凡俗的自制力,但并不认为他人的猜疑是对他的不敬。相反,他理解这种猜疑,甚至觉得这种猜疑是理所当然的。

孔子是一个伟大而又亲切的小品作家,《论语》是一部伟大而又亲切的小品文著作。亲切而又伟大，这就是小品的魅力。关于中国历代小品的定位，理应以《论语》作为坐标。我想与读者交流的，主要的也就是这个看法。

回到"中华传世小品"，这里要强调的是，这套书所秉承的正是《论语》的传统。它们的作者，不是伯韩所说的那种"名士"，而是孔子、颜渊、曾点这类既活出了情怀、又活出了情调的哲人。不需要故作庄严，也绝无油滑浅薄，那份温暖，那份睿智，那份幽默，那份倜傥，那份自在，那份超然，足以把生活提升到一个令人陶然的境界。读这样的书，才当得起"开卷有益"的说法。

愿读者诸君与"中华传世小品"成为朋友！

武汉大学文学院教授、博士生导师　陈文新

前　言

　　如今，"禅"已经成为世界性的"潮语"，"禅修"也成为"时尚"，各种形式的禅修活动以及与之相关联的文化创意活动颇显活力，不断吸引着现代人。禅的智慧之光在心灵照耀，人就会变得旷达、洒脱，活得自由、自在。禅就有这么大的魅力！那么，何为"禅"呢？

　　禅，又称"禅那"，有"静虑""思维修""弃恶"等义，习惯与禅定、禅修等并称而成为具有特别意义。禅是源于印度的一种禅定方法，随着佛教传入并与中国传统文化融汇之后，逐渐形成了佛儒道文化信仰体系中普遍施用的一种"开悟见性"之法，进而演变成"安身立命"的一种生活智慧。

　　作为一种方法，禅有"坐禅"之意，所谓坐禅，指对一切外界事物不起心念为"坐"，认识到自性本来清净为"禅"。如达摩面壁，通过调身、调息、调心之法，而到达"制情猿之逸躁，系意马之奔驰"，寂静思虑，身心轻安；作为一种智慧，"禅不用坐"，而实现"坐亦禅，行亦禅，语默动静体自然"，身心合一，生命升华。而所谓禅定，指对外界的事物不执着为"禅"，内心不乱为"定"。就是要让我们面对现实的诸多现象进行内在反思，透过生命的现象探求其内在的法则，在有关法则中获得心灵的安定、精神的超越、人生的顿悟。因此，禅是一种精神的境界、一种生命的状态、一种人生的智慧。

　　在古汉语及儒家文化系统中，禅通"蝉"，通"墠"，就通

"蝉"而言,有超越限制、破茧成蝶之意,隐喻某种生命或精神在某个系统里世世传承,绵延不绝,发展成后来的"禅让";就通"墠"而言,有规地为坛,祭祀天地之意,表示对某种神圣对象的敬畏,如帝尧祭天,汉武"封禅"。

在道家文化系统中,对禅的意义圈域主要限制在"突破某种固有牢笼,获得独特的形而上领悟并代代相传"之上,与儒家的重于事功颇有差异。道家创造了"心斋""坐忘""朝彻""见独""撄宁"等一系列概念,以达成与此意的相关或相近。在庄子看来,人一生最重要的事业就是修道、与道合一:"乘天地之正,御六气之辩,以游无穷。"(《庄子·逍遥游》)达到终极的超越逍遥,这才是人生的终极目标。

自由逍遥之境,显然是值得人人向往的:"夫道,有情有信,无为无形;可传而不可受,可得而不可见;自本自根,未有天地,自古以固存;神鬼神帝,生天生地;在太极之先而不为高,在六极之下而不为深,先天地生而不为久,长于上古而不为老。狶韦氏得之,以挈天地;伏戏氏得之,以袭气母;维斗得之,终古不忒;日月得之,终古不息;堪坏得之,以袭昆仑;冯夷得之,以游大川;肩吾得之,以处大山;黄帝得之,以登云天;颛顼得之,以处玄宫;禺强得之,立乎北极;西王母得之,坐乎少广。莫知其始,莫知其终。彭祖得之,上及有虞,下及五伯;傅说得之,以相武丁,奄有天下,乘东维,骑箕尾,而比于列星。"(《庄子·大宗师》)

这种对"道"的认知与事功的描述,又高出儒家不知凡几。

中国学僧之所以能够接受佛教禅法是因其文化底蕴,儒道之禅特别是老庄之禅与佛法之禅有诸多相近或相通之处,其相通之处可从如下几方面表述:

　　一、有对形而上的敬畏与探寻,儒家规地祭"天",老庄对"道"的体悟,此中天与道在中华文化系统中都是某种形而上存在,与佛法对如来藏的触证异曲同工,只是本体的界定与内涵毕竟不同。如来藏如此神秘,非天非道,不生不灭,即万物而非万物,不可思议。

　　二、禅,必须以某种特殊的心理才能获得,故儒、释、道三家在参禅之前都有特别的心理准备,儒家沐浴、道家坐忘、佛家澄虑,都是为进入禅作好准备。

　　三、在儒道系统中,禅有化蛹成蝶、发生质变之意,佛禅正有此意,二者得以关联,参禅是使主体发生生命提升与飞跃的革命性手段,禅者已洞见根机,超越生死,获得终极自由。

　　四、授让,此意在三家也相通。因授让而代代传承,从而变成以生命体认为核心的生活方式。佛法求证在中国也相应具备了独特的生活形态。

　　因禅的敬畏、澄虑、嬗变、授让,与中华固有的文化底蕴相通,故禅得以被中国人接受,在中国生根,而佛禅的中国形态又是如此不同,换言之,中国知识精英在接受异域文化的过程中达到了创造性的理解和同化,因此,《五灯会元》等文献中机锋棒喝等诱进形式与佛禅在印度的存在方式大异其趣,这都是佛禅中国化的结果。

　　但禅法,无论它是印度的形式显现,还是以中国化的形式显现,都是我们体证本体的方式,是我们触证那个不生不灭、非一非异、即物非物、圆融无碍的如来藏的方式。如来藏如一轮孤月,带着无数禅者的希望与向往无声地运行于历史的长河中,留下一条精神探求的轨迹。

　　而禅宗的那一套教学方法，说公案、逞机锋，参话头，乃至棒打吆喝、拳脚相加……，无不是为了让人当下顿悟，断诸烦恼，解除束缚，随缘放旷，逍遥自在。这也正是禅语的魅力所在吧！

　　这本《月印万川——历代禅语小品》是在诸多禅宗灯录中择取大量公案作提拈，作要言不烦的评点，以期对读者有所裨益。本书将禅境分九种境界：家常境界、平等境界、闲适境界、旷达境界、自然境界、顿悟境界、无言境界、审美境界、自由境界。此中言及禅者穿衣吃饭、挑水担柴，是谓家常境界；等观物我、无视贫富贵贱，是谓平等境界；茶余栖园、月下听蛙，是谓闲适境界；视万物如芥子，涤尘怀如霜雪，是谓旷达境界；任水流波，心逐天籁，谓之自然境界；意归一境、心触神机，是谓顿悟境界；心领神会、欲辨忘言，谓之无言境界；云逐花谢、色授魂与，谓之审美境界；任性逍遥、泠然去住，是谓自由境界。此禅的九种境界，均有公案，文中在在有言，作者评点或有贻误，今抛砖引玉，愿就教于方家。

目　录

审美境界

自由境界

家常境界

若欲修行　在家亦得①

善知识②！若欲修行，在家亦得，不由在寺。在寺不修，如西方③心恶之人；在家若修，如东方人修善。但愿自家修清净，即是西方。

法原在世间，于世出世间，勿离世间上，外求出世间。

邪见是世间，正见出世间，邪正悉打却，菩提④性宛然。

——《坛经》

【注释】

①本篇是中国禅宗六祖慧能语录。慧能（638—713），也作惠能，俗姓卢，故人称卢行者，祖籍河北范阳（今涿州），出生于广东新洲。三岁丧父，家境贫寒，年青时以卖柴为生，不识字。得法于五祖弘忍，住持曹溪（今广东省韶关市双峰山下）宝林寺（今南华寺）。他的主要言论，由弟子编录成《坛经》传世。

②善知识：对一般僧人和信徒的称呼。

③西方：即所谓"西天极乐世界"，指佛国古印度。

④菩提：梵语音译词，意谓断绝世俗烦恼、获得解脱的智慧，也是对佛教真谛的觉悟。

【译文】

信徒！如果要修行成佛的话，在家也可以，不一定要出家当和尚。住在寺庙中而不修行，就像是佛国中的心恶之人；住在家中而能修行，正如东方人修身行善。但愿自身修得心地清净，也就是西方极乐世界了。

佛法原来在世间，就在现世的生活中去求出世间的境界；不必离开现世的生活，另外去寻求一个彼岸的世界。

固然,迷恋世俗的生活境界是邪见,执著追求出世超脱乃是正见。然而,只有把邪见和正见统统打消,才是真正的断绝世俗烦恼、求得解脱的智慧。

【品读】

佛法就在世俗生活的日用行为、穿衣吃饭中,故我们应即世间而出世间,获得对于世俗生活的超越性,不著善恶邪正,超越一切烦恼与对待,获证菩提。

在家如何修行①

使君②问:"和尚!在家如何修,愿为指授。"大师言:"善知识!慧能与道俗作《无相颂》,尽诵取,依此修行,常与慧能一处无别。"颂曰:

菩提本清净,起心即是妄,净性在妄中,但正除三障③。

世间若修道,一切尽不妨,常见自己过,与道即相当。

色类④自有道,离道别觅道,觅道不见道,到头还自恼。

若欲见真道,行正即是道,自若无正心,暗行不见道。

若真修道人,不见世间过,若见世间非,自非却是左。

他非我有罪,我非自有罪,但自去非心,打破烦恼碎。

此但是顿教,亦名为大乘。迷来经累劫,悟则刹那间。

——《坛经》

【注释】

①本文系禅宗六祖慧能答问,有删节。

②使君:对州长官的称呼。

③三障:佛家语,指烦恼障、业障、报障,又称"三毒",认为尘俗诸多烦恼中,以此三者尤能毒害众生,障蔽佛性,故称。

④色类:事物。

【译文】

州长官问："和尚，在家如何修行，请你给予指导、赐教。"慧能大师说："信徒，慧能给修行人作了一篇《无相颂》，把它完全背诵记取，照此修行，也就跟常与慧能在一起没有差别了。"

《无相颂》说：

佛家的智慧本于清净，心中起念即是虚妄；清净之性深藏在妄念之中，关键在于清除贪嗔痴三种障蔽。

如果不出家而修行佛道，一切都没有什么妨碍，只要能常常反省自己的过失，也就与佛家的道理契合相当。

世上的事物自有其道理，不要离开日常生活之道去另外寻找所谓道。寻觅虚玄之道而不见道，到头来还是自己烦恼。

如果要见到真正的道，行得正也就是道，自己如果没有正心，就像在黑暗中行走而看不见路。

如果真是修行佛道的人，就看不见世间的过错，如果见到世间的过错，自己就是错上加错。

别人的过错是我有罪，我的过错更是自己有罪，且先去掉自己的是非之心，一切烦恼也就都被打碎。

这就叫作顿悟之教，也可叫作普渡众生出苦海的大船。人类已经不知迷惑了多少万万年，觉悟则只在刹那之间。

【品读】

通过谦卑、去执、超越，契合无念、无相、无住，如此才能实现人的终极自由。而顿悟如来藏，直取本体，不过是刹那间的事，所谓"迷来经累劫，悟则刹那间"，此所谓顿教之妙。

随所住处恒安乐①

东方人造罪，念佛求生西方；西方人造罪，念佛求生何国？凡愚不了自性，不识身中净土②，愿东愿西；悟人，在处一般。所以佛言随所住处恒安乐。

——《坛经》

【注释】

①本篇是中国禅宗六祖慧能语录。

②净土：清净国土，佛圣所居住的极乐世界。

【译文】

东方人造下罪孽遭受苦难，念佛求来世投生佛国乐土；佛国中的人造下罪孽，念佛求生哪个国度呢？凡俗愚昧的人不能明心见性，不认识自身中就有一片清净的所在，一会儿觉得这里好，一会儿又觉得那里好，觉悟的人，在哪里都是一样。所以佛祖说，不管住在哪里总是安乐的。

【品读】

慧能大师力畅吾人随缘销旧业，更莫造新业，遇缘而行，恒处安乐，时时体验那不滞万物、不生不灭的本性，瞥尔洞见身中性灵净土，早日超越生死轮回，走向终极自由。此所谓"悟人在处一般"。

一灯能除千年暗

不思量，性即空寂；思量即是自化。思量恶法，化为地狱；思量善法，化为天堂。毒害化为畜生，慈悲化为菩萨，知惠①化为上界，愚痴化为下方。自性变化甚多，迷人自不知见。一念善，知惠即生。一灯能除千年暗，一智能灭万年愚。

——《坛经》

【注释】

①知惠：即智慧。

【译文】

如果不思不虑，心性便空寂平静；有思有虑，心性便发生变化，思量恶事，化为地狱；思量善事，化为天堂。心生毒害化为畜生，心生慈悲化为菩萨，心生智慧化为上界乐土，心生愚痴化为下方苦海。自性变化很多，痴迷的人却不知见。心中善念一起，就会产生智慧。一盏灯能驱除千年黑暗,一念智慧能消除万年愚痴。

【品读】

　　按佛学唯识论,八识(眼识,耳识,鼻识,舌识,身识,此前五识,第六意识,第七末那识即意根,第八阿赖耶识又名如来藏)中以阿赖耶识(如来藏)为根本识,余七识皆为第八识生出。前五识使我们感知到色、声、香、味、触的内相分(非外相分,因阿赖耶识为了使我们感知外在世界,乃生出与外在世界一模一样的内相分,前五识属"识",只能感知同属识的内相分),与此同时,第七识与前五识结合,生出第六意识,以对前五识做出了别,判断、识知色声香味触的性质特点。意识的特征是刹那生灭,每 0.18 秒生灭 2000 余次,即每秒生灭一万余次,如电影放映机每秒钟放 24 格同一胶片,银幕上就获得一个固定的画面。意识此一特性使我们感知到的内相分具有坚固性和物质性,好像是外在世界,其实我们从来不曾接触过由阿赖耶识大种性自性生出的外在世界,不过是阿赖耶识提供的内相分,被我们的意识固化的结果。

　　第七识末那识的特点是粘滞、执着,又名"意根",即意识之根,它一方面向内执着阿赖耶识为"我",另一方面又向外执着前六识为我的功能作用,是即唯识论所谓"遍计所执性"。末那识就是吾人自我意识,它将前六识每一刹那的作用收执起来,输送给第八识,即"现行生种子",是即"因";在适当的时机,阿赖耶识又将这些收存的种子流注出来,生出生命与世界,即"种子生现行",是即"果",因果律于焉发生,阿赖耶识虽是空性空相,但祂作为始发地和回归地,却可确保因果律永远起作用。换言之,体相皆空的阿赖耶识(如来藏)也是因果律之始源地,但因果律之最终显现却依意根的内外二执才得以可能,故"万法皆空,因果不空"。

　　阿赖耶识对前七识每一微妙的思量与决断都会有感应,因应而成相应的心性与境界(六道与十法界),生成相应的种子,是故当我们思量善时,就发生三善道(天、人、阿修罗)种子;思量某一佛国,则种下将来往生的种子。如果你在空性(如来藏、阿赖耶识)证悟的心性中而发生对某类众生的同情，是则种下了菩萨的慈悲种子。因此，慧能大师所谓"思量恶法，化为地狱；思量善法，化为天堂。毒害化为畜生，慈悲化为菩萨"，有充分的唯识论根据。

站在如来藏立场，万物都是生灭法，是无根的幻象，不可能永存，当善恶之果在因果律的执行中显现时，于我们的感受而言是如此真实，但其本质不过是幻象，只是我们无法看清、超越这种幻象，只能真实地感受它。究极而论，千年之恶，一善可破，同样，累劫之善，遇恶而捐。成败利钝，端在一心。

万古长空　一朝风月

问："达摩①未来此土时，还有佛法也无？"师②曰："未来且置，即今事作么生？"曰："某甲不会，乞师指示。"师曰："万古长空，一朝风月③。"僧无语。师复曰："阇梨④会么？"曰："不会。"师曰："自己分上作么生，干他达摩来与未来作么？他家来，大似卖卜汉。见汝不会，为汝锥破，卦文才生吉凶，尽在汝分上，一切自看。"

——《五灯会元》卷二

【注释】

①达摩：即菩提达摩，南朝梁武帝时来华的印度僧人，被尊为中国禅宗初祖。

②师：指崇慧禅师。崇慧（？—779），俗姓陈，唐四川彭州人，住安徽天柱山二十二年，是牛头宗五世智威禅师的弟子。

③万古长空，一朝风月：长空万古存在，风月每日不同，隐指佛法长存，而禅悟是每人自己的事，应该着眼自身，悟在目前。

④阇梨：梵语，意为僧人之师，此处用作对一般僧人的称呼。

【译文】

　　僧人问:"菩提达摩尚未来中国时,中国有没有佛法?"崇慧禅师答:"尚未来时的事暂且不论,如今的事怎么样?"僧人说:"我不领会,请师指点。"禅师说:"长空万古存在,风月每日不同。"僧人无语。禅师又说:"你领会了吗?"僧人答:"没领会。"禅师说:"自己身上的事情怎么样,和他达摩来与没来有什么关系?他来中国极像个算命卜卦的人。看到你不领会,就为你占一卦,卦文是吉是凶,其实都在你的身上,一切都须自己留意。"

【品读】

　　长空万古永恒,但风月朝朝不同,禅者就是要在具体的境遇中悟到那个本体(如来藏),一旦悟入,就能对悟者的言教心领神会。

太守危险尤甚

　　元和①中,白居易侍郎②出守兹郡③,因入山谒师④。问曰:"禅师住处甚危险!"师曰:"太守危险尤甚!"白曰:"弟子位镇江山,何险之有?"师曰:"薪火相交,识性不停,得非险乎?"又问:"如何是佛法大意?"师曰:"诸恶莫作,众善奉行。"白曰:"三岁孩儿也解恁么道。"师曰:"三岁孩儿虽道得,八十老人行不得。"白作礼而退。

——《五灯会元》卷二

【注释】

　　①元和:唐宪宗李纯年号(806—820)。

　　②白居易侍郎:白居易(772—846),字乐天,号香山居士,太原人,唐代大诗人。侍郎:朝廷中的副部级官员。

　　③兹郡:指杭州。

　　④师:指道林禅师。道林(741—824),俗姓潘,富阳(今浙江省境内)人,是牛头宗道钦禅师的弟子。曾在秦望山(浙江绍兴东南)古松枝

上栖止,人称鸟窠和尚。

【译文】

　　唐朝元和年间,白居易侍郎出任杭州刺史,入山谒见栖止在古松枝上的道林禅师。白居易说:"禅师的住处很危险啊!"禅师说:"太守更加危险!"白居易问:"弟子所任之职,位镇江山,有什么危险?"禅师答:"俗界的因缘业识如薪火煎迫,烦恼不停息,难道不危险吗?"白居易又问:"什么是佛法的主要意旨?"禅师回答:"各种恶事都别去做,众多善事应当奉行。"白居易说:"三岁的小孩也知道这样说。"禅师说:"三岁的小孩虽然说得出,八十岁的老人却做不到。"白居易行礼而退。

【品读】

　　"诸恶莫作,众善奉行"是确保我们不断趋向佛境的通道。而白居易安于太守之尊,不知繁华易逝,年光刹那,其危险更甚于禅师之鸟巢。

若能心不妄

　　唐相国杜鸿渐出抚坤维①,闻师名②,思一瞻礼,遣使到山延请。时节度使③崔宁亦命诸寺僧徒远出,迎引至空慧寺。时杜公与戎帅召三学硕德④俱会寺中。致礼讫,公问曰:"弟子闻金和尚⑤说无忆、无念、莫妄三句法门,是否?"师曰:"然。"公曰:"此三句是一是三?"师曰:"无忆名戒,无念名定,莫妄为慧。一心不生,具戒定慧,非一非三也。"公曰:"后句'妄'字莫是从心之'忘'乎?"曰:"从'女'者是也。"公曰:"有据否?"师曰:"《法句经》云:'若起精进心,是妄非精进。若能心不妄,精进无有涯。'"公闻疑情荡然。

　　　　　　　　　　　　　　　　　　　——《五灯会元》卷二

【注释】

　　①坤维:西南,《易·坤卦》为西南之卦,这里指四川。

②闻师名：听到成都保唐寺无住禅师的声名。无住(717—774)，俗姓李，郿县(今陕西眉县)人，届五祖弘忍下三世。

③节度使：总揽数州军事的武官。

④三学硕德：三学，指佛教戒、定、慧；硕德，意为高僧。

⑤金和尚：无住禅师的老师元相禅师之号。

【译文】

　　唐朝宰相杜鸿渐出巡四川，听说无住禅师的名声，想见面礼拜，便派使者到山中去请。节度使崔宁也让各寺院的僧徒远出迎接，请无住禅师来到空慧寺。当时，杜相国和崔节度使已召请了各派高僧聚会于寺中。施礼完毕，杜相国问："弟子我听说金和尚讲无忆、无念、莫妄这三条成佛的门径，是吗？"禅师答："是的。"杜相国问："这三条究竟是一种还是三种？"禅师答："无忆就是戒，无念就是定，莫妄就是慧。专心一意，不生妄念，便具备戒、定、慧，因此既不是一种也不是三种。"杜相国问："后一条'妄'字恐怕是从'心'的'忘'吧？"禅师答："应该是从'女'的'妄'字。"相国问："有根据吗？"禅师答："《法句经》中说：'如果有努力修行之心，乃是虚妄而非努力修行。如果此心能不虚妄，方才能努力修行前途无量。'"杜相国听了之后，疑惑全部消除。

【品读】

　　一心不生，即具足戒定慧。在禅者看来，无念乃是无妄念，即打消世相纷纭的牵挂而注于一境，而不是无知无觉、泯然绝知绝忆的无心状态，即所谓念兹在兹、如猫伺鼠、时刻体认如来藏的全神贯注状态。这既有经典依据，又是禅者的个人体验。

平常心是道

　　问南泉①："如何是道？"南泉曰："平常心是道。"师曰："还可趣向否？"南泉曰："拟向即乖。"师曰："不拟时如何知是道？"南泉曰："道不属知不知。知是妄觉，不知是无记②。若是真达不疑之道,犹如太虚,廓然虚豁,岂可强是非邪?"师言下悟理。

——《景德传灯录》卷十

【注释】

①南泉:指普愿禅师。普愿(748—834),俗姓王,河南新郑人,得法于马祖道一禅师,住安徽池阳南泉院。

②无记:佛教术语,"记"有判断、断定之意。无记即不可断定,指不可断定为善还是为恶,有碍于修习佛道的一种情形。

【译文】

从谂问普愿禅师:"什么是道?"普愿禅师答:"平常心是道。"从谂问:"可以趋向于道吗?"普愿禅师答:"一考虑趋向就错了。"从谂问:"不考虑的话怎知是道?"普愿禅师说:"道无所谓知或不知。知是虚妄幻觉,不知则不可断定为善还是为恶。如果真正达到不疑之道,就像虚空一样的空旷开阔,怎么可以强作评说呢?"从谂当即领悟了。

【品读】

南泉提出舍识用根、转识成智,用直觉智慧触证阿赖耶识,可达到阿赖耶识的无穷神用。

一日不作 一日不食

师①凡作务执劳,必先于众,主者不忍,密收作具而请息之。师曰:"吾无德,争合劳于人?"既遍求作具不获,而亦忘餐。故有"一日不作,一日不食"之语流播寰宇矣。

——《五灯会元》卷三

【注释】

①师:指唐代著名禅师百丈怀海。怀海(720—814),俗姓王,福建长乐人,参马祖道一禅师得法,住新吴(今江西奉新)百丈山,为中国禅宗农禅一支的创始人。

【译文】

　　凡有劳动,怀海禅师总是带头参加。院中管事见怀海禅师年事已高,不忍心看他劳累,便把他的工具藏起来,请他休息。禅师说:"我乃是无德之人,岂能让别人为我劳动?"他到处找不到工具,也就不吃饭。所以有"一天不劳动,也就一天不吃饭"的话传遍了天下。

【品读】

　　禅立足于笃实的劳作和修行,不可虚耗福报,修行凌空蹈虚,否则将一事无成。

日应万机即是佛心①

　　帝曰:"何为佛心?"对曰:"佛者西天②之语,唐言觉。谓人有智慧觉照为佛心。心者佛之别名,有百千异号,体唯其一,无形状,非青黄赤白、男女等相,在天非天,在人非人,而现天现人,能男能女,非始非终,无生无灭,故号灵觉之性。如陛下③日应万机,即是陛下佛心。假使千佛共传,而不念别有所得也。"

——《五灯会元》卷四

【注释】

　　①本篇是唐代著名禅师弘辨答唐宣宗问。弘辨,公元九世纪人,生卒年不详,大中五年(851),宣宗诏入,问禅宗师授渊源,诏住长安大荐福寺。

　　②西天:指印度。

　　③陛下:对君主的尊称。

【译文】

　　唐宣宗问:"什么叫佛心?"弘辨禅师回答说:"佛是印度语,中文是'觉悟'的意思,人所具有的智慧觉照就叫作佛心。心是佛的别名,有成百上千的不同名称,但心的本体却只有一个。这本体没有形状,没有颜色和男女的差别,在天而不是天,在人而又不是人,然而却能显现于天、显现于人,能显现于男人身上,也能显现在女人身上。这本体没有开始也没有终结,没有生也没有灭,所以叫作灵觉之性。像陛下这样日应万机,就是陛下的佛心。只要这佛心与千佛共传,也就不必求别有所得了。"

【品读】

阿赖耶识感生万物、总应群机而不为万物所拘,染净齐摄而体本无染,成佛以何为标志触证阿赖耶识。

一失人身　万劫不复①

直须在意,莫空过时。游州猎县,横担拄杖,一千里二千里走。这边经冬,那边过夏。好山好水,堪取性②,多斋供,易得衣钵。苦屈!苦屈!图他一斗米,失却半年粮。如此行脚有什么利益?信心檀越③一把菜一粒米,作么生消得?直须自看,无人替代。时不待人,一日眼光落地④,前头⑤将何抵拟?莫一似落汤螃蟹手脚忙乱,无尔掠虚说大话处。莫将等闲,空过时光。一失人身,万劫不复。不是小事,莫据目前。俗子尚犹道"朝闻夕死可矣⑥",况我沙门,合履践何事?大须努力!

——《云门广录》卷上

【注释】

①本篇是文偃禅师语录。文偃(864—949),唐代禅僧,俗姓张,嘉兴人,少小出家,嗣法雪峰义存禅师,住韶州云门山(今广东乳源县北)光泰禅院,创云门宗。

②取性:随性,任性。

③信心檀越:心诚的施主。

④眼光落地:死。

⑤前头:指生死轮回。

⑥朝闻夕死可矣:孔子的话,见《论语·里仁》,原话是:"朝闻道,夕死可矣。"

【译文】

必须时时留意,切莫虚度时光。游州过县,横挑拄杖,一千里二千里地行走。这边过冬,那边度夏。好山好水,赏心悦目,又能多享斋供,易得衣粮之资。苦恼啊!委屈啊!图了他一斗米,失去了半年粮。这样行脚有什么意义?诚心施主的一把菜一粒米,你们凭什么才能够享用呢?必须自己留心,没人可以替代你们自己的禅悟。时光不等人,一旦死期来临,前头用什么来对付?别像放进锅里的螃蟹手忙脚乱,没有你虚妄地说大话的地方。不要漫不经心,虚度时光。一旦失去人身,万劫不能恢复。这不是小事情,千万别只顾眼前。世俗之人尚且说"早晨得知真理,即使晚间死去也值得",何况我们是僧人,应该做怎样的事呢?必须加倍努力!

【品读】

领悟如来藏需要遍参善知识,此古人所谓"行脚",但行脚不是游山玩水,而是于事相上悟证本来。吾人生命累劫轮回,而人身之难得,如盲龟遇浮孔,端的是"一失人身,万劫不复"。

若论佛法　一切现成

雪霁辞去,地藏①门送之,问云:"上座寻常说三界唯心,万法唯识②。"乃指庭下片石云:"且道此石在心内在心外?"师③云:"在心内。"地藏云:"行脚人,着什么来由安片石在心头!"师窘无以对,即放包依席下,求决择。近一月余,日呈见解说道理,地藏语之云:"佛法不恁么。"师云:"某甲词穷理绝也。"地藏云:"若论佛法,一切现成。"师于言下大悟。

——《文益语录》

【注释】

①地藏:指桂琛法师(867—928),俗姓李,浙江常山人,参师备禅师得法,先后住持福州地藏院、漳州罗汉院,故有地藏、罗汉之法号。

②三界唯心,万法唯识:欲界、色界、无色界都是由心造成,万事万物都由心识变现。

③师:指文益禅师。文益(885—958),俗姓鲁,浙江余杭人,嗣法于罗汉桂琛禅师,曾住持金陵(今南京市)报恩院、清凉院,是中国禅宗五大宗派之一法眼宗的创始人。

【译文】

雪停之后,文益告辞离去,罗汉桂琛禅师送他到寺门口,指着庭院边的一块石头问道:"上座经常说三界都因心生,万物皆由识起,这块石头在心内还是在心外?"文益回答:"在心内。"桂琛禅师说:"行脚之人有什么必要把一块石头安放在心中!"文益语塞,无法回答,就放下行李,留在桂琛禅师法席下,向禅师求教。一个多月时间内,文益每天表述见解、举说道理,桂琛禅师对他说:"佛法不是这样的。"最后,文益说:"我词穷理尽啦。"桂琛说:"如果要谈佛法,一切都是现成的。"文益一听,立刻大悟了。

【品读】

正报(身心)依报(世界)都是第八识阿赖耶识感应七识(眼识、耳识、鼻识、舌识、身识,此前五识,第六意识,第七意根,其中以第七识意根为制导)而生,如来藏处处可见,一切现成,何来内外之分!

勤耕田早收禾

问:"如何是佛?"师①曰:"勤耕田。"曰:"学人不会。"师曰:"早收禾。"

——《景德传灯录》卷二十二

【注释】

①师:指伦禅师。伦禅师,约十世纪在世。得法于云门文偃禅师,

住广州义宁（今广东新会）龙境寺，故以龙境为法号。

【译文】

僧人问："什么是佛？"伦禅师回答："勤耕田。"僧人说："学人不懂。"禅师又说："早收稻。"

【品读】

禅在实修实证，强调只问耕耘不问收获，若不去实际体证，问遍人天、踏遍山水也枉然。

为什么不赞叹

师①见僧来，举拂子曰："还②会么？"僧曰："谢和尚慈悲示学人！"师曰："见我竖拂子便道示学人，汝每日见山见水可③不示汝？"师又见僧来，举拂子，其僧赞叹礼拜。师曰："见我竖拂子便礼拜赞叹，那里扫地竖起扫帚，为什么不赞叹？"

——《景德传灯录》卷二十一

【注释】

①师：指唐代禅师桂琛。

②还：疑问副词，相当于"可"。

③可：岂。

【译文】

桂琛禅师看见僧人来了，就举起拂子问："领会吗？"僧人回答说："感谢和尚慈悲，向学人示机！"禅师说："看见我竖拂子，就说这是在向学人示机，你每天看见山看见水，难道不是向你示机？"禅师看见又一个僧人来了，就举起拂子，那僧人又是赞叹又是礼拜。禅师说："看见我竖起拂子就礼拜赞叹，那里有人在扫地，扫帚也竖着，为什么你就不赞叹呢？"

【品读】

山河大地处处可见如来藏,目触耳闻皆是道,何待山僧举拂子!

清贫自乐　浊富多忧

问:"如何是招庆家风?"师①曰:"宁可清贫自乐,不作浊富②多忧。"

——《景德传灯录》卷二十一

【注释】

①师:指道匡禅师。道匡,唐末五代禅师,潮州人,九世纪下半叶和十世纪上半叶在世。得法于长庆慧棱禅师。住泉州招庆院。

②浊富:不义而富。

【译文】

僧人问:"什么是招庆家风?"道匡禅师回答:"宁可清贫自乐,不作浊富多忧。"

【品读】

禅者安于清贫,远离富贵,清贫安宁好办道,富贵多忧无道心。

未为贵足

上堂次,大众拥法座而立。师①曰:"这里无物,诸人苦恁么相促相挼作么?拟心早没交涉,更上门上户,千里万里。今既上来,各着精彩,招庆一时抛与诸人,好么?"乃曰:"还接得也无?"众无对。师曰:"劳而无功。"便升座,复曰:"汝诸人得恁么钝?看他古人一两个得恁么快,才见便负将去,也较些子。若有此个人,非但四事②供养,便以琉璃为地,白银为壁,亦未为贵;帝释③引前,梵王④随后,搅长河为酥酪,变大地为黄金,亦未为足。直得如是,犹更有一级在,还委得么?珍重!"

——《五灯会元》卷八

【注释】

①师:指道匡禅师,详见上篇注释①。

②四事:衣服、饮食、卧具、汤药(一说房舍、衣服、饮食、汤药)。

③帝释:佛教神话中的忉利天之王,居须弥山顶的喜见城。

④梵王:佛教神话中的天神,名尸弃,住色界大梵天。

【译文】

道匡禅师上堂时,众僧簇拥法座而站立。道匡禅师说:"这里没有什么东西,各位如此苦苦催促、逼迫我干什么? 有心去求悟解早就与禅法没有关系,还要登门上户求救,更是与禅远隔千里万里。现在既然上堂来了,各人就留点神,招庆一起抛给各位,好吗?"接着说:"接住了吗?"众人无言应对。禅师说:"劳而无功。"就登上法座,继续说:"你们各位怎么如此迟钝? 看他一两个古人怎么那样敏捷,一见到就背走了,那还差不多。如果有这样的人,不但四事供养没有白费,就是用琉璃铺成地面,白银做成墙壁,也不为奢华,就是帝释在前引路,梵王在后随驾,把长河搅成奶酪,把大地变为黄金,也不为过。即使这样,尚且有一个更高的台阶,诸位能够明白吗? 再会!"

【品读】

明心的禅者能以大千为掌珠,富贵已极,即使帝释引路、梵王随驾亦不为过,更何况还有见性一途!

识取自家桑梓

问:"如何是定山境?"师①曰:"清风满院。"曰:"忽遇客来,如何祇待?"师曰:"莫嫌冷淡。"乃曰:"若论家风与境,不易酬对。多见指定处所,教他不得自在。曾有僧问大随:'如何是和尚家风?'随曰:'赤土画簸箕。'又曰:'肚上不贴榜。'且问诸人作么生会？更有夹山、云门、临济、风穴皆有此话，播于诸方。各各施设不同，又作么生会？法无异辙，殊途同归。若要省力易会，但识取自家桑梓②，便能绍得家业，随处解脱，应用现前。天地同根，万物一体，唤作衲僧眼睛③。绵绵不漏丝发。苟或于此不明，徒自㋡㋢④辛苦。"

——《五灯会元》卷十

【注释】

①师：指惟素禅师，约十一世纪在世，得法于栖贤澄湜禅师，住真州（今江苏仪征）定山。

②桑梓：两种树木，古人常种在住宅旁边，比喻家园或故乡。

③衲僧眼睛：指法眼，即禅悟者的眼光。

④㋡㋢：同"伶俜"，孤单、孤立貌。

【译文】

僧人问："什么是定山境？"惟素禅师回答："清风满院。"又问："如果客人来了，怎样接待？"禅师回答："别嫌冷淡。"接着，禅师说："如果谈到'家风'与'境'，是不容易应对的。许多答语过于生硬，使问话者不能自在。曾经有僧人问大随法真禅师：'什么是和尚的家风？'法真回答：'赤土画簸箕'，又有一次回答：'肚子上不贴布告。'且问各位怎么领会？还有夹山善会、云门文偃、临济义玄、风穴延沼，都有此题的答话，流传在各地禅寺。他们各人应对都不相同，又怎样领会？佛法的原则本没有区别，不同的道路会归于一。如果要节省心力容易领会，只须认识自己的家园，就能够继承家业，处处解脱，应用于眼前。天和地本出一源，万物本没有差别，如此看问题就称作禅僧眼睛，这眼光周密细致，不漏丝毫。如果不明白这一点，也就徒然地孤苦伶仃啦。"

【品读】

禅在自会自悟，随他言路万千，我只认取一条，此一条中，即有如来藏全体。

如何是妙觉

安州白兆志圆①禅师，僧问："如何是妙觉②？"曰："若皂角。"吩咐浴头。云："学人不问这个。"曰："你问什么？"云："如何是妙觉？"曰："若是妙药，见示一服。"僧又问："如何是万行？"曰："今年桃李也无，说甚烂杏？"

——《景德传灯录》卷十七

【注释】

①志圆：五代著名禅师，生卒年不详，居安州（今湖北安陆）白兆山竺乾院。

②妙觉：领悟微妙禅法，明悟自心。

【译文】

安州白兆山有一位志圆禅师，僧人问："什么是对微妙禅法的领悟？"志圆回答："如皂角。"说完就吩咐侍者给他洗头。僧人说："学人不是问的这个。"志圆说："你问什么？"僧人说："什么是妙觉？"志圆答："如果是妙药，拿一帖来给我服用。"僧人又问："什么是万行？"志圆回答："今年连桃子李子也没有，说什么烂杏？"

【品读】

志圆禅师故意以谐音错会禅者之意，指示禅者莫以分别心认取如来藏。

岩头和尚索妻

洪州百丈惟政禅师①，上堂："岩头和尚用三文钱索得个妻，只解捞虾捕蚬，要且②不解生男育女，直至如今，门风断绝。大众要识意公妻么？百丈今日不惜唇吻，与你诸人注破：蓬鬓荆钗世所稀，布裙犹是嫁时衣。"僧问："牛头^③未见四祖^④时，为甚么百鸟衔花献？"师曰："有钱千里通。"曰："见后为甚么不衔花？"师曰："无钱隔壁聋。"

——《五灯会元》卷十二

【注释】

①惟政禅师：唐代禅僧，生平未详，约八世纪下半叶至九世纪上半叶在世，嗣法于马祖道一禅师，住洪州（今江西南昌一带）百丈山。

②要且：可是。

③牛头：指禅宗牛头宗之祖法融禅师，世称其禅法为"牛头禅"，住南京牛首山。

④四祖：指道信禅师，他被尊为中国禅宗四祖。

【译文】

洪州百丈山有一位惟政禅师，他上堂时说："岩头和尚用三钱讨了个老婆，只知道捞虾子、搭蚬子，可是却不为他生儿育女，直到如今，（因为没有人传宗接代而）门风断绝。大家要知道岩头和尚的老婆是怎么一回事吗？百丈和尚我今天不惜费点口舌，给你们各人说破：蓬鬓荆钗世所稀，布裙犹是嫁时衣。"僧人问："牛头山法融禅师未见四祖道信时，为什么百鸟衔花献？"惟政禅师说："有钱千里通。"僧人又问："见后为什么不衔花？"禅师说："无钱隔壁聋。"

【品读】

百丈惟政禅师悲心于一众弟子自入门以来无尺寸之进，如老婆不能传宗接代，更无有人能传承法脉。居然有人修行着相，留意有形之迹——"牛头未见四祖时，为甚么百鸟衔花献？"；忘失无形之功——"见后为甚么不衔花？"惟政禅师否定了道在百鸟衔花上寻求之举，认为体取无生后根本连鸟都找不到迹象（此中鸟是天人的化身）。

道楷①开悟

谒投子②于海会,乃问:"佛祖言句,如家常茶饭,离此之外,别有为人处也无?"子曰:"汝道寰中天子敕,还假尧舜禹汤③也无?"师欲仅语,子以拂子撼师口曰:"汝发意来,早有三十棒也。"师即开悟,再拜便行。投子曰:"且来,阇黎。"师不顾,投子曰:"汝到不疑之地邪?"师即以手掩耳。

——《五灯会元》卷十四

【注释】

①道楷(1043—1118),俗姓崔,沂州(今山东临沂一带)人。参谒投子义青禅师而得法,出住多处著名寺院,声誉卓著。因拒绝接受宋徽宗赐予的紫衣和"净照禅师"的法号,而遭黥刑(刺面)和流放,后住芙蓉湖中,故世称芙蓉道楷。他是曹洞宗八世重要传人。

②投子:即投子义青禅师。义青(1032—1083),俗姓李,青社(今河南偃师)人,为太阳警玄禅师法嗣,住安徽舒州(今潜山县)投子山胜因院。

③尧、舜、禹、汤:中国上古时代的帝王。

【译文】

道楷到海会院参谒投子义青禅师,问:"佛祖的语句如同家常茶饭,除此之外,还有接引学人的门径吗?"义青禅师回答:"你说世间天子下达命令,还须借助尧、舜、禹、汤的名义吗?"道楷想再提问,投子用拂尘敲打他的嘴巴,说:"从你产生念头的时候起,早就该打三十棒了。"道楷当即省悟了,向投子拜了两拜就走。投子叫唤:"和尚,回来!"道楷不回头,义青追问道:"你达到了不疑惑的地步了吗?"道楷立即用手掩住耳朵。

【品读】

豁然开悟,疑情尽绝,更不回头怀疑分毫,此乃大丈夫作略。

如何是玄旨

僧问:"如何是玄旨?"师①曰:"壁上挂钱财。"问:"如何是法王②剑?"师曰:"脑后看。"问:"如何是无相道场③?"师曰:"佛殿里悬幡。"

——《五灯会元》卷十四

【注释】

①师:慧坚禅师,生平说详,住郢州大阳山,人称"大阳坚和尚"。

②法王:佛的称号。

⑧无相道场:没有形相的修习佛法禅法的场所。

【译文】

僧人问:"什么是禅宗的玄妙意旨?"慧坚禅师回答:"壁上挂钱财。"问:"什么是法王剑?"禅师回答:"向自己的脑后看。"问:"什么是无形无相的修习场所?"禅师答:"佛殿里悬挂旗幡。"

【品读】

禅师以极为平常的三物回答禅者三问,认为所谓玄旨、佛剑、道场都要在日用平常中体认,平常即是玄中之玄。

富贵多宾客　贫穷绝往还

郢州①林溪竟脱禅师,僧问:"如何是法身?"师曰:"四海五湖宾。"曰:"如何是透法身句?"师曰:"明眼人笑汝。"问:"如何是本来人?"师曰:"风吹满面尘。"问:"牛头②未见四祖③时如何?"师曰:"富贵多宾客。"曰:"见后如何?"师曰:"贫穷绝往还。"问:"如何是佛?"师曰:"十字路头。"曰:"如何是法?"师曰:"三家村里。"

——《五灯会元》卷十五

【注释】

①郢州：治所在今湖北钟祥市。

②牛头：指法融禅师。法融（594—657），唐代僧人，禅宗牛头宗之祖，俗姓韦，润州延陵（今江苏丹阳西南）人，住金陵（今南京市）牛头山。相传禅宗四祖道信曾入牛头山，传付禅法而返。

③四祖：指道信禅师，他被尊为中国禅宗四祖。

【译文】

郢州林溪有一位竟脱禅师。僧人问："什么是佛身？"禅师说："五湖四海的客人。"问："什么是参透佛身的句子？"禅师说："明眼人在笑你哩！"问："什么是本来人？"禅师说："风吹满面尘。"问："法融没有见四祖的时候是什么境况？"禅师说："富贵多宾客。"问："见后怎样？"禅师答："贫穷绝往还。"问："什么是佛？"禅师答："十字路头。"问："什么是法？"禅师答："三家村里。"

【品读】

"富贵多宾客"、"贫穷绝往还"与"有钱千里通"、"无钱隔壁聋"异曲同工，言异理同。而"法身"、"本来人"都要在众生份上认取。

长安虽乐

襄州①延庆宗本禅师，僧问："鱼未跳龙门②时如何？"师曰："摆手入长安③。"曰："跳过后如何？"师曰："长安虽乐。"

——《五灯会元》卷十五

【注释】

①襄州：湖北襄阳市，宋代称襄州。

②龙门：科举试场的正门，旧时以鲤鱼跳龙门比喻参加科举考试。

③长安：泛指京城。

【译文】

襄阳延庆寺有一位宗本禅师。僧人问："鲤鱼没有跳龙门的时候怎么办？"禅师答："摆手入长安。"僧人又问："跳过龙门以后又怎样？"禅答:"长安虽然快乐,不如及早退步抽身。"

【品读】

佛法在世间,不离世间觉。没有开悟之前,就要混迹俗世,借红尘悟道。开悟之后,又要倒驾慈航,担负起让更多人觉悟的责任。

佛法显然

师①上堂谓众曰:"佛法显然,因什么却不会去?诸上座,欲会佛法但问取张三李四,欲会世法②则参取古佛丛林。无事,久立③!"

——《景德传灯录》卷二十五

【注释】

①师:指五代禅师道潜。

②世法:俗世之法。

③久立:这是禅师下堂时的习惯语,站久了的意思。

【译文】

道潜禅师上堂对众僧说:"佛法十分显明,为什么却不去领会呢?各位上座,要想领会佛法就去请教张三李四这些俗人,要想领会俗世之法就去参问寺院高僧。没事了,大众站久啦!"

【品读】

此是道潜禅师极言道在红尘俗务中的落处和丛林悟道的不易。如从张三李四俗人辈观之,饥则食,寒则衣,一切顺心而为,别无意趣,正可直心入道,体取无生。而丛林高僧,整日早课晚课,念经超度,礼法俨然,种种牵挂,种种曲直,启动人的分别心,离道反而远了。当然,如无分别心,红尘山林,一理炳然。

世法与佛法①

上堂:"冬不受寒,夏不受热。身上衣,口中食,应时应节。

既非天然自然,尽是人人膏血。诸禅德^②,山僧怎么说话,为是世法,为是佛法?若也择得分明,万两黄金亦消得^③。"喝一喝。

——《五灯会元》卷十六

【注释】

①本篇为重元禅师语录。重元,俗姓孙,青州千乘(今山东省广饶县)人。参谒天衣义怀禅师得法。晚年住北京(今河北大名)天钵寺,号文慧禅师。北宋元丰年间(1078—1085)逝世。

②诸禅德:各位禅僧大德,禅德是对禅僧的敬称。

③万两黄金亦消得:禅宗常用这句话来表示对僧人投机合契言行的肯定,谓其不辜负施主供养。

【译文】

重元禅师上堂说:"冬天不受寒,夏天不受热。身上衣服,口中饭食,也都按时应节供应。这些并不是天生现成的,都是人的血汗。诸位禅德,山僧如此说话,究竟是世间法,还是佛法呢?如能辨识得明白,也就不辜负施主的供养了。"说完吆喝了一声。

【品读】

如来藏虽然一切现成,但所应所用,却遵循因缘法,吾人若能从身衣口食中观察因缘法,进而认取如来藏,则能对施主的供养有个交代了。

侍者说法

上堂,侍者烧香罢,师^①指侍者曰:"侍者已为诸人说法了也。"

——《五灯会元》卷十九

【注释】

①师:指仁勇禅师。仁勇,俗姓竺,四明(今浙江省宁波市)人,十一世纪在世,幼年为僧。后参杨岐方会而得禅法,出住金陵(今南京市)保

宁寺,因以保宁为号。

【译文】

上堂时,侍者点燃了香火,仁勇禅师便指着侍者对僧众说:"侍者已经给大家说完法啦。"

【品读】

在开悟的禅者看来,语默动静皆是道。侍者上香烧香,处处可见如来藏的流衍,是如来藏在吾人举动云为中的示现。

功德天和黑暗女①

上堂:"一念心清净,佛居魔王殿。一念恶心生,魔王居佛殿。怀禅师曰:'但恁么信去,唤作脚踏实地而行,终无别法,亦无别道理。'老僧恁么举了,只恐尔诸人见兔放鹰,刻舟求剑,何故?功德天,黑暗女②,有智主人,二俱不受。"

——《续传灯录》卷二十五

【注释】

①本篇是继成禅师语录。继成,俗姓刘,号蹒庵,宜春(江西省内)人,约十一世纪下半叶至十二世纪上半叶在世。得法于智海道平禅师,住东京(河南省开封市)净因寺。

②功德天,黑暗女:佛教神话中的两位女天神,功德天女能使人富裕,黑暗女又称黑耳天女(由耳朵黑色得名),能使人穷困,二天女为姐妹,形影不离,同来同往。

【译文】

继成禅师上堂说:"如果一刹那间心地清净,魔王殿里就有了佛。如果一刹那间产生恶心,佛殿里就有了魔王。天衣义怀禅师说过:'就这样诚信地去做,叫作脚踏实地而行,再也没有别的方法,也没有别的道理。'老僧举说了这段话,就恐怕你们各位见兔放鹰,刻舟求剑。为什么呢?无论是使人富裕的功德天女,还是能使人贫困的黑耳天女,对于有智慧的主人来说,两者都概不接纳。"

【品读】

清净与染污、佛与魔、功德天与黑暗女，都是对待法，只能引起分别心的执受，只有放弃二分法，超越善恶，方能于如来藏的领悟有些许机缘。

但知行好事　休要问前程①

上堂："即心是佛，更无别佛。即佛是心，更无别心。如拳作掌，似水成波，波即是水，掌即是拳。此心不属内外中间，此佛不属过未现在。既不属内外中间，又不属过未现在，此心此佛悉是假名。既是假名，一大藏教所说者，岂是真耶？既不是真，不可②释迦老子空开两片皮、掉三寸舌去也？毕竟如何？但知行好事，休要问前程。"

——《大慧普觉禅师语录》卷三

【注释】

①本篇是宗杲禅师语录。

②不可：难道。

【译文】

宗杲禅师上堂说："此心就是佛，没有别的佛。此佛就是心，没有别的心。好比拳松开成掌，水掀动为波，波就是水，掌就是拳。此心无内、无外、无中间，此佛不属过去、未来和现在。既然不属于内部、外部、中间，又不属于过去、现在和未来。所以，此心此佛都是虚假的名称。既然是虚假的名称，那么全部佛教经典所说的，难道是真实的吗？既然不是真实的，那么，释迦老头儿难道是凭空地张开两片嘴皮，摇动三寸之舌吗？究竟应该如何？只知道去做好事，别去关心前程。"

【品读】

佛法不执着于善而不离于善。万物千差万别又共演如来藏，凡夫亡失物之共性而迷于物之种差，何时可悟？不过"但行好事"却是走向妙旨领悟的通途。

不离日用　时时提撕①

但将妄想颠倒底心，思量分别底心，好生恶死底心，知见解会底心，欣静厌闹底心，一时按下，只就按下处看个话头②。僧问赵州：狗子还有佛性也无？州云：无。此一字子（无），乃是摧许多恶知恶觉底器仗也。不得作有无会，不得作道理会，不得向意根③下思量卜度，不得向扬眉瞬目处垛根④，不得向语路上作活计，不得颺在无事甲里，不得向举起处承当，不得向文字中引证，但向十二时中，四威仪内，时时提撕⑤，时时举觉。狗子还有佛性也无？云无。不离日用，试如此做工夫看，月十日便自见得也。

——《大慧普觉禅师语录》

【注释】

①本篇是宋代宗杲禅师《答富枢密（季申）》信中语。

②话头：佛祖的典范言教，禅家公案。

③意根：六根（眼、耳、鼻、舌、身、意）之一。意根具有产生意识的作用。

④垛根：意谓定止陷埋于虚妄境界，执着拘泥于言句知解。

⑤提撕：此处是探究、参究之意，另外还有提示、启发的意思。

【译文】

你且把妄想颠倒的心、思量分别的心、好生恶死的心、求取知识见解领悟的心、喜静而厌闹的心，一齐把它们压抑遏止住，只在遏止住的时候看一个禅宗的公案。僧人问赵州从谂禅师：狗子还有没有佛性？从谂禅师说：无。就是这一个"无"字，乃是摧毁许多恶的念头和恶的肉体感觉的武器。（这个"无"字），不得从有无的意义上去理解，不得把它作为道理领会，不得到意识里去思考揣测，不要把禅师的扬眉毛眨眼睛当作玄妙的禅机去苦苦探究,不要执着拘泥于言语文字,不得无所事事虚掷时光,不得向举说处对号入座,也用不着到文字中去引证。只要在十二个时辰之中,(大官的)四种威仪之内,时时参究,时时提醒。狗子有没有佛性?说"无"。不要离开日常生活去体会这个"无"字。你这样做工夫试试看,一个月或者只要十天就可以见到这个"无"字的妙用了。

【品读】

禅讲究"参话头",即在动静云为中不思量任何意义,而要赶超某一追问性言句("念佛是谁?""狗子有佛性也无?")在心中升起的刹那,抓住那个刹那之前的能量。一动思量,即落入分别心。

做官有甚不洒脱

枢密①吴居厚居士②,拥节③归钟陵,谒圆通旻禅师④,曰:"某顷赴省试⑤,过此,过赵州关,因问前住讷老:'透关⑥底事如何?'讷曰:'且去做官。'今不觉五十余年。"旻曰:"曾明得透关底事么?"公曰:"八次经过,常存此念,然未甚脱洒在。"旻度扇与之,曰:"请使扇。"公即挥扇。旻曰:"有甚不脱洒处?"公忽有省曰:"便请末后句⑦?"旻乃挥扇两下。

——《五灯会元》卷十八

【注释】

①枢密:指枢密使,负责管理军事机密、边防等军国要政的国务机关的长官。

②居士:未出家而信奉佛法的人。

③拥节:持节。被皇帝赋予诛杀下级官吏之权力者称"持节","节"是某种特殊权力的象征。

④圆通旻禅师:即道旻禅师(1055—1122),宋代禅师,俗姓蔡,兴化(今福建莆田)人,成年后出家,住江州(今江西九江)圆通寺。

⑤省试:唐宋时由礼部主持的考试,又称会试,在京城举行。

⑥透关:通过禅悟之关口。

⑦末后句:达到彻底省悟的最后一句话。

【译文】

　　枢密使吴居厚居士,持着皇帝赐予的节仗返回钟陵,参谒圆通道旻禅师,说:"我当年赴京参加会试时,路过这里,过赵州关,于是问前任住持讷老禅师:'通过禅悟关口的事是什么?'讷老禅师说:'且去做官。'如今不觉已经过去五十多年了。"道旻禅师问:"你可曾明白通过禅悟关口的事情呢?"吴居厚说;"我已八次经过,心中常常存有明白此事的念头,然而却没有很洒脱。"道旻便递了一把扇子给他,说:"请用扇。"吴居厚就挥动着扇子。道旻便又问他:"有什么不洒脱之处?"吴居厚(听了)忽然觉得有所省悟,说:"请告知达到彻底省悟的最后一句话。"道旻就挥了两下扇子。

【品读】

　　道旻禅师递扇与居厚居士,居厚拿而挥扇,即此一"拿"一"挥",便是如来藏因应第七意识意根的决断而显现的妙用。如此说来,居官或劳作,有甚不洒脱处?

好事不如无

　　温州本寂灵光文观禅师,本郡叶氏子。上堂:"过去诸如来①,斯门已成就。好事不如无。现在诸菩萨,今各入圆明。好事不如无。未来修学人,当依如是住。好事不如无。还知么?除却华山陈处士②,何人不带是非行?参③!"

　　　　　　　　　　　　　　　　——《五灯会元》卷十八

【注释】

　　①如来:佛的称号。

　　②陈处士:陈抟(?—989),宋真源人,五代后唐长兴中曾举进士不第,先后隐居武当山、华山,自号扶摇子,宋太宗赐号希夷先生。

　　③参:探究,思索。

【译文】

温州有一位文观禅师，是当地一位姓叶人家的儿子。上堂时说："过去的各位佛祖，佛门已经成就了他们。好事不如无。现在的各位菩萨，如今也已各自进入了圆满明悟之境。好事不如无。未来修学人，也应该像他们那样。好事不如无。还知道吗？除了隐居华山的陈处士，谁人不是带着是非而行？参究吧！"

【品读】

佛法重善但不执着善，刻意行善，也是一累，故"好事不如无"。重在本性上体究。

琴操参禅

苏子瞻①守杭日，有妓名琴操，颇通佛书，解言辞，子瞻喜之。一日游西湖，戏谓琴操曰："我作长老，汝试参禅。"琴操敬诺。子瞻问曰："何谓湖中景？"对曰："落霞与孤鹜齐飞，秋水共长天一色②。""何谓景中人？"对曰："裙拖六幅湘江水，髻挽巫山一段云。""何谓人中意？"对曰："随他杨学士，鳖杀鲍参军③。如此，究竟何如？"子瞻曰："门前冷落车马稀，老大嫁作商人妇④。"琴操言下大悟，遂削发为尼。

———《朱米志林》

【注释】

①苏子瞻：北宋文学家苏轼，字子瞻，号东坡，是一位在家信佛的居士，曾任杭州太守。

②此句出自初唐诗人王勃的《滕王阁序》。

③杨学士：似指宋初西昆派文人杨亿，宋真宗时曾任翰林学士。鲍参军：南朝刘宋诗人鲍照，临海王刘子顼镇仅州时，为前军参军，掌书记。此二人并非同一朝代人。

④此两句出自唐代诗人白居易的《琵琶行》。

【译文】

苏东坡任杭州地方官时,有一个名叫琴操的妓女,颇通晓佛经,善解言辞,东坡居士很喜欢她。一天游西湖,东坡居士开玩笑地对琴操说:"我来做寺院的长老,你来参禅试试看。"琴操答应了。东坡问:"什么叫湖中景?"琴操说:"落霞与孤鹜齐飞,秋水共长天一色。"问:"什么是景中人?"琴操答:"裙挽六幅湘江水(湘水女神),髻挽巫山一段云(巫山神女)。"问:"什么叫做人中意?"琴操答:"任随那杨学士,气坏那鲍参军。我这样对答,究竟如何呢?"苏东坡说:"门前冷落车马稀,老大嫁作商人妇。"琴操听了东坡居士这句话,顿时大悟,于是就削发当尼姑去了。

【品读】

琴操对子瞻之答虽孤高胜妙,然究有身世之累。东坡一语点破,琴操因之更进。

孝为戒之端①

予亦闻吾先圣人,其始振也,为大戒,即日孝名为戒。盖以孝而为戒之端也。子与戒而欲亡孝,非戒也。夫孝也者,大戒之所先也。戒也者,众善之所以生也。为善微戒,善何生耶?为戒微孝,戒何自耶?故经曰:"使我疾成于无上正真之道者,由孝德也。"

——《辅教编》

【注释】

①本篇是宋代契嵩禅师《孝论》一文节录。《孝经》说:"不孝有三,无后为大。"契嵩此文,是为僧尼破戒结婚生子辩护。

【译文】

我也听说我们的先辈圣人,他们在兴教的时候,提出主要的戒律,就以孝作为戒律。这是因为孝乃是一切戒律的开端。身为人子要因为遵循（佛教）戒律而要牺牲孝，这就不是戒。孝，乃是大戒的首要一条。戒，一切善行都由此派生。为了行善而排斥戒，善又从何而生？为了戒而排斥孝，戒又来自何处？所以经文说："使我迅速达到无上正真之道者，必须经由奉行孝德的途径。"

【品读】

这是我国古代知识精英力图将佛法五戒与中华传统文化结合的证见。佛法用此被中华文化接纳，并成为传统文化的一部分。

参禅学道都在劳作里办①

老僧三十一上侍先师②，参禅学道都在劳作里办。汝辈要安坐修行耶？老僧不愿丛林③遗此法式。

——《天童密云禅师年谱》

【注释】

①本篇为明代禅师圆悟语录。圆悟（1566—1642），号密云，俗姓蒋，宜兴人，出身于贫苦农民家庭，26岁读《六祖坛经》而信禅宗，29岁抛妻别子出家为僧。

②先师：指圆悟的老师，即常州龙池山正传禅师。

③丛林：寺院，禅寺，泛指佛教界。

【译文】

老僧我从31岁起开始侍奉先师，参禅学道都是在劳动中进行。你们这些人想每天安安稳稳地坐着修行吗？老僧我不愿意寺院中留下这样的修行方式。

【品读】

参禅不在安坐、禅定，在动中定的功夫。

平等境界

廓然无圣

　　尔时武帝①问:"如何是圣谛第一义②?"师③曰:"廓然无圣。"帝曰:"对朕者谁?"师曰:"不识。"又问:"朕自登九五④已来,度人造寺,写经造像,有何功德?"师曰:"无功德。"帝曰:"何以无功德?"师曰:"此是人天⑤小果,有漏⑥之因,如影随形。虽有善因,非是实相⑦。"武帝问:"如何是真功德?"师曰:"净智妙圆,体自空寂。如是功德,不以世求。"武帝不了达摩所言,变容不言。达摩其年十月十九日,自知机不契,则潜过江北,入于魏邦。

——《祖堂集》卷二

【注释】

　　①武帝:南朝梁武帝萧衍,502—550年在位,信奉佛教。

　　②圣谛第一义:指佛教的根本教义。

　　③师:指菩提达摩,印度僧人,南朝刘宋末年来华,先在江南,后渡江北上至中原,在嵩山少林寺面壁九年,后传其衣法给慧可。后世尊达摩为中国禅宗初祖。

　　④九五:皇帝之位。

　　⑤人天:佛教认为有情众生都处于生死轮回的过程中,人和天是众生轮回的两个去处。

　　⑥有漏:具有烦恼的人世。

　　⑦实相:佛教认为世俗认识的一切现象都是虚幻,只有摆脱世俗之见才能显示佛法永恒的真实,即"实相"。

【译文】

　　当时梁武帝问:"什么是佛圣真谛的第一重道理?"菩提达摩回答:

"空空寂寂,并无佛圣。"武帝问:"和我应对的是谁?"达摩答:"不知道。"武帝又问:"我自从登上帝位以来,度人为僧,建造寺院,抄写佛经,雕画佛像,有什么功德呢?"达摩答:"没有功德。"武帝问:"为什么没有功德?"达摩答:"这只是生死轮回场里的小功果,由俗世的因缘所造成,如同虚影跟随形体一般。虽有好的因缘,却并非是永恒的真实。"武帝问:"什么是真正的功德呢?"达摩答:"清净智慧,达到圆妙境地,一身自然空寂。这样的功德,不是在俗世所能求得的。"梁武帝不能领会达摩的话,变了脸色,不再言语。达摩心知梁武帝不契禅机,就于十月十九日悄悄渡过长江,进入北魏境内。

【品读】

一切世法之善,都是"人天小果,有漏之因",终不免轮回,与实相了不相关。要在体究如来藏,而达"净智妙圆",以此妙圆净智广度众生而不作度生想,方是功德。

无圣去也

子①问曰:"诸圣从何而证?"师②云:"廓然廓然。"子曰:"与摩③则无圣去也。"师曰:"犹有这个纹彩在④。"

——《祖堂集》卷二

【注释】

①子:指中国禅宗五祖弘忍,传说他当时年仅七岁。

②师:指道信禅师。道信(580—651),俗姓司马,蕲州(今湖北蕲春)人,得法于僧璨,传道于黄梅东山,为中国禅宗四祖。

③与摩:如此,这样。

④"犹有"句:意为佛圣的概念不过是一种纹彩而已。

【译文】

孩子问道:"如何印证以往的诸位佛圣的存在?"道信禅师回答:"空空寂寂。"孩子说:"如此则没有佛圣了。"禅师说:"佛圣的概念不过是一种纹彩而已。"

【品读】

佛通过体认空性而来，在空性中，佛并没有"我是佛"的意识。

悟即众生是佛①

一切经书，及诸文字，小大二乘②，十二部经③，皆因人置，因智惠性故，故然能建立。若无世人，一切万法，本元不有。故知万法，本因人兴；一切经书，因人说有。缘在人中有愚有智，愚为小人，智为大人。迷人问于智者，智人与愚人说法，令彼愚者悟解心解。迷人若悟解心开，与大智人无别。故知不悟，即是佛是众生；一念若悟，即众生是佛。故知一切万法，仅在自身中，何不从于自心顿见真如本性？《菩萨戒经》云："我本元自性清静。"识心见性，自成佛道。《维摩经》云："即时豁然，还得本心。"

——《坛经》

【注释】

①本篇是中国禅宗六祖慧能语录。

②小大二乘：佛教两大派别。公元1世纪左右在印度形成大乘佛教，因此将原始佛教和部派佛教称为小乘佛教。

③十二部经：指佛经按照体例的不同而分成的十二种类别。

【译文】

一切佛教经典，以及各种相关的论著，大小二乘佛教，十二部类的经书，都是因人而置，因为人性具有智慧的缘故，所以这些经典论述才能设立。如果世间无人，一切佛法，本来是没有的。因此可知所有佛法本来是因人而设，一切佛教典籍，因有人讲习才得以产生。因为在人众里有愚有智，愚迷的是小人，睿智的是大人。愚迷者向睿智者请教，睿智者就向愚迷者讲说佛法，促使那些愚迷者醒悟。愚迷者如果能够悟解，就与智者没有区别，反之，如果没有领悟，佛也就如同众生；而如果一念顿悟，众生就都可成佛。由此可知一切佛法都在自己心中，何不从自心中顿时显出真实本性呢？《菩萨戒经》说："我本来自性清净。"认识自心发观本性，自然就能够成佛。这就是《维摩诘经》所说的"顿时领悟，恢复本心"的道理。

【品读】

佛与众生，仅在迷悟之别。悟则众生即佛，迷则佛即众生，然悟则终不再迷。

佛性无南北

弘忍和尚问惠能曰："汝何方人？来此山礼拜吾，汝今吾边复求何物？"惠能答曰："弟子是岭南①人，新州百姓。今故远来礼拜和尚，不求余物，唯求作佛。"大师遂责惠能曰："汝是岭南人，又是獦獠②，若为堪作佛？"惠能答曰："人即有南北，佛性即无南北；獦獠身与和尚不同，佛性有何差别？"

——《坛经》

【注释】

①岭南：今广东、广西一带。

②獦獠，古代黄河长江流域一带人对南方土著部族的称呼。但惠能并非南方土著居民，其父卢行稻是范阳（今河北涿州）人，做官，被贬到广东新州（今广东新兴县）去的。

【译文】

弘忍和尚问惠能说："你是哪里人？来此山礼拜我，你今天想从我这里寻求什么？"惠能回答："弟子是岭南人，新州的百姓。今特地远道而来礼拜和尚，不求其他，只求成佛。"弘忍大师就呵责惠能说："你是岭南人，又是蛮夷，怎么能够成佛？"惠能答道："人虽有南北之分，佛性却没有南北之别；蛮夷身份与和尚身份不同，蛮夷的佛性与和尚佛性有什么差别？"

【品读】

如来藏遍在普运，不因南北有差，也不因人种而别。

一宿觉

初到振锡①，绕祖②三匝，卓然而立。祖曰："夫沙门③者，具三千威仪，八万细行④。大德自何方而来，生大我慢⑤？"师⑥曰："生死事大，无常迅速。"祖曰："何不体取无生，了无速乎？"师曰："体即无生，了本无速。"祖曰："如是！如是！"于时大众无不愕然。师方具威仪参礼，须臾告辞。祖曰："返太速乎？"师曰："本自非动，岂有速邪！"祖曰："谁知非动？"师曰："仁者自生分别。"祖曰："汝甚得无生之意。"师曰："无生岂有意邪！"祖曰："无意谁当分别？"师曰："分别亦非意！"祖叹曰："善哉！善哉！少留一宿。"时谓"一宿觉"⑦矣。

——《五灯会元》卷二

【注释】

①振锡：僧人手持锡杖，行走时振动作声。

②祖：指禅宗六祖慧能。

③沙门：梵语，即僧侣。

④三千威仪，八万细行：指非常琐细的佛教礼仪和戒律。

⑤我慢：傲慢自大。

⑥师：指玄觉禅师。

⑦一宿觉：仅留一宿，便得觉悟。

【译文】

玄觉禅师初到六祖慧能的寺院，振动锡杖，绕着六祖法座走了三圈，笔直地站着。慧能说："作为僧人，应当具备三千威仪和八万细行。僧师您从哪里来，竟这样傲慢？"玄觉说："生死是大事，变化很迅速。"慧能就问道："那为什么不去领会无生无灭的法旨，了悟无速无慢的道理呢?"玄觉说:"领会就是无生无灭,了悟本来无速无慢。"慧能连声说:"是这样!是这样!"当时大众没有一个不惊讶。玄觉此时才按照礼仪参拜六祖慧能大师,接着便要告辞。慧能说:"回去得太快了吧?"玄觉答道:"本来便没有动过,怎么谈得上快呢!"慧能说:"谁知道没有动过?"玄觉说:"您人为地在分别动过和没有动过。"慧能说:"你很懂无生无灭的意思。"玄觉说:"无生无灭难道还有意思吗?"慧能说:"无意思有意思是谁在分别?"玄觉说:"分别也不是意思!"慧能赞叹地说:"妙啊!妙啊!小住一宿再走吧。"当时人称此为"一宿觉"。

【品读】

此是高手对高手,两位通透者的对话。慧能处处设迷,永嘉处处破障,慧能设迷于无形,永嘉破障于玄微。挥洒自如,势如破竹,行云流水,赏心悦目,令人叹为观止。

心宗非南北

宣州安国寺玄挺①禅师,初参威禅师,侍立次,有讲华严,僧问:"真性缘起②,其义云何?"威良久,师遽召曰:"大德正兴一念,问时是真性中缘起。"其僧言下大悟。或问:"南宗③自何而立?"曰:"心宗④非南北。"

——《五灯会元》卷二

【注释】

①玄挺:唐代禅僧,约八世纪上半叶前后在世,嗣法于牛头山智威禅师,为牛头宗第六世,住宣州(今安徽宣城一带)安国寺。

②缘起:佛教谓宇宙一切事物皆待缘而起。缘:因缘,缘分。

③南宗:指六祖慧能创立的禅派,因慧能住岭南而得名,与神秀(晚年住洛阳)所创北宗相对。

④心宗:即禅宗。

【译文】

宣州安国寺玄挺禅师,起初参谒智威禅师,侍立时,有一次讲《华严经》，僧人问："真性缘起是什么意思？"智威禅师沉默，玄挺就把僧人召过来，对他说："大德心中正生一念，所以发问，这就是真性中的缘起。"那个僧人听后就立即大悟了。有人问："南宗从何而立？"玄挺回答："禅宗不分南北。"

【品读】

禅容不得动容思量，所谓"举心即错，动念即乖"，要在问题提出的刹那当即了悟，而其本旨（如来藏）本无南北之分。

禅师与山神

一日，有异人峨冠袴褶①而至，从者极多。轻步舒徐，称谒大师②。师睹其形貌，奇伟非常，乃谕之曰："善来仁者胡为而至？"彼曰："师宁识我邪？"师曰："吾观佛与众生等，吾一目之，岂分别邪？"彼曰："我此岳神也。能生死于人，师安得一目我哉！"师曰："吾本不生③，汝焉能死？吾视身与空等，视吾与汝等，汝能坏空与汝乎？苟能坏空及汝，吾则不生不灭也。汝尚不能如是，又焉能生死吾邪？"

——《五灯会元》卷二

【注释】

①袴褶：古时候的一种军服上穿褶，下着裤，外不加裳裳。

②大师：指元珪禅师。元珪（644—716），俗姓李，伊阙（今河南洛阳）人，幼年出家，得法于嵩山慧安禅师，亦住嵩山。

③不生：即无生，佛教认为事物的本性都是无生无灭的。

【译文】

有一天，来了一位奇人，戴着高高的帽子，穿着军人的服装，后面跟着很多的随从。此人步履轻捷从容，说来谒见元□禅师。禅师看他形体相貌，高大奇异，非同一般，就问他："贵客为何而来？"他说："大师难道认出我了吗？"禅师说："我看待佛与众生一样，一视同仁，怎么会识别是谁呢?"他说:"我是这里的山神,能主宰人的生死,大师怎能用对常人的眼光来看我呢!"禅师说:"我本无性,你怎能使我死?我看待此身与虚空一样,看待我与你一样,你能毁坏虚空与你自身吗?即使你能毁坏虚空与你自身,我也是不生不灭。你连毁坏虚空与你自身都做不到,又怎能主宰我的生死呢?"

【品读】

开悟的禅者心量如虚空,无惧生死,不动安危,连神也无能望其涯际。

无有凡圣

曰:"至理如何?"师①曰:"我以要言之,汝即应念清净性中无有凡圣,亦无了不了人。凡之与圣,二俱是名②。若随名生解,即堕生死;若知假名③不实,即无有当名者。"又曰:"此是极究竟处。若云'我能了,彼不能了',即是大病。见有净秽、凡圣,亦是大病。作无凡圣解,又属拨无因果④。见有清净性可栖止,亦大病。作不栖止解,亦大病。然清净性中,虽无动摇,具不坏方便⑤应用,及兴慈运悲,如是兴运之处,即全清净之性,可谓见性成佛矣。"

——《五灯会元》卷二

【注释】

①师:指云居智禅师,约八世纪下半叶至九世纪上半叶在世,是牛头宗惟则禅师的弟子,曾住浙江天台山华严院。

②名:名称,概念。

③假名:佛教认为语言概念不能表达事物的真实性质和相状,只是约定俗成的假施设。

④拨无因果:否定因果报应的道理。

⑤方便:指为度脱众生而采取各种灵活的方法。

【译文】

僧人继宗问："什么是根本的道理？"云居智禅师回答："我把主要的意思说一说。你应该想到清净本性中无所谓凡人和圣人，也无所谓明了之人和不明了之人。凡人和圣人，这两者都是人们生造出来的名称。如果就名称去理解，便堕入生死轮回之中；如果认定名称都是虚幻不实，那么就没有什么事物可以使用名称了。"禅师又说："这是佛法至极之处。如果说'我能明了，而他不能明了'，就是大的错误，看到有净和秽、凡和圣的差别，也是大错误。然而理解为没有凡人和圣人，又否定了因果报应的道理。看到清净本性可以就此止息，是大错误。认为不可以就此止息，也是大错误。清净本性虽然不变，却可以经常不断地就具体情况而适当应用，对众生大发慈悲之心，在这种慈悲之心的施行中，就圆满地体现了清净本性，可谓见性成佛了。"

【品读】

此是过来人的话。深达凡圣、生死、人我、净秽之理，并了悟任运的自由，已走向别相智了。

觉与迷

师①问璘供奉②："佛是什摩义？"对曰："佛是觉义。"师曰："佛还曾迷也无？"对曰："不曾迷。"师曰："既不曾迷，用觉作什么？"无对。

——《祖堂集》卷三

【注释】

①师：指慧忠禅师。慧忠(？—775)，世称南阳国师，俗姓冉，浙江诸暨人，得法于六祖慧能，住南阳白崖山。

②璘供奉：璘，即紫璘，人名；供奉，官职名，在皇帝左右供职者的称呼。

【译文】

慧忠禅师问朝廷的□供奉："佛是什么意思？"答："佛是觉悟的意思。"禅师问："佛曾经迷惑过吗？"答："不曾迷惑过。"禅师又问："既然不曾迷惑过,还用得着觉悟什么呢?"□供奉无言可答。

【品读】

　　佛在众生份上也曾迷过,经修行破迷,其智合于本觉,相对于众生之迷而名之为"觉",非在佛的份上有觉之念。

师不视帝

　　肃宗帝问讯次,师①不视帝。帝曰:"朕身一国天子,师何得殊无些子②视朕?"师云:"皇帝见目前虚空么?"帝曰:"见。"师曰:"还曾眨眼向陛下么?"

——《祖堂集》卷三

【注释】

　　①师:指慧忠禅师。
　　②些子:一点儿。

【译文】

　　肃宗皇帝向慧忠禅师问候时,慧忠禅师连看都不看皇帝一眼。皇帝说:"我是一国天子,大师怎么不正面看着我?"禅师问:"皇帝看到眼前的虚空吗?"皇帝答:"看到了。"禅师又问:"虚空可曾对陛下眨眼么?"

【品读】

　　禅者心包太虚,量周沙界,不畏权势,心性刚直。见王侯其心弥高,见贫贱其心弥下,不屈富贵,不拒卑弱。一往平等,无有高下。

佛性平等

　　后居京口鹤林寺,尝一日,有屠者礼谒,愿就所居办供,师①欣然而往,众皆讶之。师曰:"佛性平等,贤愚一致。但可度②者,吾即度之,复何差别之有?"

——《景德传灯录》卷四

【注释】

①师：指玄素禅师。玄素（668—752），俗姓马，延陵（今江苏丹阳）人，曾住镇江鹤林寺，世称鹤林和尚。是牛头宗五世智威的弟子。

②度：使人解脱俗世烦恼和苦难。

【译文】

玄素禅师后来住持京口（今江苏镇江）鹤林寺，有一天，一个屠夫来拜访，希望在他的住宅里设办斋供款待禅师，玄素禅师很高兴地去了，众人对此感到惊讶。禅师说："佛性平等，贤人和愚者都是一样的。凡是可度的人，我就度他，又有什么差别呢？"

【品读】

禅者等视众生犹如一子，慈悲普覆奸盗屠贩。在禅者看来，从如来藏份上观之，奸盗屠贩与久修耆宿并无差别。

但看弄傀儡

白马寺①惠真问："禅师说无心是道？"师曰："然。"问曰："道既无心，佛有心耶？佛之与道，是一是二？"师曰："不一不二。"问："佛度众生，为有心故。道不度人，为无心故。一度一不度，是二不是二？"师曰："此是大德③妄生二见。山僧④不然，何者？佛是虚名，道亦妄立。二俱不实，都是假名。一假之中立何二？"又问："佛之与道，纵是假名，当立名时，是谁为立？若有立者，何得言无？"师曰："佛之与道，因心而立。推穷心本，心亦是无。二俱虚妄，犹如花翳⑤。即悟本空，强立佛道。"于是惠真赞曰："事无不尽，理无不备，此是顿见⑥真门。即心是佛，可与后世众生轨则。"师《无修偈》曰："见道方修道，不见复何修？道性如虚空，虚空何处修？遍观修道者，拨火觅浮沤。但看弄傀儡⑦，线断一时休。"

——《祖堂集》卷三

【注释】

①白马寺:中国著名古寺,东汉明帝时(公元 1 世纪)所建,在洛阳。

②师:指本净禅师。本净(667—761),俗姓张,绛州(今山西新绛)人,得法于六祖慧能,住司空山(今湖北南漳县西北)无相寺。天宝三年(744)应唐玄宗诏进京。次年正月十五日,唐玄宗召京师高僧与他辩论佛法,本净阐扬南宗教义,力折群僧。

③大德:有德高僧。

④山僧:僧人自称,含谦意。

⑤花翳:花阴、花影。

⑥顿见:顿悟。

⑦弄傀儡:即木偶戏。

【译文】

白马寺的惠真和尚问:"禅师您说无心是道?"本净禅师回答说:"是的。"惠真问:"道既然无心,佛有心吗? 佛与道,是一回事还是两回事?"禅师回答:"既不是一回事,也不是两回事。"问:"佛救度众生,因为佛有心。道不救度人,因为道无心。一度一不度,是不是两回事呢?"禅师回答:"将佛与道看作两回事,乃是大德您虚妄的见解,山僧我不是这样看的,为什么呢? 佛只是一个虚假的概念,道也是因为虚妄而设立。两者都不是真实存在,而是虚假的称呼。同一虚假怎能分辨为二?"惠真又问:"佛与道就算是虚假的名称,当初是谁来设立此名称的呢? 如果有设立者,怎么能说无呢?"禅师回答:"佛与道由心设立名称。推究心的根本,其实心也不存在。佛与道都是虚妄不实的,好比花的影子一样。领悟了本源虚空,便知佛与道是勉强设立的。"于是惠真称赞说:"你对事理的解说真是透彻而完满。这是禅宗顿悟的真正法门。心就是佛,可以作为后世众生遵循的法则。"本净禅师作《无修偈》说:"看见道才去修道,不见道从何修习? 道的本性如虚空,既是虚空怎修习? 满眼所见修道者,都像是在火里找水泡。犹如戏台上面木头人,牵线断时一齐倒。"

【品读】

　　如来藏非断非常，本无染净，感应意根而有佛有道之称，既成佛成道，合于心体，则无佛无道之名。

石头法门①

　　上堂："吾之法门，先佛传授。不论禅定精进，唯达佛之知见。即心即佛，心佛众生，菩提烦恼，名异体一。汝等当知自己心灵，体离断常，性非垢净，湛然圆满，凡圣齐同，应用无方，离心意识。三界六道②，唯自心现，水月镜像，岂有生灭？汝能知之，无所不备。"

　　　　　　　　　　　　　　　　——《五灯会元》卷五

【注释】

　　①本篇为希迁禅师语录。希迁（700—790），俗姓陈，广东高要（今属广东省肇庆市）人。年轻时反对乡民迷信和祭祀神鬼，后投六祖慧能门下，得法于慧能弟子青原行思，后迁往衡山南寺，在寺东大石上筑庵居住，世称石头和尚。

　　②三界六道：三界，即欲界、色界和无声界，是有情众生存在的三种境界；六道，也称六趣，根据众生善恶所定的六种轮回转生的趋向，即地狱、饿鬼、畜生、人、天和阿修罗。

【译文】

　　希迁禅师上堂说："我的道法门径，是前代佛祖所传授。不在乎修习禅定精纯不懈，只要达到佛的知识见解。此心就是佛，心佛和众生，菩提和烦恼，名称不同，其实一致。你们应当认识自己的心灵，这心灵本体没有断止和永常，其性没有垢污和清净，它澄明而圆满，凡人和圣人都相同；它的应用没有范围和极限，不受意识的牵制。所谓一切有情众生生死轮回的三界和六道，都只是人的自心的显现，如同水里月、镜中花一样虚幻，哪里有产生和息灭？你们如能知道这些，就无所不备了。"

【品读】

如来藏乃心体,应用无方。若真悟道,则亲见万物皆备于我,驻于永恒的福祉之中。

丹霞烧木佛

(丹霞天然禅师①)于惠林寺遇天寒,焚木佛以御次,主人或讥,师曰:"吾荼毗②觅舍利③。"主人曰:"木头有何也?"师曰:"若然者,何责我乎?"主人亦向前,眉毛一时堕落。有人问真觉大师:"丹霞烧木佛,上座有何过?"大师云:"上座只见佛。"进曰:"丹霞又如何?"大师云:"丹霞烧木头。"

——《祖堂集》卷四

【注释】

①天然禅师(739—824):唐朝邓州人,俗姓不详,初习儒业,进京应试途中受一禅师启发而出家为僧,后住邓州丹霞山。

②荼毗:梵语,意为焚尸、火葬。僧死火葬是佛教规矩。

③舍利:梵语,意为佛的遗骨,佛骨系佛门圣物。

【译文】

丹霞天然禅师行脚至惠林寺,遇上天寒,便焚烧木佛像取暖。寺中主人讥讽他,禅师说:"我焚尸寻找佛骨。"主人说:"这是木头的,哪有什么佛骨?"禅师说:"既然是这样的话,为什么还要责怪我呢?"于是主人也向前来烤火,不小心把眉毛都烧掉了。有人问真觉大师:"丹霞烧木佛,惠林寺主人有什么过错?"大师回答:"惠林寺主人只见到是佛。"又问:"那么丹霞又怎样?"大师说:"丹霞烧的是木头。"

【品读】

此段话在教内教外引来诸多歧义。其中义理的成立应有相应的语境或前提:丹霞作为悟者而言,已超越一切有相,故于木偶佛像不作佛想,焚之取暖,无有过患;上座未悟,心中有相,不可泥丹霞之迹依样画瓢,否则"杀佛"之罪安可逃哉!

汝无佛性

初参马祖①,祖问:"汝来何求?"曰:"求佛知见。"祖曰:"佛无知见,知见乃魔耳。汝自何来?"曰:"南岳来。"祖曰:"汝从南岳来,未识曹溪②心要。汝速归彼,不宜他往。"师③归石头④,便问:"如何是佛?"头曰:"汝无佛性。"师曰:"蠢动含灵,又作么生?"头曰:"蠢动含灵,却有佛性。"曰:"慧朗为什么却无?"头曰:"为汝不肯承当。"师于言下信入。住后,凡学者至,皆曰:"去!去!汝无佛性。"其接机大约如此。

——《五灯会元》卷五

【注释】

①马祖:道一禅师。

②曹溪:指禅宗六祖慧能。

③师:指慧朗禅师。慧朗,又称大朗,始兴曲江(今广东韶关)人,约八世纪下半叶前后在世,住潭州(湖南长沙一带)招提寺。

④石头:希迁禅师,此处指希迁禅师住处。

【译文】

慧朗初次参见马祖道一禅师,马祖问:"你来寻求什么?"慧朗说:"寻求佛的知识见解。"马祖说:"佛没有知识见解,知识见解恰恰是魔。你从哪儿来?"答:"从南岳石头希迁禅师处来。"马祖说:"你从南岳来,却没有认识六祖慧能的禅法要领。你快返回那儿,不宜到其他地方去。"慧朗回到石头希迁禅师住地,就问:"怎样才是佛?"希迁禅师说:"你没有佛性。"慧朗问:"连动物也有灵性,这又怎么理解?"希迁回答:"动物有灵性,倒是有佛性的。"慧朗问:"慧朗为什么却没有呢?"希迁答:"因为你不肯承当。"慧朗一听就领悟了。住持寺院后,凡有学禅的人来到,慧朗都说:"去! 去! 你没有佛性。"他接扑学人领悟禅机的方式大抵就是这样的。

【品读】

吾人在在而有佛性(如来藏),却因知见分别而打灭,灭却知见,佛性宛然。

佛不异于我

怀海①禅师童年之时,随母亲入寺礼佛,指尊像问母:"此是何物?"母云:"此是佛。"子云:"形容似人,不异于我,后亦当作焉。"

——《祖堂集》卷十四

【注释】

①怀海:唐代著名禅师。

【译文】

怀海禅师小时候,跟随母亲到寺院去拜佛,他指着佛像问母亲:"这是什么?"母亲说:"这是佛。"小怀海说:"佛的样子真像人,跟我也没什么不同,我长大以后也要做佛。"

【品读】

如来藏非相非不相,因众生心想而现众生相。

汝等心本来是佛

问:"何者是佛?"师①云:"汝心是佛,佛即是心,心佛不异,故云即心是佛。若离于心,别更无佛。"云:"若自心是佛,祖师西来如何传授?"师云:"祖师西来唯传心佛,直指汝等心本来是佛,心心不异,故名为祖。若直下见此意,即顿超三乘一切诸位,本来是佛,不假修成。"

——《黄檗宛陵录》

【注释】

①师:指黄檗希运禅师。

【译文】

僧人问:"什么是佛?"希运禅师说:"你的心是佛,佛就是心,心和佛没有区别,所以说心就是佛。如果离开心,另外再也没有佛了。"问:"如果自心是佛,又何必要祖师西来传授佛法?"禅师答:"祖师西来只传心佛,直截指明你们的心本来是佛,心和心没有区别,所以尊他为祖师。如果直截了悟此意,就顿时超越三乘教法中的一切修行品位,因为人人本来就是佛,所以就无须通过修行去达到了。"

【品读】

即吾人妄心,也是佛性功能显现,端在吾人能否圆见此功能,故心佛众生,三无差别。

三种规格待客

真定帅王公携诸子入院,师①坐而问曰:"大王会么?"王曰:"不会。"师曰:"自小持斋身已老,见人无力下禅床。"王尤加礼重。翌日②令客将传语,师下禅床受之。侍者曰:"和尚见大王来,不下禅床。今日军将来,为什么却下禅床?"师曰:"非汝所知,第一等人来,禅床上接;中等人来,下禅床接;末等人来,三门③外接。"

——《五灯会元》卷四

【注释】

①师:指赵州从谂禅师。

②翌日:第二天。

③三门:又称山门,即寺院门。

【译文】

真定王大帅带着几个儿子来到寺院,从谂禅师坐着,问:"大王领会吗?"王答:"不领会。"禅师说:"我从小奉持斋戒,如今已经老了,看到客人也无力下禅座迎接了。"王大帅因此对他格外礼敬尊重。第二天又命手下将官去寺院传话,禅师从禅座上下来接待。侍者问:"和尚见大王来,不下禅座。今天将官来,为什么反而下禅座呢?"禅师回答:"你不知道,第一等的客人来,在禅座上接待;中等客人来,下禅座接待;下等客人来,走出寺院门外接待。"

【品读】

下中上三等人心悟有别,故礼俗之见亦别。分而应之,各契其性。

呵佛骂祖①

上堂:"我先祖见处即不然,这里无祖无佛。达摩是老臊胡,释迦老子是干屎橛,文殊、普贤是担屎汉,等觉、妙觉②是破执③凡夫,菩提、涅槃是系驴橛,十二分教是鬼神簿、拭疮疣纸,四果、三贤、初心、十地④是守古冢鬼,自救不了。"

——《五灯会元》卷七

【注释】

①本篇是宣鉴禅师语录。宣鉴(782—865),唐代禅僧,俗姓周,简州(今四川简阳)人,少年出家,习《金刚经》,后参谒龙潭崇信禅师而悟道,遂焚烧所读经书。住湖南德山。

②等觉、妙觉:都是佛的名称。

③破执:破除有实我、有实物的执见。

④四果、三贤、十地:四果,预流果、一来果、不还果、阿罗汉果,是声闻获取圣果的四等阶位。三贤,十住、十行、十回向称为三贤,是三种贤者的阶位。十地,是修行中的十种阶位,有两种说法,一是"三乘十地",是声闻、缘觉和菩萨共同修行的十种阶位,二是"大乘菩萨十地",是菩

萨修行的十种阶位。

【译文】

宣鉴禅师上堂说："我们禅宗先辈与其他教派的看法不同,在我们这里,既没有祖师也没有佛圣。达摩是老臊胡,释迦老头子是干屎橛,文殊、普贤是挑粪汉,等觉、妙觉只是破除执见的凡夫,菩提智慧、涅槃境界是系驴的木桩,十二部类佛经是鬼神簿,是擦拭疮疣的废纸,四类果位、三类贤者、初学佛者以及十地圣者则是守古坟的一群鬼魂,自身难保。"

【品读】

大悟禅师一切皆空,连空相亦空,正反映了其扫灭空有的超越性。

祖师西来无意①

问:"如何是西来意?"师云:"若有意,自救不了。"云:"既无意,云何二祖②得法?"师云:"得者是不得。"

——《临济语录》

【注释】

①本篇是唐代著名禅师义玄的语录。

②二祖:指北朝僧人慧可(487—593),他被尊为中国禅宗二祖。

【译文】

有人问:"什么是祖师西来的意旨?"义玄禅师说:"如果有意旨,那就连自身也救不了。"又问:"既然没有意旨,为什么二祖慧可从他那里得到了佛法?"禅师回答:"得就是不得。"

【品读】

祖师西来,只为传承一种空性体证,一切有相,皆归空性,"若有意,自救不了"。

恐汝落凡圣

问:"还丹①一粒,点铁成金。至理一言,转凡成圣。学人上来,请师一点。"师②曰:"不点。"曰:"为什么不点?"师曰:"恐汝落凡圣。"曰:"乞师至理。"师曰:"侍者! 点茶③来。"

——《五灯会元》卷七

【注释】

①还丹:道家烧炼的最灵妙的丹药。

②师:指令岑禅师。令岑,唐末五代禅师,浙江湖州人,约九世纪下半叶至十世纪上半叶在世,参雪峰义存禅师而得法,住明州(今浙江宁波一带)翠岩寺,因以翠岩为号。

③点茶:泡茶。

【译文】

僧人说:"一粒灵妙的丹药,可以点铁成金。一句至理名言,可以使凡人成为圣人。学人上来,请老师点一点。"令岑禅师回答:"不点。"僧人问:"为什么不点?"禅师答:"怕你陷落在凡和圣的分别里。"僧人说:"请老师指示至极的真理。"禅师便呼唤道:"侍者! 泡茶来。"

【品读】

如来藏在圣不增,在凡不减,吾人触证此理,则无凡圣之别,此理古德早明,而唤侍者点茶分明又已和盘托出。

诸佛是奴婢①

上堂:"三世诸佛是奴婢,一大藏教是涕唾。"良久曰:"且道三世诸佛是谁奴婢?"乃将拂子画一画,曰:"三世诸佛过这边! 且道一大藏教是谁涕唾?"师乃自唾一唾。

——《五灯会元》卷十二

【注释】

①本篇是昙颖禅师语录。

【译文】

昙颖禅师上堂说:"三世诸佛是被人使唤的男奴女婢,全部佛经教说都是唾液鼻涕。"沉默了一会儿,又问道:"你们说三世诸佛是谁的奴婢?"就用拂子划了一下说:"三世诸佛都到这边来!你们说佛经教说是谁的鼻涕唾液?"禅师就自己唾了一唾。

【品读】

佛陀身形表相、三藏十二部之教理在悟者看来,均为有相有碍之法,如奴婢,如涕唾,不足为训。

平生呵佛骂祖①

有旨赐官舟南归。中途谓侍者曰:"我忽得风痹疾②。"视之口吻已喎斜,侍者以足顿地曰:"当奈何!平生呵佛骂祖,今乃尔。"师曰:"无忧,为汝正之。"以手整之如故,曰:"而今而后,不钝置③汝。"后年正月五日示寂。

——《五灯会元》卷十二

【注释】

①本篇记楚圆禅师事迹及语录。楚圆(987—1040),宋代禅僧,俗姓李,全州(今广西境内)人,22岁出家,参谒汾阳善昭禅师而悟法,先后住江西宜春南源、湖南长沙道吾和石霜山崇胜寺,故有南源、道吾、石霜等法号。

②风痹疾:即中风,这里指歪嘴风。

③钝置:作弄。

【译文】

宋仁宗派官船送楚圆禅师南归。途中,禅师对侍者说:"我突然得了歪嘴风。"侍者一看,果然禅师嘴巴已经歪斜,急得直跺脚,说:"该怎么办呢！你一生呵佛骂祖,今天弄成这样。"禅师说:"别忧虑,你看我弄正它。"就用手把嘴巴扳正了,并说:"从今以后,再也不作弄你啦。"第二年的正月初五,楚圆禅师就逝世了。

【品读】

楚圆禅师向弟子示作风疾暗示:行者未悟时,还是要严守戒律,不可呵佛骂祖、故现狂慧;当弟子心中领悟时,他又恢复如常。

空花坠影

僧问:"古德有言:井底红尘生,山头波浪起。未审此意如何?"师①曰:"若到诸方,但恁么问。"曰:"和尚意旨如何?"师曰:"适来向汝道什么?"乃曰:"古今相承,皆云尘生井底,浪起山头,结子空花,生儿石女。且作么生会?莫是和声送事,就物呈心,句里藏锋,声前全露么?莫是有名无体,异唱玄谭么?上座自会即得,古人意旨即不然。既恁么会不得,合作么生会?上座欲得会么?但看泥牛行处,阳焰翻波②;木马嘶时,空花坠影。圣凡如此,道理分明。何须久立?珍重!"

——《五灯会元》卷十

【注释】

①师:指遇安禅师。遇安(?—992),俗姓沈,钱塘(今杭州)人。年幼出家,得法于天台德韶禅师,住杭州光庆寺。

②阳焰翻波:比喻虚妄之见。阳焰指日光中浮动的尘埃,据《楞伽经》中说,群鹿口渴之极,见阳焰而以为水波,于是狂奔追逐。

【译文】

僧人问:"古代禅师有这样的话:井底生红尘,山头起波浪。不知是什么意思?"遇安禅师回答:"如果到了其他禅寺,就这样提问。"僧人问:"您的意思怎样?"禅师答:"刚才向你说了什么?"禅师又说:"古今相承传,都说红尘生在井底,波浪起于山头,空幻的花朵结出籽儿,石女生出孩子。究竟怎样领会呢？莫非是借声述事，就物表心，句里隐藏机锋，言外显露真体吗？莫非是有名无实，怪论玄谈吗？你们自己领会或许可以，然而古人的意旨却不是这样。既然这样领会不行，又该怎样领会？你们想要领会吗？就看看泥牛行走之处，空中的浮尘翻卷，木马嘶鸣之时，虚幻的花朵坠落时的影子吧。圣和凡就是这样，道理非常明白。何须长久地站在这儿？各位珍重！"

【品读】

如来藏应物现身，无处不在，端看吾人能否领会。

虾蟆与老茄

师①云："大凡修行须是离念，此个门中，最是省力，只要离却情念，明得三界无法，方解修行。离此外修，较似辛苦。不见古来有一持戒僧，一生持戒，忽因夜行踏着一物作声，谓是一虾蟆，腹中有子无数，惊悔不已。忽然睡着，梦见数百虾蟆来向索命，其僧深怀怖惧。及至天晓观之，乃一老茄耳。其僧当下疑情顿息，方知道三界无法，始解履践修行。山僧问你诸人，只如夜间踏着时，为复是虾蟆，为复是老茄？若是虾蟆，天晓看是老茄，若是老茄，天未晓时又有虾蟆索命。还断得么？山僧试为诸人断看：虾蟆情已脱，茄解尚犹存；要得无茄解，日午打黄昏。久立！"

——《古尊宿语录》卷三十二

【注释】

①师：指宋代著名禅师清远。清远（1067—1120），号佛眼，临邛（今四川邛崃）人，得法于法演禅师，住持舒州（今安徽潜山一带）龙门等多处寺院。

【译文】

清远禅师说："大凡修行，须要离开情念，这种法门，最为省力。只要离开情念,明白三界中并无实物,就能修行。离开这一法门而依照其他的法门修行,那就较为辛苦。古时有一个持戒僧人,一生持戒,有一次夜间行路,踏着一样东西发出声音,僧人觉得是一只蛤蟆,肚子里还有无数的卵子,于是惊慌后悔不已。忽然睡着了,又梦见数百只蛤蟆来向他讨还性命,那僧人十分害怕。等到天亮了一看,原来夜里踏着的是一只老茄子。僧人的疑惑之情顿时平息了,才知道三界之中没有实物,才懂得该怎样修行。山僧问问你们各位,那僧人夜间踏着的,究竟是蛤蟆,还是老茄子?如说是蛤蟆,天亮时看是老茄子,如说是老茄子,睡梦中却又有蛤蟆来讨还性命。能够断定吗?让我来为各位断断看:蛤蟆疑情虽消失,茄子见解犹且存;如要息灭此见解,中午敲鼓报黄昏。大众站久啦!"

【品读】

杯弓蛇影、触物惊心都因吾人妄念摇动所致。打得空花泡影死,许汝如来法身活。

截断圣凡途路

杭州庆善院普能禅师,上堂:"事不获已,与诸人葛藤。一切众生,只为心尘①未脱,情量②不除,见色闻声,随波逐浪。流转三界③,汩没四生④。致使正见不明,触途成滞⑤。若也是非齐泯,善恶都忘。坐断报化佛头,截却圣凡途路。到这里方有少许相应。直饶如是,衲僧分上未为奇特。何故如此?才有是非,纷然失心。咄!"

——《五灯会元》卷十二

【注释】

①心尘:心中的尘埃,喻世俗杂念。

②情量:情,情感、情欲;量,即"现量",指感觉;情量,指感官享乐的欲望。

057

③三界：处于生死轮回之中的俗世三种境界，即欲界、色界、无色界。

④四生：佛家认为众生有四种生成方式：卵生、胎生、湿生、化生，因称众生作"四生"。

⑤触途成滞：处处是障碍，处处不通畅，指领悟困难。

【译文】

杭州庆善院普能禅师上堂说："事情没有完结，还要与各位纠缠。一切众生，只因为没有脱尽世俗的杂念，没有除去感官享乐的欲望，所以看到美色，听见娇声，就不免随波逐浪，流转于欲界、色界、无色界，汩没了灵性，致使正确的见解不明，处处是障碍，处处不通畅。如果泯灭是非的界线，忘记善恶的分别，坐断报化佛的头颅，截去分别圣人与凡人的路途，到这里才与禅旨有一些相应。如果能够这样，僧人的身份也就没有什么奇特。为什么这样？才有是非，就纷纷然迷失了本心。咄！"

【品读】

禅者无凡圣、生死、是非、善恶之念。才有此念，分别即生，离道远矣！

谁家树不春

俗士问："俗人还许会佛法否？"师①曰："哪个台②无月？谁家树不春？"

——《五灯会元》卷十三

【注释】

①师：指归仁禅师，约九世纪下半叶至十世纪上半叶在世，得法于疏山匡仁禅师，住洛阳长水灵泉寺。

②台：高而上平的建筑物。

【译文】

一位在俗人士问："俗家人可以领悟佛法吗？"归仁禅师回答："哪一

座台上没有月色？谁家的树木不沐春光？"

【品读】

如来藏人人可领悟，不分在家与出家。

非佛是佛

尼问："如何是佛？"师①曰："非佛。"又问："如何是佛法大意？"师曰："骨底骨董。"

——《续传灯录》卷三十二

【注释】

①师：指妙道禅师。妙道，女，俗姓黄，延平（今福建省南平市）人，约十二世纪内在世。父亲黄裳官至尚书，好道家之术，而妙道却深信佛法。参见径山宗杲禅师而悟法，后出家为尼，住持温州净居寺。

【译文】

尼姑问："什么是佛？"妙道禅师回答："非佛。"又问："什么是佛法的主要意旨？"答："古董杂碎。"

【品读】

禅者在古董杂碎中也可领悟如来藏妙旨。

寒蝉抱枯木①

上堂："才升此座，已涉坐劳。更乃凝眸，自彰瑕玷。别传一句②，勾贼破家。不失本宗，狐狸恋窟。所以真如凡圣，皆是梦言；佛及众生，并为增语。到这里回光返照，撒手承当，未免寒蝉抱枯木，泣尽不回头。"

——《五灯会元》卷十四

【注释】

①本篇是道楷禅师语录。

②别传一句：相传佛教创始人释迦牟尼在灵山会上曾说过"教外别传"这句话，这里也可理解为禅宗机语。

【译文】

道楷禅师上堂说："才登上这个法座，就已不堪久坐的辛劳。如还要凝眸思虑，就更加是自我暴露斑点瑕疵。所谓教外别传一句，只是引贼破家而已。至于不丢失本来宗旨，不过是狐狸眷恋洞窟。所以，什么真如、心圣都是梦话；区分佛与众生，更是累赘之语。到此地步，纵然回光返照，撒手承当，也难免像深秋的蝉儿抱枯木，哭尽泪水也不顶用啦。"

【品读】

禅在破尽一切分别执着，当下承担。

月印千江水

并州广福道隐禅师①，僧问："如何是指南一路？"师曰："妙引灵机事，澄波显异轮。"问："三家同到请，未审赴谁家？"师曰："月印千江水，门门尽有僧。"

——《五灯会元》卷十四

【注释】

①道隐：五代禅僧，师事紫陵匡一禅师，嗣其法，为曹洞宗传人，居并州（治今山西太原）广福寺。

【译文】

僧人问并州广福寺的道隐禅师："什么是成佛之路？"道隐禅师回答："神妙地指示着人的灵机的，就是那澄彻的秋水中映现着的皎洁的月轮。"僧人又问："三家同时来邀请，不知道往谁家去才好呢？"道隐禅师回答："月印千江水，门门尽有僧。"

【品读】

如来藏映现万有,万有同归一源。

如何是大人相

益州崇真禅师,僧问:"如何是禅?"师曰:"澄潭钓玉兔①。"曰:"如何是道?"师曰:"拍手笑清风。"问:"如何是大人②相?"师曰:"泥捏三官③土地堂。"

——《五灯会元》卷十四

【注释】

①玉兔:月亮,神话传说月亮中有玉兔。

②大人:尊贵的人。

③三官:道教所奉的神,即天官、地官、水官,传说天官赐福,地官赦罪,水官解厄。

【译文】

僧人问四川的崇真禅师:"什么是禅?"禅师回答:"从清潭水中钓月亮。"又问:"什么是道?"禅师回答:"拍手笑清风。"再问:"什么是尊贵者的形象?"禅师答道:"土地庙中泥捏的天官、地官、水官。"

【品读】

禅就是在潭影清风中识透灵机。但一切木雕泥偶都不是如来藏本身。

花开花落

僧问:"佛与众生,是一是二?"师①曰:"花开满树红,花落万枝空。"曰:"毕竟是一是二?"师曰:"唯余一朵在,明日恐随风。"

——《五灯会元》卷十五

【注释】

①师:指惟简禅师,约十一世纪在世,得法于渤潭怀澄禅师,住婺州(今浙江金华一带)承天寺。

【译文】

僧人问:"佛与众生,是一回事还是两回事?"惟简禅师回答:"花开满树红,花落万枝空。"问:"究竟是一回事还是两回事呢?"禅师答:"如今只剩下一朵花了,恐怕明天也要随风飘落。"

【品读】

如来藏在圣不增,在凡不减。同一如来藏,只是吾人对其领悟不同,由此分开佛与众生之别,哪里有"一、二"之差?

迷悟双忘

台州①护国此庵景元禅师,谒圆悟于钟阜。因僧读死心②小参语云:"既迷须得个悟,既悟须识悟中迷,迷中悟。迷悟双忘,却从无迷悟处建立一切法。"师闻而疑,即趋佛殿,以手托开门扉,豁然大彻。继而执侍,机辩逸发。

——《五灯会元》卷十九

【注释】

①台州:今浙江临海市。

②死心:即悟新禅师,宋代人,禅宗黄龙派传人,有《死心悟新禅师语录》一卷传世。

【译文】

台州护国寺景元禅师,谒圆悟禅师于钟山。听到僧人读死心悟新禅师小参语录:"既然迷惑了就要获得一个觉悟,既然觉悟了就必须认识觉悟中的迷惑,迷惑中的觉悟。把迷惑和觉悟两者都忘掉,却从既没有迷惑也没有觉悟的地方建立起一切法则。"景元禅师听了这段语录,心中怀疑,就走向佛殿,用手推开门扉,一下子就彻底领悟了。继而在圆悟禅师寺院中当侍者,机锋辩说都超过众人。

【品读】

迷中有悟、悟中有迷,是一切凡夫之本然,若在迷悟中领悟如来藏双应迷悟而又解脱迷悟之超越性,获致无迷无悟,迷悟双忘,方与如来藏小分相应。

闲适境界

自看自静

师①天竺人也。行至太原定襄县历村，见秀大师弟子结草为庵，独坐观心。师问："作什摩？"对曰："看静②。"师曰："看者何人？静者何物？"僧遂起礼拜，问："此理为何？乞师指示。"师曰："何不自看，何不自静？"僧无对。师见根性迟回，乃曰："汝师是谁？"对曰："秀和尚。"师曰："汝师只教此法，为当别有意旨？"对曰："只教某甲看静。"师曰："西天下劣外道③所习之法，此土以为禅宗也，大误人！"其僧问三藏："师是谁？"师曰："六祖。"又曰："正法难闻，汝何不往彼中？"其僧闻师提训，便去曹溪礼见六祖，具陈上事。六祖曰："诚如崛多所言，汝何不自看，何不自静？教谁静汝？"其僧言下大悟也。

——《祖堂集》卷三

【注释】

①师：崛多三藏禅师，唐朝时来华的印度僧人，约七世纪下半叶至八世纪上半叶在世，师从中国禅宗六祖慧能而悟道，后游历中国北方。

②看静：即坐禅。

③西天：古印度；下劣：低劣；外道：佛教以外的其他宗教。

【译文】

崛多禅师是印度人。他游历到太原府定襄县历村时，看见神秀大师的弟子在那里结草为庵，独自坐禅观心。禅师问："你在干什么？"回答："探寻清静。"禅师问："探寻者是何人？清静又是何物？"僧人便起立礼拜，问："这话什么意思？请您指点。"禅师说："何不探寻自心，何不自心清静？"僧无言以对。禅师见他裹性迟钝，便问："你的老师是谁？"回答说："神秀和尚。"禅师问："你的老师是只教这种方法，还是另有他法?"回答说:"只教我探寻清静。"禅师说:"西方低劣的外道修行的方法,这里却以为是禅宗,真是误人不浅!"僧人问禅师:"你的老师是谁?"禅师答:"六祖。"又说:"真正的禅法难以听到,你何不到他那里去?"这个僧人听了崛多禅师的启发和训导,便去曹溪参见六祖慧能,并叙说了上面的事。六祖说:"确实如崛多所说的,你何不探寻自心,何不自心清静? 让谁来使你清静?"这个僧人听了,立即大悟。

【品读】

如来藏本自清净,非寻伺可得。

独步千峰顶 优游九曲泉

僧问:"如何是天柱境?"师①曰:"主簿山高难见日,玉镜峰前易晓人。"问:"如何是天柱家风?"师曰:"时有白云来闭户,更无风月四山流。"问:"如何是道?"师曰:"白云覆青嶂,蜂鸟步庭花。"问:"如何是天柱山中人?"师曰:"独步千峰顶,优游九曲泉。"

——《五灯会元》卷二

【注释】

①师:指天柱崇慧禅师。

【译文】

僧人问:"什么是天柱山的境界?"崇慧禅师回答:"主簿山虽高却难以见到太阳,玉镜峰前站着善于领悟之人。"问:"什么是天柱山寺的家风?"禅师回答:"时常有白云来遮蔽门户,更看不见清风明月在山间徘徊。"问:"什么是道?"禅师说:"白云覆盖着青翠的峰峦,蜂鸟在庭院里的花丛中飞来飞去。"问:"怎样才是天柱山中的人?"禅师说:"独自漫步在千峰之顶,悠闲自得地在九曲泉边行走。"

【品读】

悟道之后,心与道游。

识道与居山①

是以先须识道,后乃居山。若未识道而先居山者,但见其山,必忘其道。若未居山而先识道者,但见其道,必忘其山。忘山则道性怡神,忘道则山形眩目。是以见道忘山者,人间亦寂也;见山忘道者,山中乃喧也。

——《永嘉集·劝友人书第九》

【注释】

①本篇是玄觉禅师语录。玄觉(665—713),字道明,俗姓戴,浙江永嘉人。少年出家,后谒见六祖慧能印证所见,留一宿便归,故人称一宿觉和尚。他的著作辑为《永嘉集》。

【译文】

所以应该先认识那清净无为之道,然后才隐居山中。如果是尚未识道就先居山的人,那么就只看见山,必定忘了道。如果是未居山中而先识道的人,那么就只看见道,必定忘了山。忘了山,那么道之性尚可怡养心神;而忘了道,那么山之形也能眩惑眼目。因此见道忘山的人,即便处于人群里也是清静的;见山忘道的人,纵然隐居在深山,山中也是喧闹的。

【品读】

心转则道转,道转心亦转。心能转物,即同如来。

磨砖安能作镜

开元①中有沙门道一,即马祖也。在衡岳山常习坐禅。师②知是法器,往问曰:"大德坐禅图甚么?"一曰:"图作佛。"师乃取一砖,于彼庵前石上磨。一曰:"磨作甚么?"师曰:"磨作镜。"一曰:"磨砖岂得成镜邪?"师曰:"磨砖既不成镜,坐禅岂得作佛?"一曰:"如何即是?"师曰:"如牛驾车。车若不行,打车即是,打牛即是?"一无对。师又曰:"汝学坐禅,为学坐佛?若学坐禅,禅非坐卧。若学坐佛,佛非定相。于无住法,不应取舍。汝若坐佛,即是杀佛。若执坐相,非达其理。"一闻示诲,如饮醍醐③。

——《五灯会元》卷三

【注释】

①开元:唐玄宗李隆基年号,公元713—741年。

②师:指怀让禅师。怀让(677—744),俗姓杜,金州安康(今陕西省安康市)人,得法于六祖慧能,住南岳衡山般若寺。

③醍醐(tí hú):做乳酪时,上一重凝者为酥,酥上加油者为醍醐,味甘美。佛教以"如饮醍醐"比喻给人以智慧,使人头脑清醒。

【译文】

唐玄宗开元年间,有一个叫道一的僧人(即后来的马祖道一禅师),在南岳衡山常日修习坐禅。怀让禅师知道他具有佛法才器,就去问他:"大德您坐禅图什么?"道一回答:"图作佛。"怀让禅师就拿了一块砖头,在庵前的石头上磨起来。道一问:"磨砖做什么?"怀让禅师说:"磨了做镜子。"道一问:"砖块又岂能磨成镜子呢?"禅师说:"既然砖块不能磨成镜子,那么坐禅又怎能成佛呢?"道一问:"怎么做才正确?"禅师说:"就像牛拉车,车如果不走,应该打车呢,还是打牛?"道一没有话说。禅师又说:"你学习坐禅,还是学习坐佛? 如果学习坐禅,禅不是坐或卧;如果学坐佛,佛也没有固定的相状。事物变化不定,不应有所取舍,你如坐佛就是杀佛。如果执著于坐相,并没有悟得佛的道理。"道一听了这番教诲,如饮醍醐一般地清醒了。

【品读】

禅是智慧,定是功夫,佛无定相,道在妙悟,不可把功夫作智慧。

饥来吃饭　困来即眠

有源律师①来问:"和尚修道,还用功否?"师②曰:"用功。"

曰:"如何用功?"师曰:"饥来吃饭,困来即眠。"曰:"一切人总如是,同师用功否?"师曰:"不同。"曰:"何故不同?"师曰:"他吃饭时不肯吃饭,百种须索;睡时不肯睡,千般计较。所以不同也。"律师杜口。

——《景德传灯录》卷六

【注释】

①律师:佛教典籍分经、律、论三部分,专门研究佛律的称律师。

②师:慧海禅师。

【译文】

有源律师来问:"和尚您修道还用功吗?"慧海禅师答:"用功。"问:"怎么用功?"禅师答:"饿了就吃饭,困了就睡觉。"律师说:"一切人都是这样的,他们都和您一样用功吗?"禅师说:"不同。"问:"为什么不同?"禅师回答:"有些人该吃饭时不肯吃饭该睡觉时不肯睡觉,千方百计,索讨搜求。所以是不同的。"有源律师无话可说。

【品读】

禅要在吃饭睡眠中有大领悟。

不修自合道

法空禅师问:"佛之与道,俱是假名,十二分教,亦应不实。何以从前尊宿①皆言修道?"师②曰:"大德③错会经意。道本无修,大德强修。道本无作,大德强作。道本无事,强生多事。道本无知,于中强知。如此见解,与道相违。从前尊宿不应如是。自是大德不会,请思之。"师有偈曰:"道体本无修,不修自合道。若起修道心,此人不会道。弃却一真性,却入闹浩浩。忽逢修道人,第一莫向道。"

——《五灯会元》卷二

【注释】

　　①尊宿：对已故高僧的尊称。

　　②师：指本净禅师。

　　③大德：对僧人的尊称。

【译文】

　　法空禅师问："佛之与道，都是虚假的名称；十二部类的佛经，也应是虚幻不实。那么，为什么从前的高僧都讲要修道呢？"本净禅师回答："大德您错误地领会了佛经的经义。道本来无所谓修行，是您勉强自己去修行；道本来就没有所谓作为，是您勉强自己去有所作为；道本来无事可做，是您勉强生出许多事来；道本来无知无识，是您强行要获得所谓知。像您这样的见解，乃是与道相违背的。从前的高僧不应是这样。是大德您自己不领会，请想一想吧。"本净禅师有偈语说："道体本无修，不修行自然合乎道。如果起了修道的心，这个人就根本不懂得道。丢掉了自己的真性，却进入了闹浩浩的境地。忽然碰到了修道的人，首先要注意的是千万不要向往他所谓的道。"

【品读】

　　若起心修道，又是妄念。

宇内为闲客

　　漳州罗汉和尚①，初参关南②，问："如何是大道之源？"南打师一拳，师遂有省，乃为歌曰："咸通七载③初参道，到处逢言不识言。心里疑团若栲栳④，三春不乐止林泉。忽遇法王⑤毡上坐，便陈疑恳向师前。师从毡上那伽起，祖膊当胸打一拳。骇散疑团獦狚⑥落，举头看见日初圆。徙兹蹭蹭以碣碣，直至如今常快活。只闻肚里饱膨脝，更不东西去持钵。"又述偈曰："宇内为闲客，人中作野僧。任从他笑我，随处自腾腾⑦。"

——《五灯会元》卷四

【注释】

①漳州罗汉和尚：唐代禅僧，约九世纪下半叶前后在世。

②关南：道常禅师，唐代僧人，住襄州关南寺，属南岳禅系第三世。

③咸通七载：咸通七年（866），咸通是唐懿（yì）宗李漼（cuǐ）的年号（860—874）。

④栲栳（kǎo lǎo）：用柳条编成的容器，也叫笆斗。

⑤法王：佛的称号，此处指关南道常禅师。

⑥猲狙：兽名。《山海经》中记载的一种状如狼、声如猪、赤首鼠目的怪兽。

⑦腾腾：自在无为。

【译文】

漳州有一位罗汉和尚，当初参谒关南道常禅师，问："什么是大道之源？"道常禅师就打了他一拳，他便有了省悟，就作了一首歌，唱道："咸通七年开始参禅问道，到处听到佛的言语却不认识。心里疑团大如斗，面对着大好春光也抑郁不乐，栖止在林泉。忽然遇到佛在毡上坐，就向他陈述心中疑虑，恳求老师指点。老师从毡上跳起来，赤着臂膊对着我胸部打了一拳。惊散了我心中的疑团和对怪兽的恐惧，抬头看见了太阳的光芒。从此以后洒脱自在，直到如今总是快活舒畅。只管吃饱肚子，更不到处去持钵化缘。"又说偈语道："宇内为闲客，人中作野僧。任从他笑我，随处自腾腾。"

【品读】

一拳下去，疑情顿销。如来藏行于六根，肤觉的顿现瞥尔顿见如来藏。

无汝用心处

僧问："如何是玄旨①？"师②云："无人能会。"僧云："向者如何？"师云："有向即乖。"僧云："不向者如何？"师云："谁求玄旨？"又云："去！无汝用心处。"

——《景德传灯录》卷七

【注释】

①玄旨：玄妙的意旨，指禅宗意旨。

②师：唐代禅师智常。

③乖：背离。

【译文】

僧人问："什么是玄妙的意旨？"智常禅师回答："没有人能够领会。"问："向往它的人怎样？"禅师答："有所向往就是背离。"问："不向往又怎样呢？"禅师说："谁来寻求玄妙意旨？"紧接着又说："去吧！没有你用心的地方。"

【品读】

意识心悟求玄旨，但若不消除意识心，如来藏仍是意识对象，非吾人本己的存在。只有消除意识分别，方能倏尔会通如来藏。

吃茶去

师①问新到："曾到此间么？"曰："曾到。"师曰："吃茶去。"又问僧，僧曰："不曾到。"师曰："吃茶去。"后院主问曰："为甚么曾到也云吃茶去，不曾到也云吃茶去？"师召院主，主应喏。师曰："吃茶去。"

——《五灯会元》卷四

【注释】

①师：赵州从谂禅师。

【译文】

赵州从谂禅师问新到的僧人："以前到过这里吗？"僧人说："到过。"禅师就对他说："喝茶去。"又问另一个僧人，回答是："不曾到过。"禅师也对他说："喝茶去。"事后院主问道："为什么到过也说喝茶去，不曾到过也说喝茶去？"禅师便召唤院主，院主应答。禅师说："喝茶去。"

【品读】

如来藏无分别，故曾到、未到，一体吃茶。

狗子无佛性

问："狗子还有佛性也无?"师^①曰："无。"曰："上至诸佛，下至蝼蚁，皆有佛性，狗子为甚么却无?"师曰："为伊有业识^②在。"

——《五灯会元》卷四

【注释】

①师：指赵州从谂禅师。

②伊：它；业识：佛教术语，谓处于生死轮回中的有情众生（包括人和一切有情识的生物）的根本意识。业，有意识的生命活动。

【译文】

僧人问："狗有没有佛性?"从谂禅师回答："没有。"僧人说："上至诸佛，下至蝼蚁，都有佛性，为什么狗却没有?"禅师答："因为它有为主人效劳的业识。"

【品读】

狗子其实有佛性，为伊有业识在，故佛性不显；吾人也有佛性，奈何如狗子为业障所蔽?

不如一无事阿师^①

若人求佛，是人失佛；若人求道，是人失道；若人求祖，是人失祖。大德^②！莫错，我且不取尔解经论，我亦不取尔国王大臣，我亦不取尔辩似悬河，我亦不取尔聪明智慧，唯要尔真正见解。道流^③！设解得百本经论，不如一个无事底阿师。

——《临济语录》

【注释】

①本篇是义玄禅师语录。

②大德：对僧人的尊称。

③道流：对学道人的统称。流，流辈。

【译文】

如果有人求佛，那么他就失去了佛；如果有人求道，那么他就失去了道；如果有人求祖师，那么他就失去了祖师。大德！别弄错了，我并不欣赏你能解说经论，不欣赏你是国王大臣，不欣赏你辩论时口若悬河，也不欣赏你的聪明智慧，只要你有真正的见解。学道者们！即使能够解说百本经论，也不如一个无事的禅僧。

【品读】

口若悬河，舌颤莲花，尽是知见，何如直触如来藏？

孤岩倚石坐　不下白云心

洪州凤栖同安院常察①禅师，僧问："如何是凤栖家风？"师曰："凤栖无家风。"曰："既是凤栖，为甚么无家风？"师曰："不迎宾，不待客。"曰："恁么则四海参寻，当为何事？"师曰："盘饤自有旁人施。"问："如何是凤栖境？"师曰："千峰连岳秀，万嶂不知春。"曰："如何是境中人？"师曰："孤岩倚石坐，不下白云心。"

——《五灯会元》卷六

【注释】

①常察（？—961）：五代禅僧，师事九峰道虔禅师得法，居洪州（今江西南昌）凤栖山同安院。

【译文】

洪州（南昌）凤栖山同安院有一位常察禅师。僧人问："什么是凤栖家风？"禅师答："凤栖无家风。"问："既然是凤凰栖息的地方，为什么无家风?"禅师答:"不迎宾,不接客。"问:"那么四海之人参禅寻师,又是为什么?"禅师答:"盘中餐自然有旁人施予。"问:"什么是凤栖的境界?"禅师答:"千峰连岳秀,万嶂不知春。"问:"怎样是境中人?"禅师答:"孤岩倚石坐,不下白云心。"

【品读】

禅者打落烦恼,神与物游,孤高自许,不了万事。

星明月朗　足可观瞻

座主①问:"三乘十二分教,某甲粗知,未审和尚说何法示人?"师②曰:"我说一乘法③。"曰:"如何是一乘法?"师曰:"几般云色出峰顶,一样泉声落槛前。"曰:"不问这个,如何是一乘法?"师曰:"你不妨灵利。"翫④月次,谓僧曰:"奇哉!奇哉!星明月朗,足可观瞻,岂异道乎?"

——《五灯会元》卷六

【注释】

①座主:唐宋时期进士称主考官为座主。

②师:指常察禅师,详见上篇注释①。

③一乘法:佛教化一切众生成佛的根本方法。

④翫(wán):观赏。

【译文】

座主说:"佛教度脱众生的三种方法和十二部类的经典,我都知道一个大概,不知道和尚说什么法来教化众人?"常察禅师说:"我说的是佛教化一切众生成佛的根本方法。"座主问:"什么是根本方法?"禅师说:"几般云色出峰顶,一样泉声落槛前。"座主说:"我不是问这个,是问什么是根本方法。"禅师说:"你不妨灵活敏捷些。"赏月的时候,常察禅师对僧人说:"奇妙啊,奇妙!星明月朗,足可观瞻,与'道'没有什么不同啊!"

【品读】

如来藏随机普应,云色泉声,星明月朗尽是道。

风送水声　月移山影

问:"如何是微妙?"师①曰:"风送水声来枕畔,月移山影到床前。"问:"如可是极则②处?"师曰:"懊恼三春月,不及九秋光。"问:"色身③败坏,如何是坚固法身?"师曰:"山花开似锦,涧水湛如蓝。"

——《五灯会元》卷八

【注释】

①师:指智洪禅师。

②极则:至极妙理。

③色身:指可用肉眼看到的人的身躯。

【译文】

僧人问:"什么是微妙?"智洪禅师说:"风送水声来枕畔,月移山影到床前。"问:"什么是至极妙理?"禅师说:"懊恼三春月,不及九秋光。"问:"肉体终归消失,什么是坚固的佛身?"禅师回答:"山花开似锦,涧水湛如蓝。"

【品读】

风送水声、月移山影尽是如来藏妙用;山花似锦、涧水如蓝全是诸佛法身。

无事于心　无心于事

师①上堂谓众曰:"于己无事,则勿妄求。妄求而得,亦非得也。汝但无事于心,无心于事,则虚而灵,空而妙。若毛端许,言之本末者,皆为自欺。毫厘系念,三途②业因。瞥尔生情,万劫羁锁。圣名凡号,尽是虚声。殊相劣形,皆为幻色。汝欲求之,得无累乎? 及其厌之,又成大患,终而无益。"

——《景德传灯录》卷十四

【注释】

①师:指宣鉴禅师。

②三途:佛教术语,指生死轮回中的地狱、饿鬼、畜生三途。

【译文】

宣鉴禅师上堂对大众说:"要想做无事之人,就不要去妄作追求。妄作追求而得到的,等于没有得到。你们只要没有事挂在心上,也没有心在事上,就会虚静而灵慧,空寂而神妙。哪怕是有一点儿言谈涉及事情本末,也都是自己欺骗自己。丝毫系念于事,就是陷入地狱、饿鬼、畜生三途的果报因缘。偶忽生情于事,则成为永久的枷锁。圣人和凡人的称号,都是虚幻的名声。西施般的美色与东施的丑陋,全是空幻的色彩。你们企图追求这些,能不疲累吗? 等到对这一切产生了厌倦之心,却又成为大害,终究没有好处的。"

【品读】

不欣求,不厌离,无心于事,无事于心,任运腾腾,法尔本然即是道。

热即竹林溪畔坐

问:"丹霞烧木佛①,意旨如何?"师②曰:"寒即围炉向猛火。"僧曰:"还有过也无?"师曰:"热即竹林溪畔坐。"

——《景德传灯录》卷二十一

【注释】

①丹霞烧木佛:见本书"丹霞烧木佛"条。

②师:指子仪禅师。子仪(? —986),俗姓陈,浙江乐清人,得法于福州鼓山神晏禅师,住杭州天竺山,能诗书,号心印水月大师。

【译文】

僧人问："丹霞天然禅师烧木佛,包含着什么意旨?"子仪禅师回答:"天寒就围着炉子,对着熊熊的烈火取暖。"僧人问:"可有过错吗?"禅师答:"天热就坐在竹林里,对着清澈的溪水乘凉。"

【品读】

寒即向火,热即乘凉,禅不违俗世,但禅师的俗世之为中自有真意。

日日是好日

上堂举:"云门示众云:'十五日已前则不问,十五日已后道将一句来。'自代云:'日日是好日。'"师①曰:"日日是好日,佛法世法尽周毕。不须特地觅幽玄,只管钵盂两度湿②。"

——《续传灯录》卷三十二

【注释】

①师:指妙总禅师。妙总,女,俗姓苏,丹徒(今江苏省内)人,约十二世纪内在世,祖父苏颂官至丞相。妙总因听径山宗杲禅师说法而领会意旨,宗杲为她起了无著的法号。后出家为尼,住平江府(江苏苏州一带)资寿院。

②钵盂两度湿:钵盂,僧尼饮食盛器。两度湿,按寺院规矩,僧尼每日两餐。

【译文】

上堂时,妙总禅师说:"云门文偃禅师对众僧说:'十五日以前暂且不问,十五日以后的事说一句看。'云门自拟答语:'天天都是好日子。'"妙总禅师接着发挥道:"'天天都是好日子'这句话,把佛法和世间法都说完全啦。不必特意地去寻求幽玄的意旨,只管每天吃饱两顿饭就行了。"

【品读】

如来藏随机应现,并时时显现,故日日是好日;同时,在每天两顿饭中自有如来藏妙用。

四弘誓愿①

上堂："释迦老子有四弘誓愿云：'众生无边誓愿度，烦恼无尽誓愿断，法门无量誓愿学，佛道无上誓愿成。'法华亦有四弘誓愿：'饥来要吃饭，寒到即添衣，困时伸脚睡，热处爱风吹。'"

——《五灯会元》卷十九

【注释】

①本篇为宋代著名禅师守端语录。守端（1025—1072），俗姓葛，衡州（今湖南衡阳一带）人，参杨岐方会禅师而得法，出住舒州（今安徽潜山一带）白云等多处寺院。

【译文】

守端禅师上堂说："释迦老汉有四大誓愿：'众生无限誓愿度，烦恼无尽誓愿除，法门无数誓愿学，佛道无上誓愿成。'法华我也有四大誓愿：'肚子饿了要吃饭，天气冷了就添衣，感到困倦就伸脚睡，觉得热了就爱风吹。'"

【品读】

法华誓愿与释迦誓愿是同一理趣。

一念万年 千古在目①

上堂："道本无为，法非延促。一念万年，千古在目。月白风恬，山青水绿。法法现前，头头具足。祖意教意，非直非曲。要识庐陵米价，会取山前麦熟。"以拂子击禅床，下座。

——《五灯会元》卷十五

【注释】

①本篇是宋代禅僧海印语录。

【译文】

海印禅师上堂说："道本来就无所作为,事物的生命也无所谓长短。一念之间,即是万年;千古之事,历历在目。月色皎洁,微风恬静,山峰叠翠,溪水澄澈。自然万象都呈现在面前,每一件都是那样圆满无缺。禅宗祖师的意旨与佛教的教义,并没有曲直的分别。要从庐陵米价中领悟,要从山前麦熟时会取。"用拂子敲了一下禅床,就下座了。

【品读】

如来藏本自圆成,自具自足,随缘应机,不失自身圆满。

净名已把天机泄

庐州①长安净名法因禅师,上堂:"天上月圆,人间月半。七八是数,事却难筭。隐显不辨即且置,黑白未分一句作么生道?"良久曰:"相逢秋色里,共话月明中。"上堂:"祖师妙诀,别无可说。直饶钉嘴铁舌,未免弄巧成拙。净名已把天机②泄。"

——《五灯会元》卷十六

【注释】

①庐州:治所在今安徽省合肥市。

②天机:造化的奥秘。

【译文】

庐州有一位净名法因禅师,上堂时说:"天上月圆之时,正是人间的月半。七八是数,事情却难计算。对隐藏与显现不予辨别就暂且搁置,黑白未分一句怎么说?"沉默了一会儿说:"相逢秋色里,共话月明中。"净名禅师上堂时又说:"祖师的妙诀,别无可说。即使是钉嘴铁舌,说起来也不免会弄巧成拙。净名已经泄露天机了。"

【品读】

如来藏言语道断,心行处灭,非言说可以疏解。

斋余更请一瓯茶

泉州栖隐有评禅师①,僧问:"如何是平常道?"师曰:"和尚合掌,道士擎拳。"问:"十二时中如何趣向?"师曰:"著衣吃饭。"曰:"别还有事也无?"师曰:"有。"曰:"如何即是?"师曰:"斋余更请一瓯茶。"

——《五灯会元》卷十六

【注释】

①有评禅师:宋代高僧,生平不详,住泉州栖隐寺。

【译文】

泉州栖隐寺有评禅师,僧人问他:"什么是平常之道?"禅师回答:"和尚合掌,道士举拳。"问:"一天十二个时辰如何度过?"禅师回答:"穿衣吃饭。"问:"别的还有什么事情吗?"禅师答:"有。"问:"是什么事呢?"禅师说:"吃罢斋饭后,再品一盅茶。"

【品读】

合掌握拳,穿衣吃茶,哪里不见如来藏?

拈花微笑虚劳力

潭州安化启宁闻一禅师,上堂:"拈花微笑①虚劳力,立雪齐腰②枉用功。争似老卢③无用处,却传衣钵振真风。大众,且道那个是老卢传底衣钵?莫是大庾岭头提不起④底么?且莫错认定盘星⑤。"以拂子击禅床,下座。

——《五灯会元》卷十八

【注释】

①拈花微笑：指释迦牟尼付法给摩诃迦叶之事，详见本书《拈花微笑》篇。

②立雪齐腰：指二祖慧可向菩提达摩求法的故事，详见本书《少林立雪》篇。

③老卢：卢行者，即禅宗六祖慧能大师。

④大庾岭头提不起：相传弘忍传衣钵给慧能，慧能连夜南行，众僧不服，由曾经当过将军的惠明率领数十人追到大庾岭，惠明捷足先登，要夺衣钵，慧能将衣钵放在一块大石头上，惠明使尽力气却提不起来。这是禅宗自我神化的神话。

⑤定盘星：秤杆上起点之星号，秤锤挂在此星号上，则与空秤盘平衡。喻指事物的起点或标准。

【译文】

潭州(今湖南长沙、益阳一带)安化寺的闻一禅师上堂说："释迦牟尼拈花，摩诃迦叶微笑，简直是白费力气；慧可为向达摩求教，在大雪中站了一夜，更是花的冤枉功夫。哪里像那并不用功的老卢，却得到了五祖传的衣钵，振兴了禅宗的真风。大众，且说一说什么是老卢传的衣钵？难道是大庾岭上惠明使尽气力也提不起的东西吗？且不要错认了定盘星。"说完，闻一禅师用拂子敲了一下禅床，就下座了。

【品读】

慧能所传之法，并不是大庾岭头惠明用尽神力提不动衣钵之事，而是有关如来藏的妙悟。

物外清闲适圣时

嘉兴府华亭性空妙普庵主，汉州①人。久依死心②获证，乃抵秀水，追船子③遗风。结茅青龙之野，吹铁笛以自娱。多赋咏，得之者必珍藏。其《山居》曰："心法双忘犹隔妄，色尘不二尚余尘。百鸟不来春又过，不知谁是住庵人？"又《警众》曰：

"不耕而食不蚕衣，物外清闲适圣时。未透祖师关捩子④，也须存意著便宜⑤。"

——《五灯会元》卷十八

【注释】

①汉州：今四川广汉市一带。

②死心：悟新禅师，宋代僧人。

③船子：船子和尚，即唐代禅僧德诚，隐居华亭吴江畔，泛舟接化四方往来之人。

④关捩子：指禅机至极玄妙之处，事理关键。

⑤便宜：应办的事。

【译文】

嘉兴府华亭（属今上海市）性空妙普庵主，是四川人。长期跟随死心悟新禅师修习，获得证悟。于是就来到秀水之滨，追慕效法唐朝船子和尚的遗风。在青龙一带的原野上盖起茅屋居住，吹奏着铁笛以自得其乐。他作了很多的诗，得到他的诗的人都视如家珍收藏。他的《山居》诗说："把心和事物都忘记也还隔着一层妄念，眼见之色与境相浑融不二尚且还留着事物的幻相。百鸟不来衔花献，春天又已经过去，不知是谁住在这荒野茅庵?"又有《警众》诗一首说："不耕而食，不养蚕而衣，在太平时节过着超脱清闲的日子。但如果没有悟到禅机的至极微妙之处，也还必须留心在无所用心时领悟。"

【品读】

心法双忘，色尘不二尚未悟透，禅，难矣!

五湖烟景有谁争①

上堂："达摩未来东土已前，人人怀媚水之珠，个个抱荆山之璞②，可谓壁立千仞③。及乎二祖礼却三拜之后，一一南询诸友，北礼文殊，好不丈夫! 或有一个半个，不求诸圣，不重已灵,疋马单枪,投虚置刃,不妨庆快平生④,如今有么? 自是不归归便得,五湖烟景有谁争?"

——《五灯会元》卷十八

【注释】

①本篇是宋代禅师上封本才语录。本才,俗姓姚,福州人,幼年出家,悟道后住潭州。

②璞(pú):含着玉的石头,也指没有琢磨的玉。

③仞:古时以八尺或七尺为一仞。

④庆快平生:一生庆幸快活,形容禅悟者的愉悦舒畅心情。

【译文】

上封本才禅师上堂说:"菩提达摩未来中国以前,人人的心灵像媚水之珠一般明亮澄净,个个像荆山的璞玉一样有着天然的美质,独立高耸犹如壁立千仞的山岩。但从二祖慧可向菩提达摩三拜以后,一个个向南去寻师问道,向北去礼拜文殊菩萨,真没有丈夫气概! 或者其中有这么一个半个人,既不求诸圣人,也不自我执著,匹马单枪,把那虚幻的一切都投掷到刀刃之上,不妨一生庆幸快活,像这样的人如今还有么?

自是不归归便得,五湖烟景有谁争?"

【品读】

人人有个如来藏,五湖烟景自圆成。不因达摩西来而有,不因达摩不来而无。

闲云抱幽石

临安府①显宁松堂圆智禅师,上堂:"芦华白,蓼华红。溪边惰竹碧烟笼。闲云抱幽石,玉露滴岩丛。昨夜乌龟变作鳖,今朝水牯悟圆通。咄!"

——《五灯会元》卷十八

【注释】

①临安府:南宋都城,今杭州市。

【译文】

临安府有一位圆智禅师,上堂时说:"芦花白,蓼花红,溪边竹林笼罩在绿色的雾霭中。悠闲的云朵缭绕着幽静的山峰,晶莹的露珠滴落在嶙峋的岩石丛。昨夜乌龟变作鳖,今朝水牯牛成佛了。咄!"

【品读】

如来藏感应众机而千幻并作。

又添一日在浮生

庆元府①蓬莱圆禅师,住山三十年,足不越阃②,道俗尊仰之。师有偈曰:"新缝纸被烘来暖,一觉安眠到五更。闻得上方③钟鼓动,又添一日在浮生④。"

——《五灯会元》卷十八

【注释】

①庆元府:在今浙江省龙泉市一带。

②阃(kǔn):门槛。

③上方:地势最高之处。

④浮生:《庄子·刻意》:"其生若浮,其死若休。"认为人生在世,虚浮无定。后来相沿称人生为浮生。

【译文】

庆元府蓬莱山圆禅师,住山三十年,脚不跨出门槛,僧人和俗人都很尊重敬仰他。圆禅师有一首偈语说:"新缝纸被烘来暖,一觉安眠到清晨,听见高处钟鼓动,又添一日在浮生。"

【品读】

悟道的禅者随缘度日而不作任何善恶的造作。

庭华落后更逢春

潭州①龙牙宗密禅师,豫章②人。僧问:"如何是佛?"师曰:"莫寐语。"问:"如何是一切法③?"师曰:"早落第二。"上堂,大众集,师曰:"已是团圞,不劳雕琢。归堂喫茶。"上堂:"休把庭华类此身,庭华落后更逢春。此身一往知何处? 三界④茫茫愁杀人。"

——《五灯会元》卷十八

【注释】

①潭州:在今湖南长沙一带。

②豫章:今江西省南昌市。

③一切法:指禅宗要义。

④三界:欲界、色界、无色界。佛教认为,一切有情识的众生都在这三界中轮回。无色界即纯精神的世界。

【译文】

潭州龙牙山有一位宗密禅师,是豫章人。僧人问:"什么是佛?"禅师答:"不要说梦话。"问:"什么是一切法?"答:"问'一'时就早已落为第二。"宗密禅师上堂,众人齐集,禅师说:"已经圆满,不需要再作雕琢。大家都回去吃茶吧。"上堂时又说:"不要把庭前的花朵比拟人生,今年花落后,明春花又开。可是人生呢? 一去就不知归往何处。那无尽的欲界、色界、无色界呵,无边无际,真是令人发愁。人生还不如庭前的花朵呵!"

【品读】

旅泊三界,游戏六道,尽是如来藏游舞处,何如于花开花落间弹指契入真如?

禅僧二病

龙门①道只有二种病:一是骑驴觅驴,二是骑却驴了不肯一下。你道骑却驴了更觅驴，可杀是大病？山僧向你道：不要觅！灵利人当下识得，除却觅底病，狂心遂息。既识得驴了，骑了不肯下，此一病最难医。山僧向你道：不要骑！你便是驴，尽大地是个驴，你作么生骑？你若骑，管取病不去；若不骑，十方世界廓落地。此二病一时去，心下无事，名为道人，复有什么事！所以赵州问南泉和尚："如何是道？"泉云："平常心是道。"

——《古尊宿语录》卷三十一

【注释】

①龙门：指清远禅师。

【译文】

我说学禅者只有两种过错：一是骑驴找驴，二是骑着驴子不肯下。你说说看，骑着驴子还去找驴子，岂不是大错？山僧对你说：别找！灵利的人当下就能知道，改正向外寻觅的过错，痴狂之心就平息了。看到驴子之后，骑着不肯下来，这个病最难医。山僧对你说：别骑！你就是驴，整个大地就是一头驴，你怎样骑呢？你如果骑着驴，病肯定不能除掉，如果不骑了，十方世界就空旷清净啦。把这两种过错一齐除掉了，心中无事，称为道人，此外又有什么事！所以赵州从谂禅师问南泉普愿和尚："什么是道？"南泉回答："平常心是道。"

【品读】

秉承如来藏而寻找如来藏并执着不舍，结果是将如来藏当作对象而深陷法执之中，如何契证？

天台如庵主

台州①天台如庵主，久依法真，因看云门东山水上行语，发明己见，归隐故山，猿鹿为伍。郡守闻其风，遣使逼令住持。师作偈曰："三十年来住此山，郡符②何事到林间？休将琐琐尘寰事,换我一生闲又闲。"遂焚其庐,竟不知所止。

——《五灯会元》卷十六

【注释】

　　①台州:今浙江临海市。

　　②符:古代官府用以传达命令的凭证。

【译文】

　　台州(浙江临海)天台山有一位如庵主,久依法真禅师修习禅法,因看云门东山禅师水上行的话语,发明己见,从此就回到天台山隐居,与猿猴和麋鹿为伍。地方长官听说他的高风,派遣使者前去逼令他出任寺院住持。如庵主作了一首偈语说:"三十年来住在此山,官府的命令怎么会来到树林之间? 不要用卑卑琐琐的世俗之事,换去我一生闲而又闲的时光。"于是就放火烧了自己住的房子,从此竟不知到哪里去了。

【品读】

　　禅者一任自在,了悟自由才是生命的本色。

旷达境界

明州布袋和尚①

　　明州奉化县布袋和尚②，出语无定，寝卧随处，常以杖荷一布囊并破席，凡供身之具，尽贮囊中。入鄽肆③聚落，见物则乞，或醯醢鱼菹④，才接入口，分少许投囊中，时号长汀子。白鹿和尚问："如何是布袋？"师便放下布袋。曰："如何是布袋下事？"师负之而去。先保福和尚问："如何是佛法大意？"师放下布袋，叉手。福曰："为只如此，为更有向上事？"师负之而去。师在街衢立，有僧问："和尚在这里作甚么？"师曰："等个人。"曰："来也！来也！"师曰："汝不是这个人。"曰："如何是这个人？"师曰："乞我一文钱！"师有歌曰："腾腾⑤自在无所为，闲闲究竟出家儿。"又有偈曰："一钵千家饭，孤身万里游。青目睹人少，问路白云头。"梁贞明三年丙子三月，师将示灭，于岳林寺东廊下端坐磐石，而说偈曰："弥勒⑥真弥勒，分身千百亿。时时示时人，时人自不识。"偈毕，安然而化。

——《五灯会元》卷二

【注释】

　　①本篇有删节。

　　②布袋和尚（？—917），名契此，号长汀子，浙江奉化人，因形体肥胖，且时常背一布袋行乞，故人称布袋和尚。无固定住地，随处歇卧，形如疯癫。传说他示人祸福，准确应验。民间所奉一笑口常开、袒胸露腹的胖和尚弥勒佛，就是布袋和尚的形象。

　　③鄽肆：鄽（chán），民居或市肆地；肆，市集贸易之处。

　　④醯（xī）醢（hǎi）鱼菹（zū）：醯：酒；醢：肉酱；鱼菹：鱼酱。

⑤腾腾:自在无为。

⑥弥勒:佛名。

【译文】

　　浙江奉化有一位布袋和尚,出语无定,睡卧随处,常常用禅杖挂着一个布袋和破席子,凡是他日用的东西,都装在布袋中。走进街市村镇,看见物品就乞讨,无论酒肉鱼酱才接过来就放进口中,留下一点放进布袋。当时他号称长汀子。白鹿和尚问他:"什么是布袋?"他就放下布袋。白鹿和尚又问:"什么是布袋下面的事?"他背起布袋就走。当初保福和尚问他:"什么是佛法大意?"他放下布袋,又着手。保福说:"难道只是如此,更有向上的事吗?"他也是背起布袋就走。他在街道上站着,有位僧人问:"和尚在这里干什么?"回答说:"等一个人。"僧人说:"来啦,来啦!"他说:"你不是这个人。"僧人问:"那怎样才是这个人呢?"他说:"给我一文钱吧。"他有一首歌唱道:"悠然自在无所为,闲闲究竟出家儿。"又有偈语说:"一钵千家饭,孤身万里游。青目看人少,问路白云头。"后梁贞明三年(917年)三月,布袋和尚临终时,在岳林寺东廊下的磐石上端坐,口中念念有词:"弥勒佛啊真是弥勒佛,分化成千百亿个身形,不时地向世人显示,只是世人并不认识。"念完,安然去世。

【品读】

　　随缘应化,处处禅机。

从何而来　复归何处

　　有近臣①问曰:"此身从何而来?百年之后复归何处?"师②曰:"如人梦时,从何而来?睡觉时,从何而去?"曰:"梦时不可言无,既觉不可言有。虽有有无,来往无所。"师曰:"贫道此身,亦如其梦。"师有偈曰:"视生如在梦,梦里实是闹。忽觉万事休,还同睡时悟。智者会悟梦,迷人信梦闹。会梦如雨般,一悟无别悟。富贵与贫贱,更无分别路。"

——《五灯会元》卷二

【注释】

①近臣：君主左右的亲近之臣。

②师：指唐代禅僧本净。

【译文】

有皇帝身边的亲近之臣问："我的生命从何处而来？百年之后又归向何处而去？"本净禅师说："活着如同人做梦的时候，从何处而来？死了如同睡觉之时，向何处而去？"近臣说："做梦的时候不可以说是无，醒来之后不可以说是有。虽说是存在有无之分，但既没有来处，也没有去处。"本净禅师说："贫道我此身，也像是在梦中一般。"本净禅师有偈语说："把活着看作是在梦中，梦中实在喧闹。忽然醒来万事皆休，就像是睡觉而无梦醒时候。智慧的人会从梦境中觉悟，迷惑的人则相信梦中的喧闹。对于梦的理解如此不同，但一旦觉悟就再无别的觉悟。富贵与贫贱，更没有不同的路途。"

【品读】

迷则如梦，悟则如醒，迷悟一味，梦醒一如。

烦恼即菩提

给事中①房绾问"烦恼即菩提"义。神会②答曰："今借虚空为喻，如虚空本来无动静，不以明来即明，暗来即暗，此暗空不异明[空]，明空不异暗空，明暗自有去来，虚空元无动静。烦恼即菩提，其义亦然。迷悟虽即有殊，菩提心元来不动。"

——《神会语录》

【注释】

①给事中：官名，唐代为门下省之要职，掌驳正政令之违失。

②神会（668—760），俗姓高，湖北襄阳人，曾从神秀禅师学习禅法，后又成为六祖慧能的弟子，此后周转南北，宣传南宗教义。晚年住洛阳菏泽寺。他逝世后，唐德宗曾敕立他为禅宗第七祖。

【译文】

给事中房绾询问"烦恼就是菩提"这句话的意思,神会禅师回答说:"今天就拿虚空来作比喻吧。虚空本来没有动静,不因为明亮来了就明亮,黑暗来了就黑暗,其实暗的虚空也就是明的虚空,明的虚空也就是暗的虚空,明、暗虽自有去有来,但虚空本身却没有改变。人的本原清净心就像这虚空,烦恼之于菩提,正如黑暗之于虚空。这就是烦恼即菩提的解说。迷、悟虽然不同,但菩提本心却没有变化。"

【品读】

空相不为明暗所动,菩提不为烦恼所动。

至人独照

(惟则①)初谒忠禅师,大悟玄旨,乃曰:"天地无物也,物我无物也。虽无物也,而未尝无物也。如此,则圣人如影,百姓如梦,孰为生死哉?至人②以是能独照,能为万物主,吾知之矣。"

——《五灯会元》卷二

【注释】

①惟则:唐代禅师,俗姓长孙,京兆(今西安)人,约八世纪下半叶至九世纪上半叶在世,是牛头宗六世慧忠禅师的弟子,得法后隐居于浙江天台山岩窟中,人称佛窟。

②至人:本是道家术语,指极其旷达洒脱的人,佛教传入中国后,学者以玄解佛,遂以至人指称悟得佛法之人。

【译文】

惟则初次谒见慧忠禅师,便大悟禅宗意旨,于是说:"天和地并非实际存在,物和我也非实际存在。虽然不是实际存在,却又未尝不是实际存在。既然这样,那么也就是圣人如同虚影,百姓犹如幻梦,哪里还有什么生与死呢?觉悟的人因此而独具慧眼,能够成为万物之主。我已经懂得这一道理了。"

【品读】

天地皆虚,万物皆幻,圣人任此而证真常。

佛无生灭①

七问:"诸经说佛常住,或即说佛灭度②。常即不灭,灭即非常,岂不相违?"答:"离一切相,即名诸佛,何有出世入灭之实乎?见出没者在乎机缘,机缘应则菩提树下而出现,机缘尽则娑罗林间而涅槃③。其犹净水无心,无像不现。像非我有,盖外质之去来。相非佛身,岂如来之出没?"

——《五灯会元》卷二

【注释】

①本篇是宗密禅师答问。宗密(780—841),唐代禅僧,俗姓何,果州西充(今四川西充)人,家本豪富,28岁出家,住终南山圭峰。

②灭度:僧人死亡。

③娑罗林间而涅槃:相传佛在拘尸那城阿利罗跋提河边的娑罗林间入灭。

【译文】

七问:"各种佛教经典或说佛常住,或说佛灭度。常就是不灭,灭就是无常,岂不是互相矛盾吗?"宗密禅师回答说:"脱离了一切相状,就称之为佛,哪里会有出世或入灭的事实呢?显示出世或入灭不过是佛的临机应缘,有此机缘就在菩提树下出现,机缘消失便在娑罗林间入灭。这好比清净的水虽然无心,但却是什么物象都可以映现。水中映现的物象并不是水所固有的,只是外部物体有去有来而已。相状也不是佛本身,怎能说是佛的出世或入灭呢?"

【品读】

如来藏本体不生不灭,而感应万端。

不记年岁

武后①征至辇下②,待以师礼,与秀禅师同加钦重。后尝问师③:"甲子多少?"师曰:"不记。"后曰:"何不记邪?"师曰:"生死之身,其若循环。环无起尽,焉用记为?况此心流注,中间无间。见沤④起灭者,乃妄想耳。从初识至动相灭时,亦只如此。何年月而可记乎?"后闻稽颡⑤,信受。

——《五灯会元》卷二

【注释】

①武后:武则天(624—705),唐高宗后,弘道元年(683)临朝听政,载初元年(690)称帝。

②辇下:京都。

③师:指慧安禅师。

④沤:水面上的泡沫。佛家常以"浮沤"比喻人生。

⑤稽颡:行礼道歉。

【译文】

武则天征召慧安禅师来到京都,待以师礼,就像敬重神秀禅师一样地敬重他。武后曾经问慧安禅师:"年纪多大?"禅师回答:"不记得。"武后说:"怎么会不记得呢?"禅师答道:"此身有生有死,如同沿着圆环在转动。圆环既没有起点,也没有终点,如此还要记年岁干什么?何况此心如水流动,中间并无间隙。看到水泡的生灭,不过是一种妄念罢了。从初有意识到此身毁灭,也只是像水泡的生灭而已,水的本体并没有生灭,有什么年月可记呢?"武后听了,便向慧安禅师行礼道歉,相信并接受了禅师的说法。

【品读】

禅者了知万物皆幻,徒记年岁,只增烦恼耳。

金屑虽珍宝，在眼亦为病

元和①四年宪宗诏至阙下，侍郎白居易②尝问曰："既曰禅师，何以说法？"师③曰："无上菩提者，被于身为律，说于口为法，行于心为禅。应用者三，其致一也。譬如江湖淮汉，在处立名，名虽不一，水性无二。律即是法，法不离禅，云何于中妄起分别？"曰："既无分别，何以修心？"师曰："心本无损伤，云何要修理？无论垢与净，一切勿念起。"曰："垢即不可念，净无念可乎？"师曰："如人眼睛上，一物不可住。金屑虽珍宝，在眼亦为病。"曰："无修无念，又何异凡夫邪？"师曰："凡夫无明④，二乘⑤执著，离此二病，是曰真修。真修者不得勤，不得忘。勤即近执著，忘即落无明。此为心要云尔。"

——《五灯会元》卷三

【注释】

①元和：唐宪宗李纯年号(806—820)。

②白居易(772—846)：字乐天，晚号"香山居士"，陕西渭南人，官至刑部尚书，与禅师为友，习禅法。

③师：指惟宽禅师。惟宽(755—817)，俗姓祝，信安(今浙江衢州)人，少小出家，元和四年(809)应唐宪宗之邀赴京住兴善寺。

④无明：愚昧。

⑤二乘：指小乘佛教和大乘佛教。

【译文】

元和四年，唐宪宗诏请惟宽禅师来到京城，当时担任侍郎的白居易曾问道："既然称作禅师，为什么还说法？"惟宽禅师回答："佛的最高智慧，显示于身为律，讲说于口为法，作用于心为禅。应用虽有三种，其来源却是一致的。譬如长江、洞庭湖、淮河、汉江，各因其所在而设立名称，但名称虽然不同，水的性质却并无差别。律就是法，法也离不开禅，为什么要在这其中妄加分别呢?"白居易问:"既然没有分别,用什么来修心?"禅师答:"此心本没有损伤,为什么要修? 无论是污垢还是清净,一切思念都不要产生。"白居易问:"污垢自然不可思念,清净也不可思念吗?"禅师回答:"比如人的眼睛里,一样东西也不能留。金屑虽是珍宝,若在眼里也就是病了。"白居易又问:"既不用修心又不要思念,与凡夫又有什么区别呢?"禅师回答:"凡夫虚妄愚痴,拘泥于二乘教法,除掉这两种弊病,就是真正的修行。真修的人不可勤快,不可倦忘。勤快会导致执着,倦忘则陷于愚痴。这就是心法的要领。"

【品读】

无执无忘,行于中道,此禅者用心之要。

隐峰倒立而化

(隐峰①禅师)入五台,于金刚窟前将示灭②,先问众曰:"诸方迁化③,坐去卧去,吾尝见之,还有立化也无?"曰:"有。"师曰:"还有倒立者否?"曰:"未尝见有。"师乃倒立而化,亭亭然其衣顺体。时众议舁④就荼毗⑤,屹然不动。远近瞻睹,惊叹无已。师有妹为尼,时亦在彼,乃拊而咄曰:"老兄,畴昔不循法律,死更荧惑于人!"于是以手推之,偾然而踣⑥。

——《五灯会元》卷三

【注释】

①隐峰:唐代禅僧,俗姓邓,福建邵武人,马祖道一禅师的法嗣弟子,后遍游四方,晚年入五台山。

②示灭:逝世。

③迁化:逝世。

④舁(yú):扛,抬。

⑤荼毗:梵语音译词,即火葬。

⑥偾(fèn)然而踣(bó):偾,倒覆,僵仆;踣,僵仆。意谓僵硬地倒在

地上。

【译文】

隐峰禅师入五台山，临去世时走到金刚窟前，先问众人说："诸方僧人去世，或坐着去，或卧着去，我都曾经见过，还有没有站着去世的？"众人说："有。"隐峰说："还有没有倒立着去世的？"众人说："从来没见过。"隐峰于是就以倒立的姿势去世了，孤峻地立着，衣服紧贴身体而不下垂。当时众人决定抬去火葬，但却抬不动、扳不倒。远近前来瞻仰的人都惊叹不已。隐峰有一个当尼姑的妹妹，当时也在场，就抚摸着隐峰的身体斥责他说："老兄，你平常不守法律，死了也还要在这里惑众！"于是就用手推他，隐峰的身体这才僵仆在地。

【品读】

顺去倒亡，禅者生死自在，去住自由。

振铎入棺而逝

唐咸通①初，（镇州普化和尚）将示灭，乃入市谓人曰："乞我一个直裰②！"人或与披袄，或与布裘，皆不受，振铎而去。临济（义玄）令人送与一棺，师笑曰："临济厮儿饶舌。"便受之，乃辞众曰："普化明日去东门死也。"郡人相率送出城，师厉声曰："今日葬不合青乌③。"乃曰："明日南门迁化。"人亦随之。又曰："明日出西门，方吉。"人出渐稀。出已还返，人意稍息。第四日，自擎棺出北门外，振铎入棺而逝。

——《五灯会元》卷四

【注释】

①咸通：唐懿（yì）宗李漼（cuǐ）和唐僖宗李儇（xuān）年号，公元860—874年。

②直裰：古代家居常服，斜领大袖、四周镶边的袍子。

③青乌：六朝前方士名，相传其善葬术，著《相冢书》，后世治堪舆之

术士奉以为祖。

【译文】

  唐朝咸通初年,普化和尚将要去世,于是就上街对人说:"给我一件俗人穿的袍子。"街市上的人有的给他一件披袄,有的给布裘,他都不接受,摇着铃铛走了。临济义玄禅师叫人送给他一具棺材,普化和尚笑着说:"临济这家伙太饶舌。"便收下了,辞别众人说:"普化我明天到东门外去死。"第二天,城里的人成群结队地把他送出城,普化厉声说:"今天下葬的地方不合青乌的相地书。"又说:"明天到南门外去死。"众人依旧去为他送行,可他又说:"明天出西门才吉利。"出来的人渐渐少了。因为每次出来又都看见他回去,人们的兴致也就有点懈怠。到了第四天,普化和尚自己举着棺材走出北门外,摇着铃铛到棺材里躺下去世了。

【品读】

  禅者可随意选择死亡的时机。

得与失

  问石头①:"如何是学人②本分事?"头曰:"汝何从吾觅?"曰:"不以师觅,如何即得?"石头曰:"汝还曾失么?"师③乃契会厥旨。

——《五灯会元》卷五

【注释】

  ①石头:指石头希迁禅师。

  ②学人:指僧徒,多用作参学僧人自称。

  ③师:指尸利禅师。尸利,生平未详,约八世纪下半叶前后在世,石头希迁禅师法嗣,住京兆(唐代都城长安)。

【译文】

  尸利问石头希迁禅师:"什么是学人的本分事?"希迁禅师就问他说:"你为什么要在我这里寻找?"尸利说:"不在老师这里寻找,又怎样才能得到呢?"希迁又问:"你曾经丢失过吗?"尸利便领会了这句问话中的意旨。

【品读】

本无得失，何来找寻？

高高山顶坐　深深海底行

翱①问："如何是戒定慧②?"师③曰："贫道这里无此闲家具。"翱莫测玄旨。师曰："太守欲得保任此事，直须向高高山顶坐，深深海底行。闺阁中物舍不得便为渗漏。"

——《景德传灯录》卷十四

【注释】

①翱：李翱(772—841)，唐代哲学家。他在任朗州刺史期间曾向惟俨禅师问学。

②戒定慧：佛教三学，戒即戒律，定即禅定，慧即智慧。

③师：指惟俨禅师。

【译文】

李翱问："什么是戒、定、慧?"惟俨禅师回答："贫道这里没有这些闲置无用的家具。"李翱揣摩不透这句话中的玄旨，禅师又说："太守要想追求禅悟之境，就必须到高高的山顶去坐，到深深的海底去行。闺房里的东西舍不得丢弃就会漏失正道。"

【品读】

如来藏虽莫测高深，但其基础还要始于戒定慧。

古今凡圣如幻如梦

问："去却即今言句，请师直指本来性。"师①曰："你迷源来得多少时?"曰："即今蒙和尚指示。"师曰："若指示你，我即迷源。"曰："如何即是?"师示颂曰："心是性仁，性是心用。心性一如，谁别谁共？妄外迷源，只者难洞。古今凡圣，如幻如梦。"

——《五灯会元》卷五

【注释】

①师：本空禅师，唐代僧人，约九世纪上半叶前后在世，参大颠宝通禅师得法，住马颊山。

【译文】

僧人问："除去现成的言语文句，请老师直接地指出本来之性。"本空禅师说："你迷失本源已有多长时间了？"僧人说："如今请和尚指示。"禅师说："如果指示你，我也就迷失本源了。"僧人问："那么又该如何才是呢？"禅师便念了一首诗："心是性的实体，性是心的应用。心和性本来浑融为一，哪有什么区别或相同？向外妄求就会迷失本源，可是人们就是对这一点难以看清。古今的凡人和圣者呵，全都如同幻影梦境。"

【品读】

如来藏性、相、体、用本为一体，不可在用的过程中迷失了本源。

青山浮云

有僧问："如何得出离生老病死？"师①曰："青山原不动，浮云飞去来。"

——《景德传灯录》卷十一

【注释】

①师：指志勤禅师。志勤，俗姓许，福州长溪（今福建省霞浦县）人，约九世纪在世，师从沩山灵祐，一日见桃花而省悟，出住福州灵云。

【译文】

有僧人问："怎样才能脱离生老病死？"志勤禅师回答说："青山本自不动，只是浮云飞来飞去而已。"

【品读】

如来藏本不动摇，其相用千幻并作。

蚬子和尚

　　京兆蚬子和尚①,不知何许人也。事迹颇异,居无定所。自印心②于洞山,混俗于闽川,不畜道具③,不循律仪。常日沿江岸采掇虾蚬以充腹,暮即卧东山白马庙纸钱中。居民目为蚬子和尚。华严静师④闻之,欲决真假。先潜入纸钱中,深夜师归,静把住问曰:"如何是祖师西来意?"师遽答曰:"神前酒台盘。"静奇之,忏谢而退。后静师化行京都,师亦至焉,竟不聚徒演法,惟佯狂而已。

　　　　　　　　　　　　　　　——《景德传灯录》卷十七

【注释】

　　①蚬子和尚:唐代僧人,佚名,生卒年未详,约九世纪下半叶至十世纪上半叶在世。得法于洞山良价禅师,混俗于闽江一带,后游历至长安,佯狂不知所终。

　　②印心:领悟禅旨。

　　③道具:佛教器物。

　　④华严静师:华严寺的休静禅师。

【译文】

　　长安城里有一个蚬子和尚,说不出来他是一个什么样的人,行为怪异,没有固定的住处。自从在洞山禅师处领悟禅旨后,他就在闽江一带混迹于俗人之中,没有佛教器物,也不守戒律礼仪。常常是白天沿着江岸捡蚬捉虾充饥,夜里就睡在东山白马庙中的纸钱堆里。当地居民都叫他蚬子和尚。华严寺的休静禅师知道了,打算验证一下他是真悟道还是假悟道。于是,休静禅师就预先藏在白马庙纸钱堆里,到了深夜时分,蚬子和尚回庙。休静便跳出来抓住他,问:"什么是祖师西来的意旨?"蚬子和尚立即回答说:"神面前放酒的台盘。"休静知他确是奇人,向他道歉后走了。后来休静禅师到长安讲经,蚬子和尚也到了长安,但一直不聚集僧徒来演讲道法,只是佯狂而已。

【品读】

仅"神前酒台盘"之答,知和尚大悟真玄。

南泉①斩猫

师因东西两堂各争猫儿,师遇之,白众曰:"道得即救取猫儿,道不得即斩却也。"众无对,师便斩之。赵州②自外归,师举前语示之,赵州乃脱履安头上而出。师曰:"汝适来若在,即救得猫儿也。"

——《景德传灯录》卷八

【注释】

①南泉:即普愿禅师,住池阳南泉院,也称南泉禅师。

②赵州:即从谂禅师。

【译文】

南泉禅院东西两堂的僧人为一只猫而互相争夺,正好让普愿禅师看到了。禅师对众僧说:"说得出就救了这只猫,说不出就杀了它。"大众无言对答,普愿禅师当即挥刀将猫斩为两截。赵州从谂禅师从外面回来后,禅师把刚才发生的事说给他听,从谂禅师听后,就脱下草鞋放在头上向门外走去。普愿禅师在后面说:"刚才你在场的话,就救了这只猫了。"

【品读】

同一物,禅者见之触真,凡夫见之生执。

这屠儿

赵州访师①,师乃著豹皮裈②,执吉獠棒,在三门下翘一足等候,才见州便高声唱喏而立。州曰:"小心祗候著!"师又唱喏一声而去。问:"如何是和尚家风?"师下禅床作女人拜曰:

"谢子远来,无可祗待。"问灌溪:"作么生?"溪曰:"无位。"师曰:"莫同虚空么?"溪曰:"这屠儿!"师曰:"有生可杀即不倦。"

——《五灯会元》卷四

【注释】

①赵州:指从谂禅师;师:指关南道吾禅师,唐代禅僧。

②裩:古时称裤子为"裩"。

【译文】

赵州从谂禅师前去访问道吾禅师。道吾禅师一副猎人装束,穿着豹子皮的裤子,手执吉獠棒,跷着一只脚坐在山门外等候。一看见从谂来了,就站起来高声打招呼。从谂说:"小心侍候着!"道吾又招呼了一声,就走了。从谂问:"什么是和尚家风?"道吾禅师下禅床像女人一样地行礼说:"谢谢你远道而来,没有什么招待你的。"道吾问灌溪:"怎么样?"灌溪禅师说:"无位。"道吾说:"莫非像虚空一样吗?"灌溪说:"你这个屠儿!"道吾禅师说:"只要有生可杀就不知疲倦。"

【品读】

无明除尽,方是吾人休歇处。

不惧生死

本朝遣师问罪江南,后主纳土矣,而胡则者据守九江不降。大将军曹翰部曲渡江入寺,禅者惊走,师①淡坐如平日。翰至,不起不揖。翰怒诃曰:"长老不闻杀人不眨眼将军乎?"师熟视曰:"汝安知有不惧生死②和尚邪!"翰大奇,增敬而已,曰:"禅者何为而散?"师曰:"击鼓自集。"翰遣裨校击之,禅无至者。翰曰:"不至何也?"师曰:"公有杀心故尔。"师自起击之,禅者乃集。翰再拜,问决胜之策。师曰:"非禅者所知也。"

——《五灯会元》卷八

【注释】

①师:指缘德禅师。缘德(898—977),俗姓黄,杭州人。17岁出家,24岁外出游历,参谒清溪洪进禅师而得法,住庐山圆通院。

②生死:偏义复词,偏义于"死"。

【译文】

宋太祖赵匡胤挥师南下,征服江南,南唐李后主纳土称臣,而九江守将胡则却率军固守,誓死不降。北宋大将军曹翰率军从安徽湖北交界处渡过长江,进入庐山圆通寺,僧众惊恐奔逃,惟有缘德禅师却平静地坐在那里,跟往常一般。曹翰来到了,禅师不站立不拜揖。曹翰大怒,呵斥道:"长老没听说过杀人不眨眼的将军吧?"禅师盯着他看了很久,回答说:"你哪里知道有不怕死的和尚呢!"曹翰极为惊奇,对禅师产生了敬意,问:"禅僧们为什么走散了呢?"禅师回答:"敲起鼓来自会集合。"曹翰让部下去击鼓,并无禅僧到来。曹翰问:"为什么不来?"禅师答:"因为你有杀人之心。"说着便自己起身击鼓,禅僧们就来集合了。曹翰向禅师礼拜,请教取胜的策略,禅师回答说:"这不是禅僧所了解的事。"

【品读】

悟堕之心,应之鼓声。

牛马同群放

问:"祖意教意,是同是别?"(归仁①)师曰:"牛马同群放。"曰:"还分不分?"师曰:"夜半昆仑穿市过,午后乌鸡带雪飞。"

——《五灯会元》卷十三

【注释】

①归仁:唐代禅师,约九世纪下半叶至十世纪上半叶在世,得法于疏山匡仁禅师,住洛阳长水灵泉寺。

【译文】

僧人问:"祖师意旨与佛教意旨是相同的还是不同的?"归仁禅师回

答:"牛马同群放。"又问:"究竟分不分呢?"禅师答:"半夜里昆仑山穿过街市,午后乌鸡带着雪花飞行。"

【品读】

祖意与佛意千年一贯,本无不同。

更启吾棺　非吾之子

　　至道①元年春,(遇安②禅师)将示寂,有嗣子③蕴仁侍立,师乃说偈示之:"不是岭头携得事,岂从鸡足付将来。自古圣贤皆若此,非吾今日为君裁。"付嘱已,澡身易衣,安坐,令舁棺至室。良久,自入棺。经三日,门人启棺,睹师右胁吉祥而卧。四众哀恸,师乃再起,升堂说法,诃责垂诫:"此度更启吾棺者,非吾之子。"言讫,复入棺长往。

　　　　　　　　　　　　　　　　　——《五灯会元》卷十

【注释】

　　①至道:宋太宗赵炅年号(995—997)。

　　②遇安:宋代禅僧。

　　③嗣子:旧时无子而以他人之子为嗣,称嗣子,多以近支兄弟之子为之。

【译文】

　　宋太宗至道元年(995)春,遇安禅师将离开人世,有嗣子蕴仁侍立在他身边。遇安禅师就念了一首偈语给他听,偈语说:"禅宗的玄旨不是弘忍传给慧能的衣钵,也不是菩提达摩之所传付。自古圣贤都是心心相传,不是我今天为你裁夺。"嘱咐完了,洗了澡,换了衣服,安详地坐着,叫人将棺材抬进来。沉默了一会儿,自己进到棺材中躺下。过了三天,他的门人打开棺盖,看见遇安禅师向右侧身睡在里面,众人都悲哀地恸哭起来。遇安禅师就又坐了起来,升堂说法,呵责众人不该为他的死去而悲哀,并告诫道:"如果有谁再一次打开我的棺材,就不是我的门徒。"说完,就再次入棺,从此便永远地离去了。

【品读】

如来藏人人本具,非是佛陀、迦叶个人传付之物,一旦证得,生死自由。

劳生惜死　哀悲何益

师将圆寂①,乃问僧:"离此壳漏子②,向甚么处与吾相见?"僧无对。师示颂曰:"学者恒沙无一悟,过在寻他舌头路。欲得忘形泯踪迹,努力殷勤空里步。"乃命剃发,澡身披衣,声钟辞众,俨然坐化。时大众号恸,移晷③不止。师忽开目谓众曰:"出家人心不附物,是真修行。劳生惜死,哀悲何益!"复令主事办愚痴斋。众犹慕恋不已,延七日,食具方备。师亦随众斋毕,乃曰:"僧家无事,大率临行之际,勿须喧动。"遂归丈室,端坐长往。

——《五灯会元》卷十三

【注释】

①师:指洞山良价禅师;圆寂:僧人去世。

②壳漏子:指躯体,肉体。

③晷(guǐ):古代用来观测日影以定时刻的仪器。

【译文】

洞山良价禅师即将去世,便问僧人说:"(灵魂)离开这躯壳以后,到什么地方与我相见?"僧人沉默不语。良价禅师就念了一首禅诗,说:"像恒河之沙那么多的学者啊却没有一个领悟。错就错在啊,从他人的言语中寻找自己要走的路。要想忘记形体而泯没踪迹,只能努力殷勤地向着虚空迈步。"说完,就叫人给自己剃头,洗了澡,披上衣服,敲钟向众僧辞别。然后,俨然端坐,似已离开人世而去。众僧号啕哀痛,久久不能止息。洞山良价禅师忽然睁开眼睛,对众僧说:"出家人的心不附着于具体事物,才是真正的修行。劳累身心来为死者惋惜哀悲,又有什么益处!"说完,就叫寺院的主事僧去办愚痴斋,好送他的灵魂上路。众僧仍然恋慕不舍,拖了七天,才把这种斋饭准备好。洞山良价禅师也和众僧一起吃了斋饭。饭后,良价禅师说:"僧家我没有别的事,大概只有一句话要说,在我上路的时候,不要在那里哭喊。"于是就回到方丈,端坐着去世了。

【品读】

吾人生死自了,何预他事!

须知烦恼处　悟得即菩提

处州灵泉山宗一①禅师,上堂:"美玉藏顽石,莲华出淤泥。须知烦恼处,悟得即菩提。咄!"

——《五灯会元》卷十六

【注释】

①宗一:五代禅僧,住处州(今浙江丽水一带)灵泉山。

【译文】

处州灵泉山的宗一禅师上堂说:"美玉藏在顽石之中,莲花生长在淤泥塘内;要知道在烦恼的时候,能够领悟也就具备了佛的智慧。什么烦恼,去它的吧!"

【品读】

如来藏不染烦恼,如莲花之出淤泥。

不如策杖归山去

倚遇①禅师上堂:"祖师西来,特唱此事。只要时人知有,知贫子衣珠,不从人得②,三世诸佛,只是弄珠底人。十地菩萨,只是求珠底人。汝等正是羚羝乞丐,怀宝迷邦。灵利汉才闻举着,眨上眉毛,便知落处。若更踏步向前,不如策杖归山去,长啸一声烟雾深。"

【注释】

①倚遇:俗姓林,漳州人,十一世纪在世,幼时出家,参谒北禅智贤禅师而得法,住洪州分宁(今江西修水)法昌寺,因以法昌为法号。

②贫子衣珠,不从人得:隐指人人都有佛性,不从他人而得。

【译文】

倚遇禅师上堂说:"祖师从西天来,特地举说这件事。只要世人知道自己本有佛性,好比穷人衣服上本有珍珠,并不是从他人处得到的。三世诸佛,只是摩弄珍珠的人,十地菩萨,只是寻求珍珠的人。你们正是孤苦伶仃的乞丐,身怀珠宝,迷失家邦,却向外人乞讨。伶俐的人一听到这样说,眨一眨眉毛,就明白了此话的落处。如果更要迈步向前,不如手执拄杖归山去,在那云雾深处长啸一声。"

【品读】

踏步向前,即迷衣珠。

智过于师　方堪传授

师①与存同辞德山,德山问:"什么处去?"师曰:"暂辞和尚下山去。"德山曰:"子他后作么生?"师曰:"不忘。"曰:"子凭何有此说?"师曰:"岂不闻智过于师,方堪传授;智与师齐,减师半德?"曰:"如是,如是。当善护持②。"

【注释】

①师:指全豁禅师。

②护持:禅悟之后须加保持、巩固,称为护持。

【译文】

　　全豁和义存一同辞别德山宣鉴禅师，宣鉴禅师问："你们到哪里去？"全豁回答："暂时告别和尚下山去。"宣鉴问："你以后怎样呢？"全豁答："不忘老师的教诲。"宣鉴又问："你凭什么这样说？"全豁答道："难道没听说这句话：智慧超过老师，方才能够传授；智慧等同于老师，就只能学到一半？"宣鉴说："是这样，是这样。要好好保持巩固。"

【品读】

　　递相问答，密意已传。

无生恋　无死畏①

　　诸仁者，休要识渠面孔，不用安渠名字，亦莫觅渠所在。何故？渠无所在，渠无名字，渠无面孔。才起一念，追求如微尘许，便隔十生五生。更拟管带思惟，益见纷纷丛杂。不如长时放教②，自由自在，要发便发，要住便住。即天然非天然，即如如非如如，即湛寂③非湛寂，即败坏非败坏。无生恋，无死畏，无佛求，无魔怖。不与菩提会，不与烦恼俱。不受一法，不嫌一法。无在无不在，非离非不离。若能如是，见得释迦自释迦，达摩自达摩，干我什么椀④，恁么说话。衲僧门下，推勘将来，布裙芒鞋，不免撩他些泥水⑤。岂况汝等诸人，更道这个是平实语句，这个是差别门庭，这个是关捩巴鼻⑥，这个是道眼根尘⑦。递相教习，如七家村里传口令相似，有甚交涉？

　　　　　　　　　　　　　　　　——《五灯会元》卷十八

【注释】

　　①本篇是道英禅师语录。道英，宋代禅师，住饶州（今江西省内）荐福寺。

　　②放教：把烦琐的教义抛在一边。

　　③湛寂：空寂，指无相状、无生灭、无差别、超越时空的境界。

④椀(wǎn)：同"碗"。

⑤撩他些泥水：喻指陷于言辞义理，不干脆爽利。

⑥关道巴鼻：指禅机至极玄妙之处，事理的关键。

⑦道眼根尘：领悟禅法者特有的观照事物的智慧眼光。

【译文】

诸位仁者，不要去认识"道"的面目，不要给它安上名字，也不要去寻觅它的所在。为什么？它没有所在，没有名字，没有形貌。才起一丝一毫求道的念头，也就隔了十生五生。如果还要执着思维，就越发显得纷然丛杂，头绪不清。不如干脆把烦琐的教义抛在一边，自由自在，要走就走，要住就住。是天然而又非天然，是觉悟而又非觉悟，是空寂而又非空寂，是败坏而又非败坏。没有生的留恋，没有死的恐惧，没有佛可以追求，没有魔可以害怕。既没有看破红尘的觉悟，也没有繁华人世的烦恼。不接受一种说法，亦不嫌弃一种说法。无在无不在，非离非不离。如果能够这样，释迦牟尼也好，菩提达摩也罢，都与我毫不相关。老僧门下，推测将来，说佛谈禅，尚且不免在布裙芒鞋上撩上一些泥水。何况你们这些人，说什么这个是平实语句，那个是差别门庭，这个是领悟禅机的关键，那个是洞察事物的智慧之眼，一个教一个，就像七家村里传口令一样，与禅家宗旨有何相关？

【品读】

修行如调琴弦，太紧则分别执着，太松则放逸沉堕，不紧不松，松紧适度，方奏华章。

自在自在　快活快活

福州雪峰东山慧空禅师，上堂："一拳拳倒黄鹤楼，一趯^①趯翻鹦鹉洲。有意气时添意气，不风流处也风流。俊哉俊哉！快活快活！一似十七八岁状元相似，谁管你天，谁管你地。心王不妄动，六国一时通。罢拈三尺剑，休弄一张弓。自在自在！快活快活！恰似七八十老人作宰相相似，风以时，雨以

109

时,五谷植,万民安。"

——《五灯会元》卷十八

【注释】

①趯(tì):踢。

【译文】

　　福州雪峰东山寺有一位慧空禅师,上堂说:"一拳击倒黄鹤楼,一脚踢翻鹦鹉洲。本来意气飞扬更添意气,即使在不风流之处也倍显风流。俊伟啊俊伟,快活啊快活! 就像十七八岁的状元郎一样,谁管你天,谁管你地! 每当心静如水的时候,普天下似乎都呈现在眼前,用不着提起三尺宝剑,更无须摆弄那一张弯弓。自在自在,快活快活! 就像七八十岁的老人当宰相一样,风调雨顺,五谷丰登,老百姓安享太平时光。"

【品读】

　　禅悟之境自在自由,随心所欲不逾矩。

算得生平未解愁^①

　　上堂:"兜率^②都无辨别,却唤乌龟作鳖。不能说妙谈真,只解摇唇鼓舌。遂令天下衲僧,觑见眼中滴血。莫有翻嗔作喜,笑傲烟霞者么?"良久曰:"笛中一曲升平乐,算得生平未解愁。"

——《续传灯录》卷二十二

【注释】

①本篇是从悦禅师语录。

②兜率:从悦禅师所住禅院名,也是他的法号。

【译文】

　　从悦禅师上堂说:"兜率我是什么都不辨别,看见乌龟,却唤作鳖。不能说妙言,谈玄理,也不像别的僧人一样只会摇唇鼓舌。如此就使天下僧人,看见我就恨得眼中滴血。有没有转恨为喜,笑傲烟霞的人呢?"

沉默了一会儿,又说:"笛中一支升平的乐曲,使人一生不知道忧愁。"

【品读】

　　无捡别,无选择,万物平等,无有高下,忧乐不动于怀,方是衲僧本色。

得失是非　一时放却①

　　上堂:"梦幻空花,何劳把捉?得失是非,一时放却。"掷拂子曰:"山僧今日已是放下了也,汝等诸人又作么生?"复曰:"侍者,收取拂子。"

——《续传灯录》卷三十二

【注释】

　　①本篇是南宋禅师弥光语录。弥光,俗姓李,字晦庵,福建人,约十二世纪在世,参径山宗杲禅师而得法,系杨岐派第六世传人,住持泉州教忠院。

【译文】

　　弥光禅师上堂说:"梦里幻影,空中虚花,何必当作实物?得失之念,是非之辨,都一齐抛掉吧。"说着,禅师便扔下了手中的拂子,接着说:"如今山僧已经抛掉啦,你们各位又怎么办呢?"说完,又呼唤道:"侍者,把拂子捡起来。"

【品读】

　　梦幻空花,何劳执取?然掷拂子,取拂子,于梦幻空花中又何妨掷取?

桶底脱自合欢喜

　　师①一日入厨看煮面次,忽桶底脱,众皆失声曰:"可惜许!"师曰:"桶底脱②自合欢喜,因什么却烦恼?"僧曰:"和尚即

111

得。"师曰："灼然可惜许，一桶面！"

——《续传灯录》卷十七

【注释】

①师：指宋代著名禅师清了。

②桶底脱：此处"桶底脱"含义双关，除通常意思外，在禅宗那里还有心里明白、省悟之义。

【译文】

有一天，清了禅师进厨房看煮面条，忽然桶底脱落了，面条撒了一地，众僧禁不住叫起来："真可惜呀！"禅师说："桶底脱落本该高兴，为什么却烦恼？"僧人说："只有和尚您能高兴。"禅师又说："确实可惜呀，一桶面！"

【品读】

桶底脱然洞穿，此超越性言教；"灼然可惜许"，此应缘性言教：两处皆圆。

若随烦恼是愚痴

绍兴①庚申二月望，本明禅师亲书三偈寄呈草堂清，微露谢世之意。至旬末，别亲里而终。草堂跋其偈，后为刊行。大慧亦尝垂语发扬。偈曰："不识烦恼是菩提，若随烦恼是愚痴。起灭之时须要会，鹞过新罗②人不知。不识烦恼是菩提，清净莲华生淤泥。人来问我若何为，吃粥吃饭洗钵盂。莫管他，莫管他，终日痴憨弄海沙。要识本来真面目，便是祖师一木叉。道不得底叉下死，道得底也叉下死。毕竟如何？不许夜行，投明须到③。"

——《五灯会元》卷十九

【注释】

①绍兴：宋高宗赵构年号(1131—1162)。

②鹞过新罗：意谓禅机之易逝，如鹞子疾飞，转瞬之间已飞过新罗（古朝鲜）。常用于机语应对之时，指出对方已错失禅机。

③不许夜行，投明须到：不许夜间行走，但天亮必须赶到。这是禅师常用的一种奇特语句，意谓要悟当下便悟，不用暗中摸索。

【译文】

宋高宗绍兴庚申年（1140）二月十五日，本明禅师作了三首偈语寄呈草堂清禅师，偈语中微微露出就要辞世之意。到了二月二十日，就告别亲友邻里而去世了。草堂清禅师为他的偈语作跋，后来又为之刊行。大慧禅师亦曾说过赞扬和发挥他的偈语的话。本明禅师的偈语说："不识烦恼是菩提，若随烦恼是愚痴。生死关头要领会，禅机迅疾人不知。不识烦恼是菩提，犹如莲花生淤泥。人来问我如何做，吃过饭粥洗钵盂。什么也不问，什么也不管，终日痴憨弄海沙。要识本来真面目，便是祖师爷一木叉，说出说不出本来面目，反正都要死在他叉下。毕竟又是怎样？谈何本来面目，要悟当下便悟！"

【品读】

禅悟就在刹那间，不许拖延折转，否则启动分别心，离道更远。

自然境界

大厦之材　本出幽谷①

问:"学问何故不向城邑聚落,要在山居?"答曰:"大厦之材,本出幽谷,不向人间有也。以远离人故,不被刀斧损斫,一一长成大物,后乃堪为栋梁之用。故知栖神幽谷,远避嚣尘,养性山中,长辞俗事,目前无物,心自安宁。从此道树花开,禅林果出也。"

——《楞伽师资记》卷一

【注释】

①本篇为弘忍禅师答问。弘忍,中国禅宗五祖。

【译文】

有人问:"学习佛法为什么不在城市和人群集聚之地,却要在这山里居住?"弘忍禅师回答说:"建造大厦的材木,本来就出自幽深的山谷,不会在人聚居处长成。因为远离人群,所以能够不被刀斧砍斫损伤,一一长成大材,日后才能用作栋梁。由此就知道,学习佛法的人,应该栖息心神在幽深的山谷中,远远地避开烦闹尘世,应在深山中怡养性情,长期地辞别俗世杂务。眼前没有俗物,心中自然安宁。这样学禅,就能使道树开花,禅林结果。"

【品读】

禅者山居野处,适合培植道种,长养圣德,与"和光同尘"、"大隐隐于市"别是一趣。

青青翠竹　郁郁黄花①

问:"古德②曰'青青翠竹,尽是真如③;郁郁黄花,无非般若④。'有人不许,是邪说;亦有人信,言不可思议。不知若为?"师曰:"此盖是普贤文殊⑤大人之境界,非诸凡小而能信受。皆与大乘了义经⑥意合。故《华严经》云:'佛身充满于法界⑦,普现一切群生前,随缘赴感,靡不周而恒处此菩提座。'翠竹既不出于法界,岂非法身⑧乎?又《摩诃般若经》曰:'色⑨无边故,般若无边。'黄花既不越于色,岂非般若乎?此深远之言,不省者难为措意。"

——《祖堂集》卷三

【注释】

①本篇是慧忠禅师答问。慧忠,唐代禅僧。

②古德:已逝世的高僧。

③真如:佛家称事物的真相、真性为"真如",并认为是永恒不变的真理。

④般若:智慧,特指成佛的智慧。

⑤普贤、文殊:均为菩萨名。

⑥大乘了义经:大乘佛教的说理透彻而明了的经典。

⑦法界:泛指各种事物。

⑧法身:即佛身,亦即真如本相。

⑨色:事物、物质,指一切能变坏、有质碍的事物。

【译文】

僧人问:"先辈高僧曾说:'青青的翠竹,都是佛身的显现;盛开的秋菊,无不凝聚着佛的智慧。'有人不赞同,认为是邪说;也有人相信,说微妙深奥。不知究竟怎样?"慧忠禅师回答说:"这是普贤、文殊菩萨的境界,不是凡俗之人所能相信和接受的。这种思想和大乘佛教经典的意思完全相合。如《华严经》上说:'佛身充满在万事万物中,广泛地显现在一切众生之前,随缘而动,应机而为,无不是周遍而永恒地处在这菩提智慧中。'翠竹既然不出万事万物之外,怎么不是佛身即真如本相呢?又《摩诃般若经》上说:'因为物界无边,所以般若智慧无边。'菊花既然在物界内,怎么不是般若智慧呢?这是意义深远的话,不领悟的人难以理解。”

【品读】

如来藏普应群机,换言之,万物尽是如来藏所现,故"青青翠竹,无非般若;郁郁黄花,尽是法身"。

空中一片云

师定坐次,肃宗问:"师得何法?"师①曰:"陛下见空中一片云不?"皇帝曰:"见。"师曰:"钉钉着,悬挂着?"

——《祖堂集》卷三

【注释】

①师:指慧忠禅师,本篇是慧忠禅师与唐肃宗的对话。

【译文】

慧忠禅师坐下后,唐肃宗问:"大师修得的是什么法?"禅师说:"陛下看见了空中的一片云吗?"皇帝答:"看见了。"禅师问:"这片云是用钉子钉着的,还是悬空挂着的?"

【品读】

空中一片云,其实是如来藏法性显现,既不是钉钉着,也不是悬挂着。

鸡鸣犬吠

僧问:"如何是佛法大意?"师①曰:"春日鸡鸣。"曰:"学人不会。"师曰:"中秋犬吠。"

——《五灯会元》卷三

【注释】

①师:指大善禅师。大善,约八世纪下半叶至九世纪上半叶在世,参马祖道一禅师而得法,住潭州(今湖南长沙一带)石霜山。

【译文】

僧人问："什么是佛法的主要意旨?"大善禅师答道："春日鸡鸣。"僧
人说："学生不领会。"禅师便又说道："中秋犬吠。"

【品读】

鸡鸣犬吠之声,尽是如来藏显现。

清潭月影

时有法师数人来谒曰："拟伸一问,师还对否?"师①曰："深
潭月影,任意撮摩②。"问："如何是佛?"师曰："清潭对面,非佛
而谁?"众皆茫然。

——《景德传灯录》卷六

【注释】

①师:指唐代禅师慧海。

②撮摩:指水波荡漾、光影摇曳的样子,这里借以表示任从法师提
问的意思。

【译文】

当时有几位法师来谒见慧海禅师,法师问："想提个问题,禅师肯回
答吗?"禅师说："深潭月影,任从水波荡漾,光影自然摇曳。"问："什么是
佛?"禅师说："清潭对面,不是佛是谁?"大众都茫然不解。

【品读】

深潭月影,如何把捉? 更如何撮摩? 禅师妙悟玄微,无迹可寻。

只见四山青又黄

唐贞元①中,盐官②会下有僧,因采拄杖,迷路至庵所,问:
"和尚在此多少时?"师③曰："只见四山青又黄。"又问："出山路
向什么处去?"师曰："随流去。"僧归举似盐官,官曰："我在江

西时曾见一僧,自后不知消息,莫是此僧否?"遂令僧去招之,师答以偈曰:"摧残枯木倚寒林,几度逢春不变心。樵客遇之犹不顾,郢人④那得苦追寻?一池荷叶衣无尽,数树松花食有余。刚被世人知住处,又移茅舍人深居。"

——《五灯会元》卷三

【注释】

①贞元:唐德宗年号(785—804)。

②盐官:指齐安禅师。齐安禅师住盐官(今浙江海宁西南)海昌院,世称"盐官齐安"。

③师:指法常禅师。

④郢人:喻指知己,此典出自《庄子·徐无鬼》。

【译文】

唐朝贞元年间,盐官齐安禅师法会中有个僧徒,因为采集拄杖木料,在山中迷了路,来到法常禅师的庵所,他问:"和尚在这里多少时间了?"禅师回答:"只见四面的山岭青了又黄。"僧徒又问:"出山的路怎么走?"禅师答:"随着流水去。"僧徒回去后告诉盐官,盐官说:"我在江西时曾遇见一位僧人,自那以后就没有听到过他的消息,莫非就是这位僧人吗?"就叫僧徒去请他来,法常禅师用一首偈诗来回答:"摧折凋残的枯树依倚寒林,几度逢春也不变心。打柴人遇上我尚且不顾,知音者何必来苦苦追寻?我以一池荷叶为衣,穿着不尽,数树松花为食,绰绰有余。刚刚被世人知道住处,就把茅舍迁往更深的山林。"

【品读】

禅师游戏自然,逍遥物外,不为尘累,不为物羁。

庭前柏树子

问:"如何是祖师西来意?"师①曰:"庭前柏树子。"曰:"和尚莫将境②示人?"师曰:"我不将境示人。"曰:"如何是祖师西来意?"师曰:"庭前柏树子。"

——《五灯会元》卷四

【注释】

①师:指赵州从谂禅师。

②境:佛教术语,人通过六识(眼、耳、鼻、舌、身、意)所感知的世间事物称为境。

【译文】

僧人问:"什么是祖师西来的意旨?"从谂禅师回答:"庭院前的柏树子。"僧人说:"和尚难道示人以虚境?"禅师回答:"我不以虚境示人。"僧人又问:"什么是祖师西来的意旨?"禅师又答:"庭院前的柏树子。"

【品读】

庭前柏树子,既指示如来藏所在,又解构行者法执。

老宿家风

昔有老宿①,畜一童子,并不知轨则②。有一行脚僧到,乃教童子礼仪。晚间见老宿外归,遂去问讯。老宿怪讶,遂问童子曰:"阿谁教你?"童曰:"堂中某上座。"老僧唤其僧来,问:"上座傍家行脚,是什么心行?这童子养来二三年了,幸自可怜③生,谁教上座教坏伊?快束装起去!"黄昏雨淋淋地,被趁出。

——《五灯会元》卷六

【注释】

①老宿:老禅师。

②轨则:指寺院的仪节规矩。

③怜:爱。

【译文】

从前有位老禅师,收养着一名儿童,禅师从不教他知道寺中的规矩。有一天,一个行脚僧来寺中寄宿,把寺院的礼仪教给童子。晚上,童子看到老禅师从外面回来了,就上前去行礼问安。老禅师很惊讶,就问童子:"这是谁教你的?"童子回答:"僧堂中的某上座。"老禅师就把那僧人唤来问:"上座挨家行脚,是什么用意? 这童子养了两三年了,怪可爱的,谁让你教坏他? 赶快收拾东西走吧!"黄昏时雨淋淋的,行脚僧被赶出了寺院。

【品读】

人性一任天然,最易悟道,礼仪规矩,反与道违。

作一头水牯牛去

师①将顺世②,第一座问:"和尚百年后③向什么处去?"师云:"山下作一头水牯牛去。"僧云:"某甲随和尚去还得也无?"师云:"汝若随我,即须衔取一茎草来。"师乃示疾。大和八年甲寅十二月二十五日凌晨,告门人曰:"星翳灯幻亦久矣,勿谓吾有去来也。"言讫而谢。

——《景德传灯录》卷八

【注释】

①师:指普愿禅师。

②顺世:逝世。

③百年后:意为死后,避讳的说法。

【译文】

普愿禅师行将逝世,第一座僧人问:"和尚百年后到什么地方去?"禅师说:"到山下做一头水牯牛去。"僧人问,"我跟随和尚去行吗?"禅师说:"你如跟随我,就得也变作一头牛,给我衔一根草来。"随后禅师就病倒了。大和八年(834)十二月二十五日凌晨,普愿禅师告诫僧众说:"星翳灯幻般的人生已经很久啦,别以为我有生来死去啊。"说完就谢世了。

【品读】

禅者无来无去，无生无灭，生死随意，六道任从选择，哪来"作水牯牛"之定说！

沩山僧和水牯牛

师①上堂云："老僧百年后，向山下作一头水牯牛，左胁下书五字云：沩山僧某甲。当恁么时，唤作沩山僧，又是水牯牛；唤作水牯牛，又是沩山僧。毕竟唤作什么即得？"仰山②出，礼拜而退。

——《潭州沩山灵祐禅师语录》

【注释】

①师：指沩山灵祐禅师。

②仰山：指仰山慧寂禅师。

【译文】

沩山灵祐禅师上堂说："老僧逝世以后，到山下做一头水牯牛，左胁下写五个字：沩山僧某某。到那个时候，叫作沩山僧，却是水牯牛；叫作水牯牛，又是沩山僧。究竟叫什么才好？"仰山慧寂走出来礼拜，然后退了下去。

【品读】

慧寂礼拜，只拜如来藏。

鸟雀有佛性

崔相公入寺，见鸟雀于佛头上放粪，乃问师①曰："鸟雀还有佛性也无？"师云："有。"崔云："为什么向佛头上放？"师云："是伊为什么不向鹞子②头上放？"

——《景德传灯录》卷七

【注释】

①师:指如会禅师。如会(734—823),始兴曲江(今广东韶关)人,得法于马祖道一禅师。晚年住长沙东寺,故以东寺为号。

②鹞子:一种猛禽,似鹰。

【译文】

崔群相公进入寺院,看见鸟雀在佛像头上屙屎,就问如会禅师:"鸟雀有佛性吗?"禅师回答:"有。"崔群问:"那它为什么在佛的头上屙屎呢?"禅师反问道:"它为什么不在鹞子头上屙?"

【品读】

崔群不解如来藏无执无受,而认定如来藏有知,如会之答,正要破解此执。

二虎侍者

一日,观察使裴休访之,问曰:"师还有侍者否?"师①曰:"有一两个。"裴曰:"在什么处?"师乃唤:"大空!小空!"时二虎自庵后而出。裴睹之惊悸。师语二虎曰:"有客,且去。"二虎哮吼而去。裴问曰:"师作何行业②,感得如斯?"师乃良久,曰:"会么?"曰:"不会。"师曰:"山僧常念观音。"

——《景德传灯录》卷八

【注释】

①师:善觉禅师,约八世纪下半叶至九世纪上半叶在世,在马祖道一禅师席下得法,住潭州(今湖南长沙一带)华林寺。

②行业:指可以引来苦乐果报的善恶行为,这里指善事。

【译文】

有一天,观察使裴休去访问善觉禅师,问:"老师有侍者吗?"善觉禅师回答:"有一两个。"裴休问:"在哪儿?"禅师就呼唤:"大空! 小空!"这时有两只老虎从庵后应声而出。裴休一看,又惊又怕。禅师对两只老虎说:"有客人在,暂且退去。"二虎哮吼着离去了。裴休问:"老师做过什么善事,能感化猛虎成为侍者?"禅师就沉默了一会儿,问:"领会了吗?"裴休答:"没领会。"禅师说:"山僧常念观音。"

【品读】

师良久,默示如来藏无形之道。见裴休不会,乃曰"常念观音",示有形之道。

和尚何似驴①

南塔光涌禅师,北游谒临济,复归侍师。师云:"汝来作什么?"南塔云:"礼觐和尚。"师云:"还见和尚么?"南塔云:"见。"师云:"和尚何似驴?"南塔云:"某甲见和尚亦不似佛。"师云:"若不似佛,似个什么?"南塔云:"若有所似,与驴何别?"师大惊云:"凡圣两忘,情尽体露。吾以此验人二十年,无决了者。子保任②之。"师每谓人云:"此子肉身佛也!"

——《仰山语录》

【注释】

①本篇是唐代著名禅师慧寂的语录。慧寂(814—890),俗姓叶,韶州怀化(今广东怀集)人。拜沩山灵祐禅师为师,共创沩仰宗。住袁山(今江西宜春)仰山。

②保任:禅悟以后,须要保持巩固,称为保任。

【译文】

南塔光涌禅师,北游谒见临济义玄禅师之后,又回来侍奉慧寂禅师。慧寂问:"你来干什么?"光涌回答:"参见和尚。"问:"可看见和尚了吗?"答:"看见了。"问:"和尚像不像驴?"答:"我看和尚您也不像佛。"慧寂问:"如不像佛,像个什么?"光涌回答说:"如果像个什么,和驴有什么区别?"慧寂十分吃惊地说:"凡圣都忘,妄情除尽,真体显露。我以这种方式来勘验人是否悟得禅机已有二十年,没有人能辨明了悟。你如今悟了要保持、巩固。"慧寂常对别人夸赞光涌禅师,说:"此人是肉身佛啊!"

【品读】

　　如来藏穷尽万物,随物赋形,天地一指,万物一马,无似无不似,有何佛驴之别?

偃溪水声

　　问:"学人乍入丛林,乞师指个入路。"师①曰:"还闻偃溪水声否?"曰:"闻。"师曰:"是汝入处。"

——《景德传灯录》卷十八

【注释】

　　①师:指师备禅师。师备(835—908),俗姓谢,福州人,三十岁出家,与雪峰义存禅师共论禅法,成为义存的法嗣,初住杨梅场(今闽清)普应院,后迁往玄沙山,故以玄沙为法号。

【译文】

　　僧人说:"学人初入禅林,请求老师指点悟入的门径。"师备禅师问:"你听到偃溪的水声了吗?"僧人说:"听到了。"禅师便告诉他:"这就是你悟入的门径。"

【品读】

　　溪声、耳根与闻性本为一体,自此可入。

一切尘中见

　　升州奉先寺慧同净照禅师①,魏府张氏子。僧问:"教中道,唯一坚密身②,一切尘③中见。又道,佛身充满于法界④,普见一切群生前。于此二途,请师说。"师曰:"唯一坚密身,一切尘中见。"

——《五灯会元》卷八

【注释】

①慧同净照禅师：五代高僧，俗姓张，魏府（今河北大名）人，幼年出家，参龙济绍修禅师，嗣其法，居升州（今江苏江宁）奉先寺。南唐后主赐号"净照"。

②唯一坚密身：即佛身，指万物的本体，禅宗认为心是万物的本体，即心是佛。

③尘：指世间一切事物。

④法界：人的意识（六识之一）所认知的一切对象的统称。

【译文】

江宁奉先寺的慧同禅师，乃是魏府张氏之子。有僧人问他："教中说，佛身在世间一切事物中显现；又说，佛身充满于人的意念所感知的一切对象之中，普现于一切众生面前。请老师解说这两个命题。"慧同禅师说："唯一坚密的佛身，在世间一切事物中显现。"

【品读】

如来藏遍现于万物之中，吾人却可于一物中触证如来藏，一多相即无碍。

青山绿水　处处分明

问："青山绿水，处处分明，和尚家风，乞垂一句。"师①曰："尽被汝道了也。"曰："未必知斯，请师答话。"师曰："不用闲言。"又一僧方礼拜，师曰："问答俱备。"僧拟伸问，师乃叱之。

——《景德传灯录》卷二十六

【注释】

①师：指遇安禅师。遇安（？—992），俗姓沈，杭州人。年幼出家，后得法于天台德韶禅师，住杭州光庆寺。

【译文】

僧人问："青山绿水，处处分明，但什么是和尚的家风？还要请禅师赐教一句。"遇安禅师回答："都被你说过啦。"僧人说："我未必知道这一点,还是请禅师回答吧。"禅师回答:"不用再多话了。"另外一个僧人走出来正在行礼,禅师说:"问和答都有了。"那僧人准备提问,禅师就呵斥他。

【品读】

青山绿水,如来藏处处可见,若欲言语指陈,如来藏又成言语之物,故如来藏与言语了不相关。

云飞前面山

师^①有时示众曰:"欲识曹溪^②旨,云飞前面山。分明真实个^③,不用别追攀。"

——《景德传灯录》卷二十六

【注释】

①指宋代著名禅师遇安,详见上篇注释①。

②曹溪:地名,在广东韶关市双峰山下,唐仪凤二年(676),六祖慧能住持此地宝林寺(今南华寺),曹溪因此而成为慧能的别号,并被后人视作禅宗的祖庭。

③个:助词,有时相当于"的"、"地"。

【译文】

遇安禅师有一次对众僧说:"要想禅悟知玄旨,但看云飞眼前山。明明白白又真实,不用别处去追攀。"

【品读】

云飞前面山,分明有个如来藏任运,何用别处追攀!

尽大地是个解脱门

真州^①长芦妙觉慧悟禅师,上堂:"尽大地是个解脱门,把手拽不肯入。雪峰老汉抑逼人作么? 既到这里,为甚么鼻孔在别人手里?"良久曰:"贪观天上月,失却手中桡^②。"僧问:"雁过长空,影沉寒水。雁无遗踪之意,水无沉影之心。还端的^③也无?"师曰:"芦花两岸雪,江水一天秋。"曰:"便恁么去时如何?"师曰:"雁过长空聻^④!"僧拟议,师曰:"灵利衲子^⑤。"

——《五灯会元》卷十四

【注释】

①真州:今江苏省仪征市。

②桡(ráo):划船的桨。

③端的:究竟,委细。

④聻:疑为"聲"(声)字之讹,此处似应作"聲"(声)字。

⑤衲子:指禅僧。

【译文】

真州长芦妙觉慧悟禅师上堂说:"整个大地都是解脱之法,对于不觉悟的人,用手去拉也不肯进入。雪峰老禅师逼迫人做什么?既然到了这里,就要靠自己领悟,为什么被别人牵着鼻子走?"沉默了一会儿说:"划船的人贪看天上的月亮,却不知不觉丢掉了手中的船桨。"僧人问:"大雁飞过长空,月亮影沉寒水。大雁没有留下踪迹之意,水没有映现月影之心。这其中还有什么委细之处吗?"禅师说:"两岸的芦花一片雪白,秋天的江水与长空一色。"僧人说:"就这样领会时如何?"禅师说:"雁过长空声。"僧人还在犹豫,禅师就喊了一声:"聪明敏捷的禅僧!"

【品读】

如来藏无心而应物,如雁过长空而无形,月影印水而无意。

幽林鸟叫

(本先^①禅师)云:"幽林鸟叫,碧涧鱼跳,云片展张,瀑声呜咽。尔等还知得如是多景象示尔等个人处么?若也知得,不妨参取好。"

——《景德传灯录》卷二十六

【注释】

①本先(942—1008),俗姓郑,永嘉(今浙江温州)人。童年出家,后得法于天台德韶禅师,住温州瑞鹿寺。本先工于文辞,著有《竹林集》等传世。

【译文】

本先禅师说:"幽林鸟鸣,碧溪鱼跳,云彩舒展,瀑声呜咽。你们可知道,这么多的景象在向你们指示悟入的门径呢!如果知道这一点的话,那就参悟吧。"

【品读】

鸟鸣鱼跳,云展瀑喧,尽现如来藏。

永明妙旨

忠懿王请开山灵隐新寺,明年迁永明大道场,众盈二千。僧问:"如何是永明妙旨?"师①曰:"更添香着!"曰:"谢师指示。"师曰:"且喜没交涉。"僧礼拜,师曰:"听取一偈:欲识永明旨,门前一湖水,日照光明生,风来波浪起。"

——《五灯会元》卷十

【注释】

①师:指延寿禅师。延寿(904—975),俗姓王,余杭人,曾担任地方官吏,28岁出家。嗣法于天台德韶禅师,初住明州雪窦山(今浙江宁波市以南),后应吴越国忠懿王钱俶之请迁住杭州灵隐山新寺和永明寺。著有《宗镜录》、《万善问归集》等传世。

【译文】

吴越国忠懿王请延寿禅师创建灵隐新寺,第二年迁住永明大寺院,其弟子超过二千人。有僧人问:"什么是永明妙义?"禅师说:"再添一些香!"僧人说:"感谢老师的指示。"禅师回答:"还没沾边哩。"僧人行礼,禅师说:"听我念一首偈语:欲识永明旨,门前一湖水,日照光明生,风来波浪起。"

【品读】

永明之旨即如来藏妙用。

后园驴吃草

　　开先善暹禅师,临江军人也,操行清苦,遍游师席,以明悟为志。参德山(慧远),见山上堂顾视大众曰:"师子嚬呻①,象王回顾。"师忽有省。入室陈所解,山曰:"子作么生会?"师回顾曰:"后园驴吃草。"山然之。

——《五灯会元》卷十五

【注释】

　　①师子嚬呻:师子,即狮子,佛教把释迦牟尼佛比作勇猛无畏的狮子,禅宗亦把杰出的禅师比作狮子。嚬呻:凄苦之声。

【译文】

　　开先善暹禅师是临江军(今江西境内)人,操行清苦,游历四方禅师讲席,以领悟禅旨为志向。在参谒德山慧远禅师时,他看见慧远禅师上堂顾视着僧众说:"狮子发出了凄苦之声,大象回过头来看着它。"善暹突然觉得自己省悟了,就走进慧远的禅房陈述自己的见解,慧远说:"你对刚才我说的话怎么领会?"善暹也回头看着说:"后园驴吃草。"慧远肯定了他的觉悟。

【品读】

　　"师子嚬呻,象王回顾"与"驴吃草"同一理趣。

随波逐浪句

　　信州西禅钦禅师,僧问:"如何是函盖乾坤①句?"师曰:"天上有星皆拱北。"曰:"如何是截断众流②句?"师曰:"大地坦然

129

平。"曰:"如何是随波逐浪③句?"师曰:"春生夏长。"问:"古殿重兴时如何?"师曰:"一回春到一回新。"

——《五灯会元》卷十五

【注释】

①函盖乾坤:意谓真如佛性处处存在,包容一切,万事万物无不是真如妙体,是"云门三句"中的第一句。

②截断众流:云门文偃禅师接引学人,常用一个字或一句话,蓦地截断一切言语纠缠,使问者断绝种种转机,无可意想分别,从而返照自身,回归心源,这种方法称为"截断众流",是"云门三句"中的第二句。

③随波逐浪:云门宗接引学人的一种原则,即随缘接物,应病与药,是"云门三句"中的第三句。

【译文】

僧人问信州西禅寺的钦禅师:"函盖乾坤这句话是什么意思?"钦禅师回答:"天上的星星都环绕着北斗。"问:"截断众流句是什么意思?"钦禅师答:"平坦的大地一望无际。"问:"什么是随波逐浪句?"钦禅师答:"犹如禾稼春生夏长。"问:"古老的殿堂重新兴盛起来的时候又怎样?"钦禅师回答:"每当春天到来的时候,自然万象都要更新。"

【品读】

云门三句既示如来藏普现,又示其随缘应机。

祖意教意同别

处州①南明日慎禅师,僧问:"祖意教意,是同是别?"师曰:"水天影交碧。"曰:"毕竟是同是别?"师曰:"松竹声相寒。"

——《五灯会元》卷十六

【注释】

①处州:今浙江省丽水市一带。

【译文】

　　处州南明山有一位日慎禅师,僧人问:"禅宗祖师的意旨与佛教的
意旨,是相同的还是不同的?"禅师说:"蓝天映碧水,碧水映蓝天,水天
之色交相辉映。"僧人问:"究竟是相同的还是不同的?"禅师答:"松树在
寒风中呼啸,竹枝在寒风中作响,松竹之声互相应和。"

【品读】

　　蓝天碧水,松竹相应,如来藏感应而普现,本不作分别。

放之自然①

　　上堂:"若也单明自己,不悟目前,此人有眼无足。若悟目
前,不明自己,此人有足无眼。据此二人,十二时中常有一物,
蕴在胸中。物既在胸,不安之相,常在目前。既在目前,触途
成滞,作么生得平稳去?祖不言乎:执之失度,必入邪路;放之
自然,体无去住②。"

——《五灯会元》卷十七

【注释】

　　①本篇是宋代禅师祖心语录。
　　②体无去住:事物的本体和性质没有离去和栖住的差别。

【译文】

　　祖心禅师上堂说:"如果仅仅明了自己,而不领悟眼前,此人是有眼
无脚。如果只领悟眼前,而不明了自己,此人是有脚无眼。这两种人,
每天十二个时辰中常有一件东西搁在胸中。胸中有了东西,不安之相
就常在眼前。眼前既有此不安之相,也就处处滞碍不通,怎么才能够安
稳呢?祖师不是说过吗:执着得失尺度,就必然走入邪路;放任地听其
自然,真如本体就没有离去和栖住之别。"

【品读】

　　如来藏无执无失,一任天然。

雁无遗踪之意①

上堂:"雁过长空,影沉寒水。雁无遗踪之意,水无留影之心。若能如是,方解向异类中行。不用续凫截鹤②,夷岳盈壑。放行也百丑千拙,收来也拳拳拳拳。用之,则敢与八大龙王斗富。不用,都来不值半分钱。参!"

——《五灯会元》卷十六

【注释】

①本篇是天衣义怀禅师语录。义怀,俗姓陈,乐清(今浙江省内)人,约十一世纪上半叶前后在世,嗣法于雪窦重显禅师,曾住越州(今浙江绍兴一带)天衣山。

②续凫截鹤:"载"疑为"截"之讹,续凫截鹤即"断鹤续凫",比喻违反事物的本性。《庄子·骈拇》:"凫胫虽短,续之则忧;鹤胫虽长,断之则悲。"

【译文】

天衣义怀禅师上堂说:"大雁飞过长空,月亮影沉寒水。大雁没有留下踪迹之意,寒水没有映现月影之心。如果能够这样,才能理解什么叫'向异类中行'。不用截断鹤的长腿去接在凫的短腿上,也不用铲平高山去填深谷。放行时百丑千拙,收来时拳拳拳拳。只要能复归自然,则敢与八大龙王比富,反之,就不值半文钱。思索吧!"

【品读】

若能任用如来藏,则三千大千尽是财富。若不能用,如来藏不值半文钱。

风作何色①

上堂:"寒雨细,朔风高,吹沙走石,拔木鸣条,诸人尽知有。且道风作何色？若识得去，许你具眼。若也不识，莫怪相瞒。参！"

——《五灯会元》卷十六

【注释】

①本篇为宋代禅师法秀语录。

【译文】

法秀禅师上堂说："寒雨细，北风高，飞沙走石，把树木连根拔起，树枝也在凄苦地鸣叫，这些自然现象，你们各位都说是有。但是，你们说说看，风是什么颜色？如果识得出，承认你具有禅者的眼光。如果识不出，就别怪我不对你们说。参悟吧！"

【品读】

如来藏本无色，随风雨木石而现色。

烁烁瑞光①

上堂："看！看！烁烁瑞光，照大千界。百亿微尘国土，百亿大海水，百亿须弥山，百亿日月，百亿四天下，乃至微尘刹土，皆于光中，一时发现。诸仁者还见么？若也见得，许汝亲在瑞光。若也不见，莫道瑞光不照好。参②！"

——《五灯会元》卷十六

【注释】

①本篇为宗本禅师语录。宗本（1006—1087），俗姓管，无锡人。十九岁出家，后参谒天衣义怀禅师而得法。曾住持苏州瑞光寺和灵岩寺、杭州净慈寺。宋神宗时，奉敕住持洛阳慧林寺，赐号圆照禅师。

②参：表示要求僧徒继续参学，也表示禅师讲话结束，是一种习惯语。

【译文】

宗本禅师上堂说："看！看！闪亮的祥瑞之光，照耀着大千世界。

无数个国家的土地,百亿个大海的水波,百亿座须弥山,百亿颗太阳月亮,百亿个普天之下,乃至无数寺院田土,都在这祥瑞之光中,一齐被发现啦。诸位看见了吗?如果看见了,承认你置身于瑞光之中。如果没看见,就别说瑞光没有照临。参悟吧!"

【品读】

三千大千,尽是如来藏显现。

漏春消息早梅香①

上堂云:"隔墙见角,定知是牛:隔山见烟,定知是火。且道诸人定知有底作么生?还体悉得么?报晓音声栖鸟语,漏春消息早梅香。"

——《宏智禅师广录》

【注释】

①本篇为宋代禅师正觉语录。

【译文】

正觉禅师上堂说:"隔墙见角,可以确切地知道是牛;隔山见烟,可以确切地知道是火。且问诸位可以确知的是什么?还理解得了吗?报晓的声音是雀巢中的鸟语。春天的消息是凌寒独自开的梅花之幽香。"

【品读】

吾人应于万物之中见机而悟如来藏。

从教人道野夫狂

卫州①王大夫,遗其名。以丧偶厌世相,遂参元丰②,于言下知归。丰一日谓曰:"子乃今之陆亘③也。"公便掩耳,既而回坛山之阳④,缚茅自处者三载。偶歌曰:"坛山里,日何长。青松岭,白云乡。吟鸟啼猿作道场⑤。散发采薇⑥歌又笑,从教人道野夫狂。"

——《五灯会元》卷十七

【注释】

①卫州:古地名,在今河南省境内。

②元丰:禅师名。

③陆亘(764—834):唐代居士,字景山,吴地(今苏州一带)人,曾任太常博士、刺史、观察使等职,参南泉普愿禅师而悟道。

④坛山之阳:坛山南麓。

⑤道场:修习佛法、道法之场所,亦指寺院。

⑥采薇:相传周武王灭殷后,伯夷、叔齐二人不食周粟,逃到首阳山中,采薇为生。

【译文】

卫州有一位姓王的大夫,不知道叫什么名字了。他因为配偶亡故而厌倦了世俗的生活,于是便去参谒元丰禅师。从元丰禅师的话中,他领悟了人生的归宿。元丰禅师有一天对他说:"你乃是当今的陆亘啊!"他便立刻把自己的耳朵捂起来。不久他回到坛山南麓,盖起一间茅屋,独自在那里生活了三年。偶尔可以听到他的歌声,唱道:"坛山里,日何长。青松岭,白云乡。吟鸟啼猿作道场。散发采薇歌又笑,从教人道野夫狂。"

【品读】

居士参悟,与禅师无异,悟后一任自然。

时节因缘

涟水军万寿梦庵普信禅师,上堂:"残雪既消尽,春风日渐多。若将时节会,佛法又如何?且道时节因缘①与佛法道理,是同是别?"良久曰:"无影树栽人不见,开花结果自馨香。"

——《五灯会元》卷十八

【注释】

①因缘：佛教用语，梵语尼陀那，指产生结果的直接原因及促成这种结果的条件。

【译文】

涟水万寿山的梦庵普信禅师上堂说："残雪已经消尽，春风日渐多。如果从时节的推移来领会佛法，又将如何？且说一说时节因缘与佛教的道理，是相同的还是不同的？"沉默了一会儿说："栽下的无影树无人看见，自然地开花结果散发着芳香。"

【品读】

不问耕耘，只问收获，时节因缘到来，自然开悟证果。

两个猢狲垂四尾^①

上堂："耳目一何清，端居幽谷里。秋风入古松，秋月生寒水。衲僧于此更求真，两个猢狲垂四尾。"喝一喝。

——《续传灯录》卷二十二

【注释】

①本篇为从悦禅师语录。从悦（1044—1091），俗姓熊，赣州人。嗣法于宝峰克文禅师，住隆兴府（今江西南昌一带）兜率院。

【译文】

从悦禅师上堂说："耳目何等清净，安居幽谷之中，秋月映入寒水，秋风吹动古松。禅僧来到这里，还要寻求真实，那就像是两只猴子垂下四条尾巴啦。"说完就吆喝了一声。

【品读】

两个猢狲垂四尾，此病眼所见，吾人要灭去幻象，洞见真实。

九顶三句

嘉定府九顶寂惺惠泉禅师，僧问："心迷法华^①转，心悟转法华。未审意旨如何?"师曰:"风暖鸟声碎,日高华影重。"上堂:"昔日云门②有三句,谓函盖乾坤句截断众流句,随波逐浪句。九顶今日亦有三句,所谓饥来吃饭句,寒即向火句,困来打睡句。若以佛法而论,则九顶望云门,直立下风。若以世谛③而论,则云门望九顶,直立下风。二语相违,且如何是九顶为人处?"

——《五灯会元》卷十八

【注释】

①法华:即《法华经》,佛经名,全称《妙法莲华经》。

②云门:指云门文偃禅师。

③世谛:佛家称俗世间的真理为"世谛"。

【译文】

嘉定府九顶山有一位惠泉禅师,僧人问:"心里迷惑就为《法华》所转,心中觉悟就能转动《法华》,不知道是什么意思?"惠泉回答:"春风和暖则鸟鸣嘈杂,太阳升高见花影重叠。"惠泉禅师上堂说:"昔日云门文偃禅师有三句话,叫作函盖乾坤句,截断众流句,随波逐浪句。九顶我今天也有三句,叫作饥来吃饭句,寒即向火句,困来打睡句。若以佛法而论,则九顶望云门,立在下风;但如以世间的真理而论,则云门望九顶,立在下风。两句话的意思相违背,那么什么是九顶的为人之处呢?"

【品读】

饥吃饭,寒向火,困打眠,此与云门三句同一意趣,有何相违处!

老僧笑指猿啼处

上堂,卓拄杖云:"此是瑞岩①境界。"又卓云:"深固幽远,无人能到。"又卓云:"既到者里,合作么生?咦!老僧笑指猿啼处,更有灵踪在上方。"

——《如净禅师语录》

【注释】

①瑞岩：如净禅师曾住持过的寺院的名称。

【译文】

上堂时，如净禅师用拄杖敲了一下地面说："这是瑞岩的境界。"又敲了一下，说："深邃幽远，无人能到。"接着，又再敲了一下，说："既然到了这里，应该怎么办呢？咦！老僧笑指猿啼处，更有灵踪在上方。"

【品读】

猿啼处不是如来藏实际，当别有意会。

佛亦是尘

师①因南游，至庐，山圆通挂搭②。时卍庵③为西堂。为众入室，举："僧问云门：'尘④见佛时如何？'门云：'佛亦是尘。'"师随声便喝，以手指胸曰："佛亦是尘。"师复颂曰："拨尘见佛，佛亦是尘。问了答了，直下翻身。'劝君更尽一杯酒，西出阳关无故人'。"卍庵深肯之。

——《五灯会元》卷二十

【注释】

①师：真慈禅师，宋代禅僧，住婺（wù）州（今浙江金华一带）。

②挂搭：正式进入某寺院，与僧众一起修习。又称"挂钵"。

③卍（wàn）庵：宋代禅僧。

④尘：佛教认为，世间一切虚幻不实的事物和妄念能污染真性，称之为尘。

【译文】

真慈禅师南游，到庐山圆通寺修习。当时卍庵禅师住持西堂。为众人领悟禅机，卍庵禅师举说道："有僧人问云门文偃禅师：'拨尘见佛时如何？'文偃禅师说：'佛亦是尘。'"真慈禅师随声大喝，用手指着自己的胸部说："佛亦是尘。"真慈禅师又颂道："拨去幻相和妄念，佛亦是幻

相和妄念。问了答了,当下翻身。'劝君更尽一杯酒,西出阳关无故
人'。"卍庵禅师充分肯定了他的领悟。

【品读】

真慈直会云门之意,以手指胸,意谓以尘心见佛,佛亦是尘,然
真如之心直问直答,无思无虑,深得云门真意。

不如抛却去寻春

朱紫阳①尝作一绝曰:"川原红绿一时新,暮雨朝晴更可
人②。书册埋头何日了,不如抛却去寻春。"陆象山③闻而喜曰:
"元晦④至此觉矣。"

——《柳亭诗话》

【注释】

①朱紫阳:朱熹,宋代理学家。任继愈《中国哲学史》说,朱熹"直接
继承了禅宗的思想"。本篇即颇具禅意。

②可人:指气候宜人。

③陆象山:陆九渊,号象山,宋代心学家,其学说脱胎于禅宗。

④元晦:朱熹,字元晦。

【译文】

朱熹曾经作了一首七言绝句:"川原红绿一时新,暮雨朝晴更可人。
书册埋头何日了,不如抛却去寻春。"陆九渊知道了,兴奋地说:"朱熹终
于觉悟了。"

【品读】

貌似开悟,其实仍为无明障蔽——"寻春"一言,意识攀缘历历
分明。

顿悟境界

如人饮水 冷暖自知

卢①曰:"不思善,不思恶,正恁么时,阿那个是明上座本来面目?"师②当下大悟,遍体汗流,泣礼数拜,问曰:"上来密语密意③外,还更别有意旨否?"卢曰:"我今与汝说者,即非密也。汝若返照自己面目,密却在汝边。"师曰:"某甲虽在黄梅随众,实未省自己面目。今蒙指授入处,如人饮水,冷暖自知。今行者即是某甲师也!"

——《五灯会元》卷二

【注释】

①卢:卢行者,即禅宗六祖慧能。

②师:指道明禅师。道明,原名慧明,鄱阳人,南朝陈宣帝后裔,约七世纪下半叶前后在世。弘忍传衣法给慧能后,慧明带人追至大庾岭,在慧能启发下悟道。

③密语密意:佛法的秘语深意。

【译文】

卢行者对道明说:"既不思虑善,也不思虑恶,正当这个时候,什么是你的本来面目?"道明一听见这话,立刻彻底省悟了,他浑身流汗,哭泣着连连礼拜,问道:"除了刚才的密语密意之外,是不是还有其他的意旨呢?"卢行者回答:"我现在对你说出来,就不隐秘了,你如果回转眼光观照自己的面目,那么隐秘正在你的身上。"道明说:"我虽然在黄梅弘忍禅师处跟随众僧参学,其实并没有省悟自己的面目。今天承蒙您指教领悟门径,如人饮水,冷暖自知。从今开始,您就是我的老师了。"

【品读】

参禅是个人化的行为,一旦悟入,个人也知其宗趣,故"如人饮水,冷暖自知"。

本性顿悟①

善知识!②我于忍和尚③处,一闻言下大悟,顿见真如本性。是故将此教法,流行后代,令学道者顿悟菩提,令自本性顿悟。汝若不得自悟,当起般若观照④,刹那间,妄念俱灭,即是自真正善知识,一悟即知佛也。

——《坛经》

【注释】

①本篇是中国禅宗六祖慧能语录,其中有删节。

②善知识:对造诣较高的僧人的称呼,这里泛指所有听慧能说法的信徒。

③忍和尚:指弘忍禅师。

④当起般若观照:应当运用超越世俗认识的智慧来反观自照。

【译文】

信徒们! 我在弘忍和尚那儿,一听和尚启发就立刻大悟,顿时发现了自身的真实本性。因此将这种教法,流传给后代,使学道者顿悟智慧,使他们自己本性顿悟。你们如果不能自己觉悟,就应当用般若智慧来观照自己的真实本性,一刹那间,各种虚妄之念一齐息灭,自己就成了得道高僧,一旦觉悟就达到了佛的境界。

【品读】

智者善用其心。"一悟即知佛"即知道如何利用因果律趋向佛道的环节与方法,并非一悟即达佛地。

何为禅定①

此法门②中,何名坐禅? 此法门中,一切无碍,外于一切境界上念不起为坐,见本性不乱为禅。何名为禅定? 外离相③曰禅,内不乱曰定。外若著相,内心即乱。外若离相,内性不乱。本性自净自定,只缘触境,触即乱,离相不乱即定。外离相即禅,内不乱即定。外禅内定,故名禅定。《维摩经》云:"即时豁然,还得本心。"《菩萨戒经》云:"本元自性清净。"善知识! 见自性自净,自修自作,自性法身,自行佛行,自作自成佛道。

——《坛经》

【注释】

　　①本篇是中国禅宗六祖慧能语录。
　　②法门:这里指佛法门类。
　　③相:事物的体状、相状。

【译文】

　　在我们这个法门中,什么叫坐禅? 在此法门中,一切都没有障碍,对于外界一切事物都不起妄念称为坐,见到自身本性而不为外界事物所乱称为禅。什么叫禅定? 离开外界物相是禅,内心不散乱是定。如果执着于外界物相,内心就会散乱。如果离开外界物相,内性即不散乱。其实本性原是清净,原本是专一安定的,只是因为接触外物,才会散乱,离开外界物相,内心就不散乱,就专一安定了。外禅内定,所以称为禅定。《维摩诘经》上说:"顿时领悟,恢复本心。"《菩萨戒经》上说:"自性本来清净。"信徒们,发现自性本来清净,自我修习,自我努力,自性便是佛身,自行佛法之行,自为努力,自然也就成佛得道了。

【品读】

　　禅是智慧,定是功夫,皆须在本性上用心。但禅的初期,须得善知识引导,一旦开悟明心,自知成佛之道。

清净法身①

　　世人性自净,万法②在自性。思量一切恶事,即行于恶;思量一切善事，便修于善行。如是一切法尽在自性。自性常清净，日月常明。只为云覆盖，上明下暗，不能了见日月星辰。忽遇惠风③吹散卷尽云雾，万象森罗，一时皆现。世人性净，犹如青天，惠如日，智如月，知惠常明。于外著境，妄念浮云盖覆，自性不能明。故遇善知识开真法，吹却迷妄，内外明彻。于自性中，万法皆见。一切法自在性，名为清净法身。

——《坛经》

【注释】

①本篇为禅宗六祖慧能语录。

②万法：指万事万物。

③惠风：惠通"慧"，惠风即智慧之风。

【译文】

世人之性本来清净，万事万物都存在于自性之中。如果思量一切恶事，就会作恶；思量一切善事，就会行善。所以一切事物都在于自性。自性永远清净，如日月永远明亮。只因为乌云覆盖，上面明亮下面昏暗，所以不能清楚地看到日月星辰。如果有智慧之风吹散云雾，那纷然罗列的万事万物就一下子全部显现出来了。世上人性清净，犹如青天，智慧如同日月常明。如果执着于外界事物，虚妄之念像浮云覆盖，自性便不能明净。因此遇上得道高僧宣讲真如智慧之法，驱除迷妄之念，就会使内外通明透彻，万物都在自性之中显现出来。一切事物本在自性中，这就叫作清净法身。

【品读】

此自性即如来藏。如来藏为无明所蔽，如乌云蔽日。吾人修行即在扫去浮云，使日月朗现。

我狂欲醒

有昔同从军者二人，闻师①隐遁，乃共入山寻之，既见，因谓师曰："郎将狂邪，何为住此?"师曰："我狂欲醒，君狂正发。夫嗜色淫声，贪荣冒宠，流转生死，何由自出?"二人感悟，叹息而去。

——《五灯会元》卷二

【注释】

①师：指智岩禅师。智岩（600—677），俗姓华，曲阿（今江苏丹阳）人。曾为中郎将，频立战功。40岁出家，后谒见牛头宗一世法融禅师，领悟禅旨，受命为牛头宗二世。

【译文】

以前和智岩禅师一同从军的两个人，听说智岩隐居遁世，便一起进山找他。见面之后，就对智岩说："中郎将你发狂了吗，怎么住在这里?"智岩回答说："我以前发狂，所以才要清醒。而你们的狂病，正在发作。沉湎声色，贪受荣宠，陷于生死轮回之中，怎么能自拔呢?"那两个人有所感悟，叹息着离开了。

【品读】

凡夫不了禅者之悟，沉溺狂邪，而反以禅者超脱为狂。

问自己意

有坦然、怀让二僧来参问曰："如何是祖师西来意?"师①曰："何不问自己意?"曰："如何是自己意?"师曰："当观密作用②。"曰："如何是密作用?"师以目开合示之③。然于言下知归，让乃即谒曹溪④。

——《五灯会元》卷二

【注释】

①师：指慧安禅师。慧安（582—709），俗姓卫，湖北枝江人，本名道安，得法于五祖弘忍，后居嵩山，武后时奉诏入长安，时称老安国师。

②当观密作用：应当对深密的内心活动作观察思维。

③以目开合示之:似示意学人当具有佛家的智慧之眼。

④曹溪:指六祖慧能。

【译文】

坦然、怀让前来参见慧安禅师,问道:"什么是达摩祖师西来的意旨?"慧安禅师说:"为什么不问自己的意旨呢?"两位僧人便问:"什么是自己的意旨?"禅师答:"应该观照深密的内心活动。"僧人又问:"什么是深密的内心活动?"禅师以眨眼睛来回答他们。坦然当场就领悟了,怀让则未能领悟,便去谒见慧能禅师。

【品读】

吾人扬眉瞬目即是如来藏的妙用,智者会心,愚者茫无所知。

无有次第

问:"何名第一义①?第一义者,从何次第得入?"师②曰:"第一义无有次第,亦无出入,世谛③一切有,第一义即无。诸法无性性④说,名第一义。佛言有法⑤名俗谛,无性第一义。"公曰:"如师开示,实不可思议!"

——《五灯会元》卷二

【注释】

①第一义:指佛教最高真理。

②师:指无住禅师。

③世谛:俗世真理。

④无性性:谓一切事物皆非实在。

⑤有法:认为事物都真实存在。

【译文】

杜相国问:"什么是佛教的最高真理?这种真理,通过什么程序可以悟入?"无住禅师回答说:"佛教真理没有程序,也不可以出来进去。世俗真理什么都有,佛教真理却什么都没有。万事万物都是虚幻,便是佛教的最高真理。佛说承认事物的实际存在是俗世真理,事物并非实际的存在是佛教真理。"杜相国说:"大师所讲说的道理,实在深奥微妙!"

【品读】

第一义(如来藏)非空非有、非生非灭、无来无去、无动无静,超言绝思,却必赖思维分别之心方可触证,但其首要却在打死分别。

面南看北斗

问:"如何是佛法大意?"师①曰:"面南看北斗②。"

——《五灯会元》卷十五

【注释】

①师:指云门文偃禅师。

②面南看北斗:北斗只能向北看,面南当然看不到;但是,一旦回过头来,北斗又恰在对面。意思是叫人不要向外面用力,回头自悟本心即是。

【译文】

问:"什么是佛法的主要意旨?"文偃禅师回答:"仰面向着南天看北斗七星。"

【品读】

悟道端在回头,从世俗执着中回心密察内心。

汾州悟道

汾州和尚为座主时,讲四十二本经论,来问师①:"三乘②十二分教某甲粗知,未审宗门中意旨如何?"师乃顾示云:"左右人多,且去。"汾州出门,脚才跨门阃③,师召:"座主!"汾州回头应喏。师云:"是什么?"汾州当时便省,遂礼拜,起来云:"某甲讲四十二本经论,将谓无人过得,今日若不遇和尚,洎合④空过一生!"

——《祖堂集》卷十四

【注释】

①师：指马祖道一禅师。

②三乘：佛教度脱众生的三种方法。

③门阃：门槛。

④洎合：几乎。

【译文】

汾州和尚主持寺院的时候，能够讲解四十二本佛教经论，他来问马祖道一禅师："三乘教说、十二部类经典我已粗略了解，不知禅宗的意旨是什么？"马祖四面看看，说："这儿人多，你先去吧。"于是汾州和尚就转身向门外走去，脚才跨出门槛，马祖召唤："座主！"汾州和尚回头答应。马祖问："是什么？"汾州立刻就省悟了，便向马祖礼拜，然后站起来说："我能讲说四十二本经论，本以为没有人能超过我，若不是今天遇上和尚，几乎枉度一生！"

【品读】

如来藏就在这一呼一应中显现，千经万论，只道此活泼慧灵之物。

自家宝藏

初至江西参马祖，祖问曰："从何处来？"曰："越州①大云寺来。"祖曰："来此拟须何事？"曰："来求佛法。"祖曰："自家宝藏不顾，抛家散走作什么！我这里一物也无，求什么佛法？"师遂礼拜，问曰："阿那个是慧海②自家宝藏？"祖曰："即今问我者，是汝宝藏，一切具足，更无欠少，使用自在，何假向外求觅？"师于言下自识本心，不由知觉。踊跃礼谢，师事六载，后以受业师③年老，遂归奉养。

——《景德传灯录》卷六

【注释】

①越州:唐代地名,今浙江绍兴一带。

②慧海:唐代禅僧。

③受业师:慧海受佛学于道智,故称道智为受业师。

【译文】

慧海初到江西参见马祖,马祖道一禅师问:"你从哪里来?"慧海说:"从越州大云寺来。"马祖问:"来这里打算干什么?"答:"来求佛法。"马祖说:"自家的宝藏不顾,离家乱走干什么!我这里什么也没有,求什么佛法?"慧海就向马祖礼拜,问:"什么是慧海我自己的宝藏?"马祖说:"如今问我的人,就是你的宝藏,你一切具备,绝不缺少,可以自在地使用,何必再向外寻求?"慧海一听,立即识见了自己的本心,豁然大悟,欢欣跃动,礼谢马祖。他在马祖身边侍奉了六年,后因授业老师年老,便回越州奉养业师去了。

【品读】

如来藏人人本有,不假外求,本自圆成。

芥子纳须弥

江州刺史李渤问师①曰:"教中所言'须弥②纳芥子③',渤即不疑;'芥子纳须弥',莫是妄谭否?"师曰:"人传使君读万卷书籍,还是否?"李曰:"然。"师曰:"摩顶至踵如椰子大,万卷书向何处著?"李俯首而已。

——《景德传灯录》卷七

【注释】

①师:指智常禅师。

②须弥:佛教传说中的巨山。

③芥子:芥草的种子。

【译文】

　　江州刺史李渤问智常禅师:"佛教中所说的'须弥山容纳芥子',我并不怀疑;至于'芥子容纳须弥山',恐怕是谬妄之谈吧?"禅师反问他说:"人们传说您读了万卷书籍,是吗?"李渤说:"是的。"禅师问:"从头到脚不过如椰子般大,万卷书往何处安放?"李渤听了,只有俯首折服而已。

【品读】

　　如来藏非大非小,却有万般妙用。

千尺井中人

　　僧问:"如何是西来意?"师①曰:"如人在千尺井中,不假②寸绳,出得此人,即答汝西来意。"僧曰:"近日湖南畅和尚出世,亦为人东语西话。"师唤沙弥③:"拽出死尸著!"沙弥即仰山④也。沙弥后举问耽源:"如何出得井中人?"耽源曰:"咄!痴汉! 谁在井中?"后问沩山⑤:"如何出得井中人?"沩山乃呼:"慧寂!"寂应诺。沩山曰:"出也!"

——《景德传灯录》卷九

【注释】

　　①师:性空禅师,生平未详,约九世纪上半叶前后在世,得法于百丈怀海禅师,住潭州(今湖南长沙一带)石霜山。

　　②假:凭借。

　　③沙弥:梵语音译词,指7岁以上、20岁以下遵行部分佛教戒律(尚未受具足戒)的出家男少年,俗称小和尚。

　　④仰山:指仰山慧寂禅师。

　　⑤沩山:指沩山灵祐禅师。

【译文】

　　僧人问:"什么是祖师西来的意旨?"性空禅师回答:"好比有人在千

尺深的井中,如果不用绳子能使此人出井,就回答你提出的祖师西来意旨的问题。"僧人说:"近来湖南畅和尚出世说法,也对人东拉西扯。"性空禅师唤来沙弥,说:"把尸体拉出来!"此沙弥就是仰山慧寂。沙弥后来把此事告诉耽源,并问:"怎样让井中人出来?"耽源说:"呸!痴汉!谁在井中?"沙弥后来又问沩山灵祐禅师:"怎样让井中人出来?"灵祐禅师叫道:"慧寂!"慧寂应答。灵祐禅师说:"出来啦!"

【品读】

诸人井中自困,耽源、沩山各有其法出得井中人。

归宗说法

初参归宗①,问:"如何是佛?"宗曰:"我向汝道,汝还信否?"曰:"和尚诚言,安敢不信?"宗曰:"即汝便是。"师曰:"如何保任?"宗曰:"一翳在眼,空华乱坠。"师②辞,宗问:"什么处去?"师曰:"归岭中去。"宗曰:"子在此多年,装束了却来,为子说一上佛法。"师结束了上去,宗曰:"近前来。"师乃近前,宗曰:"时寒,途中善为③!"师聆此言,顿忘前解。

——《五灯会元》卷四

【注释】

①归宗:智常禅师。

②师:指灵训禅师,约九世纪上半叶前后在世,参谒归宗智常禅师而得法,住福州芙蓉山。

③善为:保重。

【译文】

灵训初次参见归宗禅师,问:"什么是佛?"归宗说:"我对你说,你可相信吗?"灵训说:"和尚真诚教导,怎敢不相信?"归宗说:"你就是。"灵训问:"怎样保持下去?"归宗回答:"一粒翳障在眼中,虚幻的花儿纷纷落。"灵训辞别的时候,归宗问:"往哪儿去?"灵训答:"回岭中去。"归宗说:"你在这里多年了,整理好了行李再来,为你说一次佛法。"灵训收拾完毕,到堂上去,归宗说:"走近些。"灵训走上前去,归宗说:"气候寒冷,路上保重!"灵训一听这话,顿时将以前的知解都忘记了,进入了禅悟的境界。

【品读】

　　"时寒,途中善为"表明如来藏的随缘应事,灵训至此才真正领悟如来藏的圆通。

称名契悟

　　参麻谷①,谷见来,便将锄头去锄草。师②到锄草处,谷殊不顾,便归方丈,闭却门。师次日复去,谷又闭门。师乃敲门,谷问:"阿谁?"师曰:"良遂。"才称名,忽然契悟,曰:"和尚莫谩良遂,良遂若不来礼拜和尚,洎③被经论赚过一生。"谷便开门相见。乃归讲肆,谓众曰:"诸人知处,良遂总知。良遂知处,诸人不知。"

——《五灯会元》卷四

【注释】

　　①麻谷:宝彻禅师。

　　②师:指良遂禅师,约九世纪上半叶前后在世,得法于麻谷宝彻禅师,住寿州(今安徽寿县一带)。

　　③洎:几乎。

【译文】

　　良遂前往参见麻谷禅师,麻谷看见他来,就拿起锄头去锄草。良遂跟到锄草的地方,麻谷看也不看他,就回到居处,关上了门。第二天良遂又去,麻谷仍然把门关上。良遂就敲门,麻谷问:"谁?"回答:"良遂。"刚报名字,良遂忽然领悟了,说:"和尚别欺谩我,我如果不来礼拜和尚,差一点要被佛教的经书蒙骗一辈子。"麻谷就开门相见。良遂回到讲台后,对众人说:"你们知道的,良遂我都知道。良遂我所知道的,你们不知道。"

【品读】

良遂自称其名,忽有所悟,知如来藏显现为随口应答的圆活。

云散水流去　寂然天地空

汝州①天宁明禅师,改德士日,师登座谢恩毕,乃曰:"木简②信手拈来,坐具乘时放下。云散水流去,寂然天地空。"即敛目而逝。

　　　　　　　　　　　　　　——《五灯会元》卷六

【注释】

①汝州:今河南临汝县。

②木简:古时用来书写文字的木片,此处似指朝廷使者所持书写诏谕的木牍。

【译文】

汝州天宁寺有一位明禅师。一天,朝廷的使者来寺院宣布赐改寺院名号,禅师登座谢恩之后,就说道:"木简信手拈来,坐具乘时放下。云散了,水流一去不复返。寂然,杳然,天地一片空旷。"说完,就闭上眼睛去世了。

【品读】

禅者参透空理,洒然西去,生死自在。

丙丁童子来求火

初问青峰①:"如何是学人自己?"峰曰:"丙丁童子②来求火。"后谒法眼③,眼问:"甚处来?"师④曰:"青峰。"眼曰:"青峰有何言句?"师举前话,眼曰:"上座作么生会?"师曰:"丙丁属火,而更求火,如将自己求自己。"眼曰:"与么会又争得!"师曰:"某甲只与么,未审和尚如何?"眼曰:"你问我,我与你道。"师问:"如何是学人自己?"眼曰:"丙丁童子来求火。"师于言下顿悟。

——《五灯会元》卷十

【注释】

①青峰:禅师名号。

②丙丁童子:专管火的童子。古人认为丙丁是火日,后世遂以丙丁代称火。

③法眼:文益禅师。

④师:指玄则禅师。玄则,滑州卫南(河南滑县)人,约十世纪在世,得法于文益禅师,住金陵(今南京)报恩院。

【译文】

玄则开始求师问道时,曾经参问青峰禅师:"什么是学人自己?"青峰禅师回答:"丙丁童子来求火。"后来,玄则谒见法眼禅师,法眼问:"你从哪里来?"玄则回答:"青峰。"法眼问:"青峰禅师有什么话语?"玄则就叙说了前面的话,法眼问:"上座是怎样领会的呢?"玄则答:"丙丁本属火,却还要求火,这是比喻自己寻找自己。"法眼说:"这样领会怎么行!"玄则问:"我是这样领会的,不知和您怎样领会?"法眼说:"你问我,我给你说。"玄则就问:"什么是学人自己?"法眼回答:"丙丁童子来求火。"玄则一听,顿时省悟了。

【品读】

同一言句,两次表述,玄则在第二次表述中才领悟到如来藏的随缘应现。

常圆之月

师①谓众曰:"诸上座尽有常圆之月②,各怀无价之珍。所以月在云中，虽明而不照；智隐惑内，虽真而不通。无事，久立！"

——《景德传灯录》卷二十五

【注释】

①师：即玄则禅师。

②常圆之月：比喻佛性。

【译文】

玄则禅师对大众说："诸位上座人人心中都有常圆之月，各自都存藏着无价珍宝。只是月亮被云遮雾障，虽然明朗却见不到它的光亮，智慧被隐蔽在迷惑之内，虽然真实却不通灵。没事了，劳烦你们站久啦！"

【品读】

如来藏人人本有，只是被无明遮蔽，只有触证，方能云开月朗。

汝是慧超

（策真①）本名慧超，升净慧②之堂，问："如何是佛？"净慧曰："汝是慧超。"师从此信入。

——《景德传灯录》卷二十五

【注释】

①策真(？—979)，俗姓魏，山东曹州人，得法于法眼文益禅师，初住庐山归宗寺，后迁住金陵奉先、报恩等寺院。

②净慧：即文益禅师。

【译文】

策真禅师本名慧超，他在参见净慧文益禅师的时候，问道："怎样是佛？"文益禅师说："你是慧超。"策真大悟，从此就进入了禅悟之境。

【品读】

慧超即佛，佛是慧超，同一如来藏，因人影现。

美食不中饱人吃

令依圆通秀禅师，师①至彼无所参问，唯嗜睡而已。执事白通曰："堂中有僧日睡，当行规法。"通曰："是谁?"曰："青上座。"通曰："未可，待与按过。"通即曳杖入堂，见师正睡，乃击床呵曰："我这里无闲饭与上座吃了打眠。"师曰："和尚教某何为?"通曰："何不参禅去?"师曰："美食不中饱人吃。"通曰："争奈大有人不肯上座。"师曰："待肯，堪作什么?"通曰："上座曾见什么人来?"师曰："浮山②。"通曰："怪得恁么顽赖!"遂握手相笑，归方丈。由是道声籍甚。

——《五灯会元》卷十四

【注释】

①师：指义青禅师。义青（1032—1083），宋代高僧，俗姓李，青社（今河南偃师）人，7岁出家，为大阳警玄禅师法嗣，住安徽舒州（今潜山县）投子山胜因院。

②浮山：指法远禅师。

【译文】

法远禅师让义青去投靠圆通法秀禅师，义青到了那儿，并不去向法秀禅师提问请教，只是贪睡而已。执事僧告诉法秀禅师说："堂中有个僧人总是白天睡觉，应当按寺规处罚了。"法秀问："是谁?"执事僧回答："义青上座。"法秀说："不可处罚，让我去问一问。"法秀就带着拄杖走进僧堂，看见义青果然在睡觉，就敲击禅床呵斥道："我这里没有闲饭让上座吃了睡大觉。"义青问："和尚教我干什么?"法秀说："为何不参禅去?"义青回答："食品纵然美味，饱汉吃来不香。"法秀说："可是对上座有意见的大有人在哩。"义青答："等到他们没意见了，还有什么用?"法秀问："上座曾经见过什么人?"义青回答："浮山法远。"法秀说："难怪这样顽赖!"于是便与他握手，相视而笑，然后归方丈去了。从此义青名声

155

远扬。

【品读】

同是道中人，故莫逆于心，相与为友。

古镜二问

参洞山①。一日如武昌行乞，首谒刘公居士家。士高行，为时所敬，意所与夺，莫不从之。师②时年少，不知其饱参，颇易之。士曰："老汉有一问，若相契即开疏，如不契即请还山。"遂问："古镜未磨时如何？"师曰："黑似漆。"士曰："磨后如何？"师曰："照天照地。"士长揖曰："且请上人③还山！"拂袖入宅。师懔懔即还洞山，山问其故，师具言其事。山曰："你问我，我与你道。"师理前问，山曰："此去汉阳不远。"师进后语，山曰："黄鹤楼前鹦鹉洲。"师于言下大悟，机锋不可触。

——《五灯会元》卷十五

【注释】

①洞山：指晓聪禅师，宋代高僧。

②师：指晓舜禅师。晓舜，瑞州（今江西高安一带）人，约十世纪下半叶至十一世纪上半叶在世，得法于洞山晓聪禅师，住南康军（今江西省内）云居寺，因号云居。

③上人：对僧人的尊称。

【译文】

晓舜在洞山晓聪禅师住持的寺院中参学。有一天，他到武昌去乞化，首先去谒见刘公居士。刘居士品行高尚，为当时人所敬重，他的意见，没有人不听从。晓舜年纪轻，不知道居士饱经参问，很有点轻视他。居士说："老汉我有个问题请你回答，如果意旨相契合就布施与你。如果不相契合就请回山去。"于是就问："古镜未磨的时候怎样？"晓舜回答："黑似漆。"又问："磨了之后怎样？"答："照天照地。"居士拱手作揖，说:"就请上人回山去吧!"说罢拂袖而去。晓舜羞愧地回到了洞山,晓聪禅师问他为什么这么早回山,晓舜就把这件事原原本本地说了一遍。洞山说:"你来问我,我回答给你看。"晓舜提出刘居士的第一个问题,晓聪回答:"这里离汉阳不远。"又提出第二个问题,晓聪答:"黄鹤楼前鹦鹉洲。"晓舜一听,立即大悟了,从此机锋锐不可触。

【品读】

"古镜未磨时如何?"——"此去汉阳不远":明吾人虽隔着无明但终究不失如来藏;"磨后如何?"——"黄鹤楼前鹦鹉洲":直接坐实如来藏。较"黑似漆"、"照天照地"悟机更透,是真悟者的道说。

这个是什么标

(云知①禅师)上堂:"日月云霞为天标,山川草木为地标,招贤纳士为德标,闲居趣寂为道标。"拈拄杖曰:"且道这个是什么标? 会么? 拈起则有文有彩,放下则粝粝磕磕。直得不拈不放,又作么生?"良久曰:"扶过断桥水,伴归无月村。"

——《五灯会元》卷十五

【注释】

①云知:号慈觉禅师,约十一世纪在世,得法于渤潭怀澄禅师,住杭州灵隐寺。

【译文】

云知禅师上堂说:"日月云霞是天的标志,山川草木是地的标志,招贤纳士是德的标志,闲居清寂是道的标志。"接着,云居禅师又提起拄杖问道:"你们说说看,这个是什么标志? 领会吗? 提起来就有文有彩,放下去就粗粝毛糙。假使不提起不放下,又怎样呢?"沉默了一会儿,禅师又说:"搀扶着涉过断桥下的水流,陪伴着回到没有月色映照的村庄。"

【品读】

拄杖拿起放下、不拈不放,皆可会作如来藏之标。

黄龙三关

师①室中常问僧出家所以,乡关来历,复扣云:"人人尽有生缘②处,哪个是上座生缘处?"又复当机问答,正驰锋辩,却复伸手云:"我手何拟佛手?"又问诸方参请宗师所得,却复垂脚云:"我脚何拟驴脚?"三十余年,示此三问,往往学者多不凑机。丛林共目为"三关"。

——《慧南语录》

【注释】

①师:指慧南禅师。慧南(1002—1069),俗姓章,江西玉山人,17岁出家,嗣法于石霜楚圆禅师,住隆兴(今南昌)黄龙山,开创了临济宗的分支黄龙派。

②生缘:出生地,籍贯。

【译文】

慧南禅师在法会中时常询问僧人为什么出家,出生地在何处,然后再次提问:"人人都有家乡,哪儿是上座的家乡?"又在学人正当临机问答、驰骋辩锋之时,却突然伸出手问:"我的手比起佛手来怎样?"还有正在询问僧人参拜各地宗师有何心得时,却突然垂下脚问:"我的脚比起驴脚来怎样?"三十多年,示此三问,多数学人不能应接机锋。禅林中都称之为"黄龙三关"。

【品读】

黄龙三关,意在警示吾人不仅会得总相智,也要会得别相智。若通会如来藏,即可临机晓辩。

一棚傀儡①

上堂云:"山僧昨日入城,见一棚②傀儡,不免近前看。或见端严奇特,或见丑陋不堪。转动行坐,青黄赤白,一一见了。仔细看时,元来青布幔里有人。山僧忍俊不禁,乃问:'长史高姓?'他道:'老和尚看便休,问什么姓!'大众,山僧被他一句,直得无言可对,无理可伸。还有人为山僧道得么? 昨日那里落节③,今日者里拔本。"

——《法演禅师语录》卷上

【注释】

① 本篇是法演禅师语录。

② 棚:指演木偶戏的戏棚,一种简陋的舞台。

③ 落节:吃亏。

【译文】

法演禅师上堂时说:"山僧我昨天进城,看见一棚木偶,就走上前去。那些木偶,有的特别端丽,有的丑陋不堪。能动能转,能坐能行,那色彩是青黄赤白都有,看得清清楚楚。再仔细一看,原来青幕布下面有人在那里操纵。山僧忍不住笑起来,就问他:'先生贵姓?'那人回答:'老和尚看戏就看戏,还问什么姓!'大众,山僧被他这一句话,弄得无言可对,无理可伸。可有人能够替我回答吗? 昨天在那儿吃了亏,今天在这儿补回来。"

【品读】

如来藏随缘而行,不晓是非,不辨人我,哪管姓甚名谁!

宝藏自然而至

我本无心有所希求,今此宝藏自然而至。上是天,下是地,左边厨库,右边僧堂。前是佛殿三门,后是寝堂方丈。宝藏在什么处? 还见么? 如今坐立俨然,见闻不昧。光辉溢目,寂尔无垠。尽凡圣情,脱知见缚。长河为酥酪,大地变黄金。从自己胸襟流出一句,作么生道? 今古长如白练飞,一条界破青山色。

——《佛果^①语录》卷一

【注释】

①佛果：克勤禅师的法号。克勤（1063—1135），宋代禅僧，俗姓骆，字无著，彭州崇宁（今四川彭县）人。少时出家，后参谒法演禅师而得法，先后住持成都昭觉寺、扬州天宁寺等多处寺院。

【译文】

我本来无心有所希求，如今这宝藏自然而然地来到。上是天，下是地。左边是厨房、仓库，右边是僧堂。前面是佛殿、寺门，后面是寝室、方丈。宝藏在什么地方？看到了吗？如今坐着的站着的，齐整庄严；见到的听到的，明明白白。光辉耀目，清净无边。除尽了凡圣的俗情，脱离了知见的束缚。长河化为奶酪，大地变作黄金。请问从自己胸襟中流出的一句话该怎么说？古今时光流逝，如同白练飞飘；一条界限打破，眼前青山翠色。

【品读】

若悟透如来藏，形成总相智与别相智，则任运自在，洒然忘机，随所行处，无非宝色。

自己一段大事^①

上堂："佛佛说法，只成黄叶止啼^②。祖祖传宗，还是空拳相吓。到这里直须自休歇，自悟自明。佛是已躬做成，法非别人付得。若能恁么，是大丈夫汉，真衲僧，自己一段大事。诸兄弟，且作么生得平平稳稳去？但得雪消去，自然春到来。"

——《宏智禅师广录》卷四

【注释】

①本篇是正觉禅师语录。正觉（1091—1157），俗姓李，隰州（今山西隰县一带）人。少年出家，后游方时参谒丹霞子淳禅师而得法，先后

住持明州(今浙江宁波一带)天童等多处寺院。谥号宏智,有《宏智禅师广录》九卷传世。

②黄叶止啼:将杨树黄叶给小孩,使小孩误认作金钱而停止啼哭,比喻作出假相,使人相信。

【译文】

正觉禅师上堂说:"诸佛讲说道法,只是用黄叶冒充铜钱哄骗小孩别哭。祖师传接宗旨,也不过是用空拳相威吓。到这里必须要自己休歇,自己觉悟,自己明了。佛是各人自己当的,佛法也不是别人传付的。如果能够这样,方才是大丈夫,真禅僧,成就了自己的一件大事。诸位兄弟,究竟怎样才能够做到心境安宁呢?待到雪化时,自然春到来。"

【品读】

诸佛说法,千经万论,浩如烟海,只为吾人悟入如来藏。而如来藏非心非物,不生不灭,故"佛佛说法,只成黄叶止啼";祖师们机锋棒喝,只是"空拳相吓"。一切只是诱导吾人自证自悟的手段。

讨头鼻不着①

住后,上堂说:"有句无句,如藤依树。放憨作么!及乎树倒藤枯,句归何处?情知汝等诸人卒讨头鼻②不着。为甚如此?只为分明极,翻令所得迟。"

——《续传灯录》卷三十二

【注释】

①本篇是弥光禅师语录。弥光,俗姓李,字晦庵,福建人,约十二世纪在世。参径山宗杲禅师而得法,系杨岐派第六世传人,住泉州教忠院。

②讨头鼻:讨,寻找。头鼻:喻指事理的关键、原则。

【译文】

住持寺院以后,弥光禅师上堂说:"有语句没有语句,都好像青藤依附大树。傻乎乎地干什么?等到树倒藤枯,语句又归向何处?早料到你们各位找来找去找不到事理的关键。为什么会这样？只因为事理的关键处太显露太明白了,所以反而迟迟地才能看到。"

【品读】

吾人举动云为,处处用着如来藏,只因隔得太近,反使难以证得。

见即便见　拟思即差

左丞①范冲居士,字致虚。由翰宛守豫章,过圆通谒旻禅师,茶罢曰:"某行将老矣。堕在金紫行中去,此事稍远。"通呼内翰,公应喏。通曰:"何远之有?"公跃然曰:"乞师再垂指诲。"通曰:"此去洪都有四程。"公伫思,通曰:"见即便见,拟思即差。"公乃豁然有省。

——《五灯会元》卷十八

【注释】

①左丞:官名,唐宋尚书省左丞总辖吏、户、礼三部,宋代为执政官之一,权尤重。

【译文】

左丞范冲居士,字致虚。早年由翰林院出任豫章(今江西南昌)太守,经过庐山圆通寺,谒见道旻禅师。喝过茶以后,范冲说:"我就要老了,身在官场之中,对于参禅学道之事则稍稍离远了。"道旻禅师就喊道:"内翰!"范冲立刻答应了一声。道旻禅师说:"又有什么远呢?"范冲顿时活跃起来,说:"请老师再给予指导教诲。"道旻说:"从这里到洪都(即南昌)有四程。"范冲站立沉思。道旻禅师说:"悟也就悟到了,再思索也就离禅悟远了。"范冲豁然省悟。

【品读】

思维即是意识心,离如来藏反远矣。

彻悟知心性①

至近而不可见者，眉目也；至亲而不可知者，心性也。眉目虽不可见，临镜则见之；心性固不可知，彻悟则知之。苟非彻悟而欲知心性之蕴奥，是犹离镜而欲见眉目也。

——《天目中峰和尚广录》卷十一

【注释】

①本篇是明本禅师语录。明本(1263—1323)，元代著名禅师，俗姓孙，号中峰、幻庵、幻住，钱塘（今浙江省杭州市）人。15岁出家，后参谒高峰原妙禅师而得法，晚年住浙江天目山。

【译文】

距离最近却又不能看见的，是眉和目；与人最亲却又不能知晓的，是心和性。眉目虽然不能看见，但对着镜子就可见到；心性固然不能知晓，彻底省悟之后就可明白。如果没省悟却想知晓心性的深奥底蕴，这就如同离开镜子却想看见眉目一样。

【品读】

悟即通体自现，思即动乖本性。

无言境界

拈花微笑

世尊①在灵山会上,拈花示众。是时众皆默然,唯迦叶尊者破颜微笑。世尊曰:"吾有正法眼藏②,涅槃妙心③,实相无相④,微妙法门,不立文字,教外别传,付嘱摩诃迦叶。"世尊至多子塔前,命摩诃迦叶分座令坐,以僧伽梨⑤围之。遂告曰:"吾以正法眼藏密付于汝,汝当护持,传付将来。"世尊临入涅槃,文殊大士请佛再转法轮⑥。世尊咄曰:"文殊!吾四十九年住世.未曾说一字,汝请吾再转法轮,是吾曾转法轮耶?"世尊于涅槃会上,以手摩胸,告众曰:"汝等善观吾紫磨金色之身,瞻仰取足,勿令后悔。若谓吾灭度⑧,非吾弟子。若谓吾不灭度,亦非吾弟子。"时百万亿众,悉皆契悟。

——《五灯会元》卷一

【注释】

①世尊:释迦牟尼佛的称号,意为世间至尊。

②正眼法藏:禅家所称的教外别传的心印,即禅宗玄旨。

③涅槃妙心:超越生死轮回、永恒不变的觉悟心。

④实相无相:意谓事物的真实相状并无具体相状,这是摆脱尘俗执着、除尽分别妄心的禅宗旨意。

⑤僧伽梨:佛僧外衣,袈裟。

⑥转法轮:比喻演说佛法。

⑦涅槃:此处指僧人逝世。

⑧灭度:(僧人)死亡。

【译文】

释迦牟尼佛在灵山会上,拈起一朵鲜花给众人看。这时众人都没有反应,只有迦叶尊者破颜微笑。释迦牟尼就说道:"我有禅宗的心印之法,超越生死轮回、永恒不变的觉悟之心,摆脱尘俗执着、除尽分别妄心的旨意,幽微玄妙的法门,不用文字来解说(不载于佛教经典),而另外通过直指人心、心心相印的特殊方式和独立系统传承,将这一切交付给摩诃迦叶。"释迦牟尼走到多子塔前,叫摩诃迦叶坐在自己面前,旁边用袈裟围着。于是就告诉迦叶说:"我把禅宗的玄旨秘密地交付给你,你要好好护持,一代一代地传下去。"释迦牟尼即将逝世时,文殊菩萨请他再一次讲演佛法。释迦牟尼就呵斥他说:"文殊,我四十九年住在世间,从来没有说一个字,你请我再演说佛法,难道我曾经演说过佛法吗?"释迦牟尼去世时会集众人,用手抚摸着胸部,告诉众人说:"你们好好看着我这紫磨金色的身体,予以瞻仰也就足够受用了,不要后悔。如果说我死了,不是我的弟子;如果说我没有死,也不是我的弟子。"当时在场的百万亿人,全部都契悟了佛的意旨。

【品读】

如来藏非言说相,非文字相,语默动静皆可会,故世尊拈花,迦叶微笑,唯此妙悟,秘传将来。

少林立雪

时有僧神光①者,旷达之士也。久居伊洛,博览群书,善淡玄理。每叹曰:"孔老②之教,礼术风规,庄易③之书,未尽妙理。近闻达摩大士住止少林,至人④不遥,当造玄境。"乃往彼,晨夕参承。祖常端坐面壁,莫闻诲励。光自惟曰:"昔人求道,敲骨取髓,刺血济饥,布发掩泥,投崖饲虎,古尚若此,我又何人?"其年十二月九日夜,天大雨雪。光坚立不动,迟明积雪过膝。祖悯而问曰:"汝久立雪中,当求何事?"光悲泪曰:"惟愿和尚慈悲,开甘露门,广度群品⑤。"祖曰:"诸佛无上妙道,旷劫精勤,难行能行,非忍而忍。岂以小德小智,轻心慢心,欲冀真乘⑥，徒劳勤苦。"光闻祖诲励,潜取利刀,自断左臂,置于祖前。祖知是法器⑦,乃曰:"诸佛最初求道,为法忘形,汝今断臂吾前,求亦可在。"祖遂因与易名曰慧可。

——《五灯会元》卷一

【注释】

①神光:即慧可禅师。慧可(487—593),俗姓姬,原名光,改名神光,后菩提达摩为他改名慧可,虎牢(今河南荥阳)人,得法于菩提达摩,被尊为中国禅宗第二祖。

②孔老:孔子和老子,都是中国春秋时期的思想家。

③庄易:《庄子》和《周易》,中国古代典籍。

④至人:修行达到最高境界的人。

⑤群品:一切品类的生物,即众生。

⑥真乘:佛教的真义。

⑦法器:具备传承佛法条件的人物。

【译文】

当时有一位叫神光的僧人,乃是一位旷达之士。久住于伊水和洛水之间,博览群书,善于谈论幽深微妙的义理。常常慨叹道:"孔子和老子的教化,无非是礼仪、权术和风规,《庄子》《易经》之书,亦未能穷尽玄妙的道理。最近听说菩提达摩大师来到少林寺居住,这位修行达到最高境界的人离我不远,我当前往以求达到他的玄妙境界。"于是就到了达摩处,朝夕拜谒侍奉。达摩常面壁端坐,听不到他的教诲勉励。神光心中想:"从前的人求道,敲骨取髓,刺血济饥,投崖饲虎,古人尚且如此,我又为什么不能做到?"那年十二月九日夜,天上下着大雪,神光一动也不动地站在风雪之中,到天亮时积雪已经淹没了他的膝盖。达摩怜悯地问道:"你这么长久地站在雪中,求什么呢?"神光悲哀落泪,说:"只求和尚慈悲,开甘露之门,广度群品。"达摩说:"各位佛祖的无上妙道,历时久远而专心勤奋,难行而又能行,不忍而又能忍。岂以小德小智、轻慢之心,要想求得佛教的真义,不过是徒劳勤苦而已。"神光听到祖师的教诲勉励,便暗中取出一把利刀,砍下了自己的左臂,放到达摩面前。达摩知道他乃是具备传承佛法条件的人,就说:"各位佛祖最初求道的时候,为了佛法而不顾惜形体,你今天把手臂砍下来放在我面前,是可以求得佛法的。"于是就给他改名为慧可。

【品读】

断臂立雪,为法忘躯,此之为大丈夫行履。

诸佛妙理　非关文字

六祖慧能大师者,俗姓卢氏,其先范阳人。父行瑫,武德①中左官②于南海之新州,遂占籍③焉。三岁丧父,其母守志④。鞠养及长,家尤贫窭,师樵采以给。一日负薪至市中,闻客读金刚经,至"应无所住而生其心",有所感悟,而问客曰:"此何法也?得于何人?"客曰:"此名金刚经,得于黄梅忍大师。"祖遽告其母以为法寻师之意。直抵韶州,遇高行士刘志略,结为交友。尼无尽藏者,即志略之姑也。常读涅槃经,师暂听之,即为解说其义,尼遂执卷问字。祖曰:"字即不识,义即请问。"尼曰:"字尚不识,曷能会义?"祖曰:"诸佛妙理,非关文字。"尼惊异之,告乡里耆艾⑤曰:"能是有道之人,宜请供养。"于是居人竞来瞻礼。

——《五灯会元》卷一

【注释】

①武德:唐高祖李渊的年号,公元 618 年至 626 年。

②左官:降职调任。

③占籍:落户,入当地户籍。

④守志:夫死不改嫁。

⑤耆艾:老人。

【译文】

禅宗六祖慧能大师,俗姓卢,先辈是河北范阳人,父亲卢行瑫在唐高祖武德年间被贬官到广东新州，就在当地落户了。慧能三岁丧父，其母誓不改嫁，把他养大了，家里愈发贫穷，慧能就以砍柴为生。有一天他背着柴到街上去卖，听到有人读《金刚经》，读到"应无所住而生其心"这一句时，慧能有所感悟，就问念经人说："这是什么经？从什么人那里得来？"念经人说："这叫《金刚经》，得之于黄梅弘忍大师。"慧能就把外出寻师问道的想法告诉了母亲。然后一直走到韶州，遇到高士刘志略，遂结交为朋友。有位尼姑叫无尽藏的，是刘志略的姑母，常常诵读《涅槃经》。慧能略微听了一会儿，就为她解说其中的意义。尼姑便拿着经卷来请教不懂的字。慧能说："字我是不识的，意义请你询问。"尼姑说："字尚且不识，怎么能够领会意义？"慧能说："诸佛的玄妙义理，和文字没有关系。"尼姑对此感到惊异，就告诉乡里的老人说："慧能是深通佛道的人，应该让大家供养他。"于是居民们都争着来拜见慧能。

【品读】

如来藏一落言谈，即是言说相，凡夫循此言路，反落窠臼。

无名无字

他日，祖①告众曰："吾有一物，无头无尾，无名无字，无背无面，诸人还识否？"师②乃出曰："是诸法之本源，乃神会之佛性。"祖曰："向汝道无名无字，汝便唤作本源佛性！"师礼拜而退。祖曰："此子向后设有把茅盖头③，也只成得个知解宗徒。"

——《五灯会元》卷二

【注释】

①祖：指禅宗六祖慧能。
②师：指神会禅师。
③把茅盖头：意为住持寺院。

【译文】

有一天，六祖慧能告诉僧众："我有一样东西，无头无尾，无名无字，无背无面，你们可知道这是什么东西？"神会禅师便走出来回答："这是事物的本源,也就是我神会的佛性。"慧能说:"对你说无名无字,你却称作本源佛性!"神会行礼退下。慧能说:"这个人以后如果住持法会,也只能成为一个推重知识见解的宗门信徒。"

【品读】

吾人建立妄知妄见,若不除妄,恒在生死。

无名是道①

郑璇问曰:"云何②是道?"答曰:"无名是道。"又问:"道既无名,何故言道?"答曰:"道终不自言。言其道,只为对问故。"问:"道既假名,无名是真否?"答曰:"非真。"问:"无名既非真,何故无名是道?"答:"为有问故,言有说;若无有问,终无言说。"

——《神会语录》

【注释】

①本篇是神会禅师答问。

②云何:什么。

【译文】

郑璇问:"什么是道?"神会禅师答:"没有名称是道。"郑璇问:"既然没有名称,为什么称之为'道'?"答:"道本身始终不言说。称之为'道',只是因为需要回答问题。"问:"'道'既然是一个虚假的名称,那么'没有名称'本身是不是真的?"答:"也不是真的。"问:"既然'没有名称'也不是真的,那为什么又说没有名称是道呢?"答:"这都是要回答问题的缘故,才有言词解说;如果不提出问题,那么始终都没有言说。"

【品读】

如来藏无名无相,为言说故,强而安立名相。

言多去道远

曰:"坐禅看静,此复若为?"师①曰:"不垢不净,宁②用起心

169

而看净相?"问:"禅师见十方③虚空,是法身否?"师曰:"以想心④取之,是颠倒见。"问:"即心是佛,可更修万行否?"师曰:"诸圣皆具二严⑤,岂拨无因果邪?"又曰:"我今答汝,穷劫不尽。言多去道远矣。所以道,说法有所得,斯则野干⑥鸣;说法无所得,是名师子吼⑦。"

——《五灯会元》卷二

【注释】

①师:指慧忠禅师。

②宁:岂。

③十方:东、南、西、北、东南、西南、东北、西北、上、下。

④想心:意为心存事物的差别界限而形成概念、词语。

⑤二严:指智慧庄严和福德庄严,庄严在这里含有美德和美饰的意思。

⑥野干:狐类动物。

⑦师子吼:师子即狮子,佛教把佛宣说佛理而无所畏惧比喻作"狮子吼"。

【译文】

僧人问:"通过静坐来探寻清静,这又如何呢?"慧忠禅师回答:"既无垢污也无洁净,哪里需要有意识地去探寻清净相状?"问:"禅师看到十方虚空,这是佛的真实本相吗?"禅师答:"以心存事物差别的念头去探寻,由此而得到的,只能是颠倒的见解。"问:"心就是佛,还可再作其他修行吗?"禅师答:"诸位圣者都具备智慧和福德,这不就是因果报应吗?"禅师又说:"我今天回答你,永远也说不完。多说反而离道更远。所以说,通过说法而有所收获,犹如狐狸的鸣叫;通过说法而无所收获,这才是狮子的吼声哩。"

【品读】

在如来藏份上,诸佛无得无失;在行履份上,诸佛福德智慧俨然。

一指头禅

有尼名实际到庵,戴笠子执锡绕师①三匝,云:"道得即拈下笠子。"三问,师皆无对。尼便去,师曰:"日势稍晚,且留一宿。"尼曰:"道得即宿。"师又无对。尼去后,叹曰:"我虽处丈夫之形,而无丈夫之气!"拟弃庵往诸方参寻。其夜山神告曰:"不须离此山,将有大菩萨来为和尚说法也。"果旬日,天龙和尚到庵。师乃迎礼,具陈前事。天龙竖一指而示之,师当下大悟。自此,凡有参学僧到,师唯举一指,无别提唱。师将顺世,谓众曰:"吾得天龙一指头禅,一生用不尽。"言讫示灭②。

——《景德传灯录》卷十一

【注释】

①师:指俱胝和尚,生平不详,约九世纪在世。嗣法于杭州天龙和尚,住婺州(今浙江金华)金华山。

②示灭:(僧尼)逝世。

【译文】

有位名叫实际的尼姑,来到俱胝禅师的庵中,她头戴笠帽手执锡杖,绕着俱胝走了三圈,说:"你如果能说得出,我就取下笠帽。"问了三次,俱胝都无法对答。尼姑就向外走,俱胝说:"太阳快落山了,暂且留住一宿吧。"尼姑说:"能说就留宿。"俱胝还是无法对答。尼姑离去后,俱胝叹息说:"我虽有男子汉的外形,却没有男子汉的气概啊!"于是就打算抛弃庵院去各地禅林参学寻师。当夜山神告诉他:"不必离开此山,将有大菩萨来为你说法的。"过了十天左右,果然天龙和尚来到庵院。俱胝赶忙去迎接施礼,并把不久前发生的事全部说给他听。天龙竖起一只手指向他示意,俱胝当场就彻底省悟了。从此,凡有参学的僧人来到,俱胝只是竖起一指,别的什么话也不说。俱胝临逝世时,对大众说:"我得到天龙的一指头禅,一生受用不尽。"说完就去世了。

【品读】

一指为用，豁然大悟。如来藏妙理，非关言说。

问取露柱

问："如何是西来意？"师①曰："问取露柱②。"曰："学人不会。"师曰："我更不会。"

——《景德传灯录》卷十四

【注释】

①师：指石头希迁禅师。

②露柱：四周显露的木柱。

【译文】

僧人问："什么是祖师西来的意旨？"希迁禅师回答说："你去问木头柱子吧。"僧人说："学人不领会。"希迁禅师说："我更不领会。"

【品读】

露柱无言，而法性完具，若言之切切，又引一执，师之慈悲，何可言喻！

如何是玄妙之说

僧问："如何是玄妙之说①？"师②曰："莫道我解佛法。"僧曰："争奈学人疑滞何？"师曰："何不问老僧？"僧曰："问了也。"师曰："去！不是汝存泊处。"

——《景德传灯录》卷十四

【注释】

①玄妙之说：指禅法。

②师：指道悟禅师。道悟（748—807），唐代禅僧，俗姓张，东阳（今

浙江省内)人，参石头希迁禅师而悟道，住荆州天皇寺。

【译文】

　　僧人问："什么是玄妙的道理？"道悟禅师说："别以为我懂佛法。"僧人问："可是学人心中有疑惑滞碍，该怎么办呢？"禅师说："何不问老僧？"僧人说："已经问啦。"禅师说："去吧！这里不是你停留的地方。"

【品读】

　　既曰玄妙，何得有言？如来藏端在吾人妙悟。

谢大众证明

　　问马祖①："如何是祖师西来意？"祖曰："低声！近前来，向汝道。"师便近前，祖打一掴曰："六耳不同谋②，且去，来日来。"师至来日，独入法堂曰："请和尚道。"祖曰："且去，待老汉上堂出来问，与汝证明③。"师忽有省，遂曰："谢大众证明！"乃绕法堂一匝，便去。

——《五灯会元》卷三

【注释】

　　①马祖：即道一禅师。

　　②六耳不同谋：俗语，意为三个人同时在场不便谋事。

　　③证明：禅师测验、印证僧徒的省悟程度。

【译文】

　　法会问马祖道一禅师："达摩祖师西来的意旨是什么？"道一禅师说："小点声！走近一点向你说。"法会就走上前去，道一打他一巴掌，说："这时人多不便说话，你先去，明天再来。"第二天，法会独自一人走进法堂，说："请和尚说。"道一却说："你先去，等我上堂时再出来问，给你印证。"法会忽然省悟，于是说："感谢大众为我印证！"就绕着法堂走了一圈，然后离去了。

如来藏本无言说，只在默会。

不可思议

问："狗子还有佛性否？"师①曰："有。"曰："和尚还有否？"师曰："我无。"曰："一切众生皆有佛性，和尚因何独无？"师曰："我非一切众生。"曰："既非众生，莫是佛否？"师曰："不是佛。"曰："究竟是何物？"师曰："亦不是物。"曰："可见可思否？"师曰："思之不及，议之不得，故曰不可思议。"

——《五灯会元》卷三

【注释】

①师：指惟宽禅师。

【译文】

有人问："狗有佛性吗？"惟宽禅师说："有。"问："和尚您有佛性吗？"禅师答："我没有。"问："一切众生都有佛性，为什么惟独和尚没有？"禅师答："我不是一切众生。"问："既然不是众生，莫非是佛吗？"禅师答："不是佛。"问："那究竟是什么东西呢？"禅师答："也不是东西。"问："可以看到、可以思虑吗？"禅师回答说："思之不可能达到，议之也不可能认识，所以说不可思议。"

【品读】

佛性为如来藏在众生份上的"用"，若会如来藏，用亦不用。

莫道无语　其声如雷

师①后到沩山，便入堂于上板头②解放衣钵。沩闻师叔到，先具威仪，下堂内相看。师见来，便作卧势。沩便归方丈，师乃发去。少间,沩山问侍者:"师叔在否?"曰:"已去。"沩曰:"去时有什么话?"曰:"无语。"沩曰:"莫道无语,其声如雷。"

——《五灯会元》卷三

【注释】

①师:指隐峰禅师。隐峰,唐代禅僧,约八世纪下半叶至九世纪初在世,俗姓邓,福建邵武人,在马祖道一禅师处契悟,遍游诸方,晚年住五台山。

②上板头:指法堂内第一座(上座)的位置。

【译文】

隐峰禅师后来到了沩山,进入法堂,在上座的位置上解开行李放下衣钵。沩山灵祐禅师听说师叔来了,就预先准备好了礼仪,到法堂接待。隐峰看见灵祐来了,就做出卧的姿势。灵祐见此状,转身就回方丈,隐峰便离去了。过了一会儿,灵祐问侍者:"师叔还在吗?"侍者答:"已经走了。"灵祐又问:"临走时说了什么话吗?"答:"没有说话。"灵祐说:"莫道没有说话,他的声音就像天上在打雷。"

【品读】

会者如闻惊雷,不会如聋如盲。

问取木人去

洞山①却问:"如何是古佛心?"师②曰:"即汝心是。"山曰:"虽然如此,犹是某甲疑处。"师曰:"若恁么即问取木人去。"

——《五灯会元》卷三

【注释】

①洞山:良价禅师。

②师:指兴平禅师。兴平,唐代禅僧,约八世纪下半叶至九世纪上半叶在世,得法于马祖道一,住京兆(今西安一带)。

175

【译文】

洞山良价禅师问:"什么是古佛的心?"兴平和尚回答说:"你的心就是。"良价说:"尽管这样,我对此仍然疑惑。"和尚说:"既然如此,你就去问木头人吧。"

【品读】

如来藏非动非静,但也不似木人无心。

一毫头上识根源

初参马祖,问曰:"如何是西来意?"祖曰:"礼拜著!"师①才礼拜,祖乃当胸塌倒。师大悟,起来拊掌呵呵大笑曰:"也大奇!也大奇!百千三昧,无量妙义,只向一毫头上,识得根源去。"礼谢而退。

——《五灯会元》卷三

【注释】

①师:指水潦禅师。水潦,唐代禅僧,生平不详,约八世纪下半叶至九世纪上半叶在世,得法于马祖道一禅师,住洪州(今江西南昌一带)。

【译文】

水潦禅师第一次参见马祖道一禅师,问:"什么是祖师西来的准确意旨?"道一禅师说:"先礼拜!"水潦才跪下叩拜,道一便将他当胸一脚踢倒。水潦立即大悟,爬起来拍手呵呵大笑,说:"真奇怪!真奇怪!许许多多的禅定妙义,只从一根毫毛的尖头上,就认识了它们的根本来源。"于是便向道一禅师施礼致谢而退。

【品读】

当胸踏倒,如来藏当下感应,师于电光石火间不以分别当下触证。

大好灯笼

仰山①问:"如何是祖师西来意?"师②指灯笼云:"大好灯笼。"仰山云:"莫只这便是么?"师云:"这个是什么?"仰山云:"大好灯笼。"师云:"果然不见!"

——《灵祐语录》

【注释】

①仰山:慧寂禅师。

②师:指沩山灵祐禅师。

【译文】

慧寂问:"什么是祖师西来的意旨?"沩山灵祐禅师指着灯笼说:"好一只灯笼。"慧寂问:"莫非这个就是么?"禅师说:"'这个'是什么?"慧寂说:"好一只灯笼。"灵祐禅师说:"果然看不到!"

【品读】

众相皆幻,灯笼如何是灯笼?

黄檗设施

问:"如何是西来意?"师①便打。自余设施,皆被上机,中下之流,莫窥涯埃。

——《五灯会元》卷四

【注释】

①师:指黄檗希运禅师。

【译文】

僧人问:"什么是祖师西来的意旨?"希运禅师就打这个僧人。诸如此类的措施,都是接引具有上等根器的学人的,中等下等之辈,根本就无法窥见其边际,茫然而已。

【品读】

只此一"打",如来藏俨然。

无声三昧

师①后住古灵,聚徒数载,临迁化②,剃沐声钟,告众曰:"汝等诸人还识无声三昧③否?"众曰:"不识。"师曰:"汝等静听,莫别思惟。"众皆侧聆,师俨然顺寂。

——《景德传灯录》卷九

【注释】

①师:指神赞禅师。神赞,福建人,约九世纪上半叶前后在世,行脚遇百丈怀海禅师而得法,晚年住福州古灵寺。

②迁化:逝世。

③三昧:梵语音译词,意译作"定",指专注而不散乱的心境。

【译文】

神赞禅师后来住古灵寺,聚众说法数年,临逝世前,禅师剃头沐浴后,敲钟将众僧召来,对他们说:"你们各位知道无声三昧吗?"众僧回答:"不知。"禅师说:"你们静静地听着,别想其他的事。"就在众僧都侧耳聆听时,禅师安然去世了。

【品读】

即此示寂,与诸无声,同是三昧。

黄叶止啼

僧问:"如何是道? 如何是禅?"师①以偈示之曰:"有名非大道,是非俱不禅。欲识个中意,黄叶止啼钱②。"

——《五灯会元》卷四

【注释】

①师:指公畿禅师,约九世纪上半叶在世,求法于章敬怀晖禅帅,住河中府(今山西永济一带)。

②黄叶止啼钱:杨树的黄叶似金钱,给小孩哄他别哭,以此比喻佛说天上之乐果,用来劝止人间的邪恶。

【译文】

僧人问:"什么是道? 什么是禅?"公畿禅师用偈语回答说:"有名称可讲说就不是根本之道,有是非需要评判的都不是禅。要是能说出其中的意义,只不过是用黄叶当铜钱哄小孩别哭而已。"

【品读】

禅者也弄技巧,聊慰俗情。

空中一片石

僧问:"如何是西来意?"师①曰:"空中一片石。"僧礼拜,师曰:"会么?"曰:"不会。"师曰:"赖汝不会,若会即打破尔头。"

——《景德传灯录》卷十五

【注释】

①师:指庆诸禅师。庆诸(807—888),俗姓陈,新淦(今江西省内)人,少年出家,参宗智禅师而悟道,住湖南石霜山。

【译文】

僧人问:"什么是祖师西来的意旨?"庆诸禅师回答说:"空中的一块石头。"僧人礼拜,禅师问:"领会吗?"僧人答:"不领会。"禅师说:"幸亏你不领会,如果领会了就打破你的头。"

【品读】

即此空中一片石,可证真如。

临济四喝

师①问僧:"有时一喝如金刚王②宝剑,有时一喝如踞地金毛师子,有时一喝如挥竿影草③,有时一喝不作一喝用,汝作么生会?"僧拟议,师便喝。

——《临济语录》

【注释】

①师:指临济义玄禅师,唐代禅僧。

②金刚王:质地最坚硬的金刚石。

③挥竿影草:挥竿,把鹈鸟羽毛扎在竹竿顶端伸入水中;影草,把割下的草浸在水中。二者都是引诱鱼类聚集、以便捕捞的办法。

【译文】

临济义玄禅师问僧人:"我有时一声吆喝就像金刚王宝剑,有时一声吆喝犹如蹲着的金毛狮子,有时一声吆喝如同挥竿影草,有时一声吆喝不当作一声吆喝使用,你怎样领会?"僧人正在考虑,禅师就吆喝了。

【品读】

临济寺喝,应四类执迷,千变万化,不可方物。

羚羊挂角

师①谓众曰:"我若东道西道,汝则寻言逐句。我若羚羊挂角②,汝向什么处扪摸?"

——《景德传灯录》卷十六

【注释】

①师:指雪峰义存禅师,唐代禅僧。

②羚羊挂角:传说羚羊夜宿,角挂于树,脚不着地,使猎人无踪迹可寻。

【译文】

雪峰义存禅师对众僧说:"我如果说东道西,你们就跟着话语去寻求,我如果羚羊挂角,你们向什么地方寻觅呢?"

【品读】

羚羊挂角,但向无迹处领会。

黄河无滴水

僧问:"如何是佛法大意?"师①曰:"黄河无滴水,华岳总平沈。"

——《景德传灯录》卷十五

【注释】

①师:指天福禅师。天福,生平未详,约九世纪下半叶前后在世,得法于投子大同禅师,住陕府。

【译文】

僧人问:"什么是佛法的主要意旨?"天福禅师回答:"黄河里没有一滴水,华山就如同平地一样。"

【品读】

河水滔天,华岳巍峨,总归如来藏之无相。

光穆说法

问:"如何是顿①?"师②作圆相③示之。曰:"如何是渐④?"师以手空中拨三下⑤。

——《五灯会元》卷九

【注释】

①顿:顿悟。

②师:指光穆禅师。光穆,号西塔,唐代禅僧,约九世纪下半叶前后

在世,嗣法于仰山慧寂禅师,继慧寂住仰山。

③作圆相:以手画一圆形,表示一次圆满。

④渐:渐修。

⑤空中拨三下:表示要分阶段完成。

【译文】

僧人问:"什么是顿悟?"光穆禅师在地上画了一个圆圈来回答他。又问:"什么是渐修?"禅师就用手在空中拨了三下。

【品读】

即此二作,光穆道尽顿渐之别。

拂子与西来意

僧问:"如何是西来意?"师①竖拂子。僧曰:"莫遮个便是?"师放下拂子。

——《景德传灯录》卷十二

【注释】

①师:指新罗顺支禅师。顺支,号了悟,约九世纪下半叶至十世纪上半叶在世,得法于仰山慧寂禅师,住新罗(今属朝鲜半岛)五观山。

【译文】

僧人问:"什么是祖师西来的意旨?"顺支禅师竖起拂子。僧人问:"莫非这个就是吗?"禅师又放下了拂子。

【品读】

一竖一放,说破如来藏奥义。

夜放乌鸡带雪飞

初到梁山①,问:"如何是无相②道场?"山指观音,曰:"这个是吴处士画。"师拟进语,山急索曰:"这个是有相底,那个是无相底?"师③遂有省,便礼拜。山曰:"何不道取一句?"师曰:"道即不辞,恐上纸笔。"山笑曰:"此语上碑去在!"师献偈曰:"我昔初机学道迷,万水千山觅见知。明今辨古终难会,直说无心转更迷。蒙师点出秦时镜,照见父母未生时。如今觉了何所得?夜放乌鸡带雪飞。"山谓"洞山之宗④可倚",一时声价籍籍。

——《五灯会元》卷十四

【注释】

①梁山:指梁山缘观禅师所住寺院。

②相:指事物的相状、形状。

③师:指警玄禅师。

④洞上之宗:疑应作洞山之宗,指洞山良价禅师所创曹洞宗,警玄系洞山良价下五世重要传人。

【译文】

警玄初到梁山缘观禅师处,问:"什么是无相道场?"缘观禅师指着观音菩萨的像说:"这是吴处士画的。"警玄刚想再问,缘观就紧接着追问:"这个是有相的,哪个是无相的?"警玄于是便省悟了,连忙礼拜。缘观对他说:"何不说上一句?"警玄回答:"说倒没什么,恐怕落纸笔。"缘观笑着说:"这句话要刻上碑石的哩!"警玄奉献偈诗一首:"当初学道法我真是痴迷,跋涉万水千山寻觅见知。即使明辨今古终难领悟,直说无心反倒更加痴迷。幸蒙老师点出秦时古镜,照见我未生时本来面目。如今觉悟了有何心得?夜半放出乌鸡带雪飞舞。"缘观感慨地说:"洞山的宗法有了指望。"一时间,警玄禅师名声大震。

【品读】

父母未生之时,也是此如来藏。

西来若有意

僧问:"如何是祖师西来意?"师①曰:"西来若有意,斩下老僧头!"曰:"为甚却如此?"师曰:"不见道:为法丧躯?"

——《五灯会元》卷十五

【注释】

①师:指曦朗禅师。曦朗,约十世纪下半叶前后在世,得法于舜峰义韶禅师,住磁州(今河北磁县一带)桃园山。

【译文】

僧人问:"什么是祖师西来的意旨?"曦朗禅师回答说:"西来若有意,斩下老僧头!"问:"为什么却是这样的呢?"禅师答:"你没有听说过'为法丧躯'这句话吗?"

【品读】

西来无意,无意之意,方是如来藏之意。

蚊子上铁牛

问:"如何是西来意?"师①曰:"蚊子上铁牛②。"

——《景德传灯录》卷二十一

【注释】

①师:指道匡禅师。道匡,潮州人,九世纪下半叶至十世纪上半叶在世,得法于长庆慧棱禅师,后住持泉州招庆院。

②蚊子上铁牛:歇后语,其意为:无下口处。比喻禅旨(西来意)无法用语言表述,亦无法通过语言去领会。

【译文】

僧人问:"什么是祖师西来的意旨?"道匡禅师回答:"蚊子上铁牛——无下口处。"

【品读】

蚊子上铁牛——无下口处。如来藏非言说相。

蜂来不见蕊

问:"如何是西来意?"师①曰:"壁上画枯松,蜂来不见蕊。"

——《景德传灯录》卷二十

【注释】

①师:指善静禅师。

【译文】

有人问:"什么是祖师西来的意旨?"善静禅师回答说:"墙土画着干枯的松树,蜜蜂飞来见不到花蕊。"

【品读】

如来藏非眼目所见。

虚空驾铁船

问:"如何是佛法大意?"师①曰:"虚空驾铁船,岳顶浪滔天。"

——《景德传灯录》卷十七

【注释】

①师:指神党禅师。神党,五代禅僧,约十世纪上半叶前后在世,得法于九峰道虔禅师,住洪州(今南昌一带)泐潭宝峰。

【译文】

有人问:"什么是佛法的主要意旨?"神党禅师回答说:"虚空中驾驶铁船,山顶上波浪滔天。"

【品读】

无迹有形,如来藏随机化现。

如何是那边句

初问疏山:"枯木生花,始与他合。是这边句,是那边①句?"山曰:"亦是这边句。"师②曰:"如何是那边句?"山曰:"石牛吐出三春雾,灵雀不栖无影林。"

——《五灯会元》卷十三

【注释】

①那边:指禅悟者的境界。

②师:指归仁禅师。归仁,五代禅僧,约九世纪下半叶至十世纪上半叶在世,得法于疏山匡仁禅师,住洛阳长水灵泉寺。

【译文】

归仁初次参见疏山禅师时问:"等到枯木生花,方才与他相合。是痴迷者的语句,还是禅悟者的语句?"疏山回答:"也还是痴迷人的语句。"归仁问:"什么是禅悟者的语句呢?"疏山回答:"石牛吐出了春天的雾霭,灵雀不在没有影子的树林里栖息。"

【品读】

灵雀不栖无影林,禅者之心不滞万物。

东壁打倒西壁

问:"如何是灵泉活计?"师①曰:"东壁打倒西壁②。"曰:"凭个什么过朝夕?"师曰:"折脚铛子③无烟火。"曰:"二时将何奉献?"师曰:"野老共炊无米饭,溪边大会不来人。"

——《五灯会元》卷十三

【注释】

①师:指归仁禅师,详见上篇注释②。

②东壁打倒西壁:隐含"什么也没有"的意思。

③铛子：一种三只脚的锅子。

【译文】

僧人问："什么是灵泉禅僧干的活?"归仁禅师回答："东墙打倒西墙。"问："那凭什么过日子?"禅师答："断了脚的铛锅,没有烟的火。"又问："早晚二时吃什么?"禅师答："乡野老汉一起烧煮没有米的饭,溪水边广泛地聚会不来的人。"

【品读】

如来藏于无影之中,千幻并作。

石上莲花火里泉

问："如何是禅?"师曰："石上莲花火里泉。"曰："如何是道?"师曰："楞伽峰①顶一茎草。"曰："禅道相去几何?"师曰："泥人落水木人捞。"

——《五灯会元》卷十三

【注释】

①楞伽峰:位于今斯里兰卡(古称狮子国),险峻难入,传说山上有楞伽宝。

【译文】

有僧人问："什么是禅?"蕴禅师回答说："石头上的莲花,火焰里的泉水。"问："什么是道?"禅师答："楞伽峰顶的一根草。"又问："禅与道有什么区别?"禅师说："泥人落水,木人打捞。"

【品读】

如来藏机用不可思议。

向汝道即别有也

僧问："如何是佛?"师①曰："我向汝道即别有也。"

——《景德传灯录》卷二十五

【注释】

①师：指策真禅师。

【译文】

僧人问："什么是佛?"策真禅师说："我如果对你说，就是另外有佛了。"

【品读】

佛之真意本不可道，道即偏离玄旨。

真证不可以言传

明州天童宗珏①禅师，僧问："如何是道?"师曰："十字街头休斫额②。"上堂："劫③前运步，世外横身。妙契不可以意到，真证不可以言传。直得虚静敛氛，白云向寒岩而断。灵光破暗，明月随夜船而来。正恁么时作么生履践? 偏正不曾离本位④，纵横那涉语因缘。"

——《五灯会元》卷十四

【注释】

①宗珏(1091—1162)，宋代禅僧，俗姓孙，16岁出家，得真歇清了禅师心印，嗣其法，为曹洞宗传人，晚年住明州(今浙江宁波)天童寺。

②斫额：疑即"点额"。传说每年三月间，黄河龙门有成群鲤鱼跳渡，跳过者成为龙，未跳过者额头被点上记号而退回。禅宗以"点额"喻未能契悟禅机。

③劫：佛教所使用的极大的时间单位，一劫包含无数年。

④偏正不曾离本位：偏正五位是曹洞宗对于禅法的阐述系统，也是该宗接引学人的特殊方法，使人达到物我双忘、人法俱泯的境界。不曾离本位，即非正非偏，冥应众缘，非染非净，因而最玄最妙，不可言说。

【译文】

宁波天童寺有一位宗珏禅师。僧人问："什么是道?"宗珏禅师回答:"十字街头悟禅机。"上堂时,宗珏禅师又说:"在永恒的时间前面漫步,在喧哗的俗世外高卧。神妙的契悟不是理智所能达到,真正的印证不可以用语言表达。当此之时内心虚静澄澈,白云被寒冷的山岩隔断,灵光照破了黑暗,明月随着夜船而来。这时候如何践履? 偏正不曾离开本位,纵横不涉及言语因缘。"

【品读】

契证如来藏,不可以言喧。

惹得天花动地来

蕲州五祖山秀禅师,僧问:"无法可说,是名说法。既是无法可说,又将何说?"师曰:"霜寒地冻。"曰:"空生①不解岩中坐,惹得天花动地来。"师曰:"日出冰消。"僧拟议②,师曰:"何不进语?"僧又无语。师曰:"车不横推,理无曲断。"

——《五灯会元》卷十五

【注释】

①空生:即须菩提尊者,佛的十大弟子之一。

②拟议:犹豫,迟疑,思虑。

【译文】

蕲春五祖山有一位秀禅师,僧人问他:"没有佛法可说,这就叫演说佛法。既然是没有佛法可说,又将如何说呢?"禅师回答:"霜寒地冻。"僧人说:"须菩提尊者在山岩中静坐,却不知为什么会惹得天花动地来。"禅师说:"日出冰消。"僧人正在考虑,禅师说:"为什么不继续说。"僧人又没有话说。禅师接着说道:"车子不横着推,道理也不用拐弯抹角地说。"

【品读】

须菩提实证空理,知岩石本性乃空,故天人供养,花雨缤纷。此空理非落言诠,哪容分别思量!

如斯语论　已涉多途

浮槎山福严守初禅师^①，僧问："如何是受用三昧^②？"师曰："拈匙放筋。"问："如何是正直一路？"师曰："踏不著。"曰："踏著后如何？"师曰："四方八面。"乃曰："若论此事，放行则曹溪^③路上月白风清；把定则少室峰前云收雾卷。如斯语论，已涉多途。但由一念相应，方信不从人得。大众且道，从甚么处得？"良久曰："水流元在海，月落不离天。"

——《五灯会元》卷十六

【注释】

①守初禅师：宋代禅僧，生平不详，住浮槎山福严寺。

②受用三昧：受用，接受布施以供开支，引申为享受；三昧：专注而不散乱的心境。

③曹溪：禅宗六祖慧能所住寺院。

④少室：少林寺所在山名，禅宗初祖菩提达摩在少林寺面壁。

【译文】

浮槎山福严寺有一位守初禅师，僧人问他："什么是受用三昧？"禅师回答："拿起匙子，放下筷子。"问："什么是正直一路？"禅师说："脚踏不着。"问："踏着以后怎样？"禅师答："四面八方。"于是他又接着说："如果要谈论这件事，放开行走则通往曹溪的路上月白风清，握住而保持静定则少室峰前云收雾卷（一片空明）。像这样说，已涉多途（说得太多了）。只要有一念相应，才能相信领悟禅机不必得自他人。大家且说，从什么处得？"沉默了一会儿，说："水流原在海，月落不离天。"

【品读】

"水流元在海，月落不离天"，如来藏时时应物，不离物而显现。

190

切忌寒猿中夜啼

嘉定府月珠祖鉴禅师，僧请笔师语要。师曰："达摩西来，单传心印。曹溪六祖，不识一字。今日诸方出世，语句如山，重增绳索。"乃拍禅床曰："于斯荐①得，犹是钝根②。若也未然，白云深处从君卧，切忌寒猿中夜啼。"

——《五灯会元》卷十八

【注释】

①荐：领会，领悟。

②钝根：根器愚钝。

【译文】

嘉定府有一位月珠祖鉴禅师，僧人请求用笔记下他的语录精要。禅师说："当初菩提达摩西来的时候，只传心印之法；曹溪的六祖慧能，连一个字也不认识。可是当今各方丛林的禅师出世，语录堆得像山一样，增添了重重的绳索束缚。"于是就拍着禅床说："从这里（指禅宗语录）得到领悟，还只不过是根器愚钝的人。如果不是这样（即对于上等根器的人来说），那就是：白云深处从君卧，切忌寒猿中夜啼。"

【品读】

如来藏端在一念触证，若于千言万语中寻求意义，不过是意识心循其分别而已。

理因辞晦　道以言丧①

少室②心印，岂落文彩？古人聊为接引之计，始挂唇吻。然皆浑朴简直，刻的示人，非夸会逞能，外饰观美而已也。后世即大不然，雕章琢句，攒花簇锦，极意变弄，各竞新奇。岂独淫巧之意,乖衲僧之本色,而理因辞晦,道以言丧,欲其一言半句之下,触发灵机;不亦难乎!

——《元贤广录》卷二十九

【注释】

①本篇为明代禅师元贤语录。元贤(1578—1657),俗姓蔡,字永觉,福建建阳人。四十岁出家,嗣法于无明慧经禅师,先后主持福州鼓山涌泉寺、泉州开元寺等,是明末著名的曹洞宗禅师。

②少室:指菩提达摩。按,少室是嵩山的峰名,是少林寺所在地,也是当初达摩面壁九年之处。

【译文】

当年达摩大师以心传心,岂曾陷入文辞修饰?古人权且借语言为接引学人的方便之计,才有所言说。然而,他们所说的话都很简洁浑朴直截了当,随机示意而已,并不炫耀逞能,修饰辞藻,徒然外表好看而已。后世就大不相同了,雕章琢句,花团锦簇,竭力变换花样,互相争新斗奇。这种过分纤巧的做法,岂但是违背了禅僧的本色,而且言辞奇丽繁缛,反而使道理更加隐晦以至消失。要想在他们的一言半句之下,触发灵机,不是太难了吗?

【品读】

理因辞晦,道以言丧。如来藏正理,反以言说而疏离。

审美境界

诸天雨花①

须菩提尊者②在岩中宴坐,诸天③雨花赞叹。者曰:"空中雨花赞欢,复是何人? 云何赞叹?"天曰:"我是梵天④,敬生尊者善说般若。"者曰:"我于般若未尝说一字,汝云何赞叹?"天曰:"如是尊者无说,我乃无闻。无说无闻,是真说般若。"尊者一日说法次,帝释⑤雨花。者乃问:"此花从天得邪? 从地得邪? 从人得邪?"释曰:"弗也。"者曰:"从何得邪?"释乃举手。者曰:"如是,如是!"

——《五灯会元》卷二

【注释】

①本篇是中国禅宗学者编造的一个追溯禅宗渊源的故事。

②须菩提尊者:释迦牟尼的"十大弟子"之一。

③诸天:各位天神。

④梵天:原为古印度婆罗门教的创造神,佛教产生后,被吸收为护法神,为释迦牟尼的右胁侍,执白拂;又为色界初禅天之王,称"大梵天王"。

⑤帝释:亦称"帝释天",梵文原意为天帝,佛教护法神之一,称其为忉利天(即三十三天)之主,居须弥山顶之善见城。

【译文】

须菩提尊者在山中静坐参禅,天神撒下无数朵鲜花,礼赞称叹。尊者说:"空中雨花赞叹的,是什么人,为什么赞叹?"天神说:"我是(佛教护法神)梵天,敬重你善于说《般若经》。"尊者说:"我并没有说《般若经》,连一个字都没说,你为什么赞叹?"梵天说:"尊者无说,我乃无闻,无说无闻,乃是真说《般若》。"有一天,尊者讲说佛法后,天帝又撒下鲜花,五彩缤纷地从空中飞落,如同下雨一般。尊者就问道:"这些花是从天上来的,还是从地上来的,抑或是从人来的?"天帝说:"都不是。"尊者问:"那你说是从何处来的?"天帝就举起手来(意谓佛教护法神的"心花"化作具有实相的鲜花)。尊者说:"是这样,是这样。"

【品读】

帝释举手,如来藏妙用显现。

仁者自心动

印宗是讲经僧也。有一日正讲经,风雨猛动。见其幡动,法师问众:"风动也? 幡动也?"一僧云:"风动。"一僧云:"幡动。"各自相争,就讲主证明。讲主断不得,却请行者①断。行者云:"不是风动,不是幡动。"讲主云:"是什么物动?"行者云:"仁者②自心动。"

——《祖堂集》卷二

【注释】

①行者:佛教修行者,按即指禅宗六祖慧能,俗姓卢,人称卢行者。

②仁者:给予对方的尊称。

【译文】

印宗是讲说经论的僧师。有一天,他正在讲经的时候,突然风雨大作。看到寺院的旗幡在风中摇曳,法师就问众人:"是风在动,还是幡在动?"一个僧人说:"风动。"另一个僧人说:"幡动。"各自争执不下,要求讲经僧判定。讲经僧也无法判定,就请行者慧能长裁决。慧能说:"既不是风动,也不是幡动。"讲经僧问:"那么是什么东西在动?"慧能说:"是你们各自的心在动。"

【品读】

万物随心而现,如来藏妙用无边。

见桃花悟道

福州灵云志勤①禅师，本州长豁人也。初在沩山，因见桃花悟道。有偈曰："三十年来寻剑客，几回落叶又抽枝。自从一见桃花后，直至如今更不疑。"沩②览偈，诘其所悟，与之符契。沩曰："从缘悟达，永无退失。善自护持。"

——《五灯会元》卷四

【注释】

①志勤：唐代禅僧。

②沩：指沩山灵祐禅师。

【译文】

福州灵云寺的志勤禅师，是本州长溪人。起初在湖南大沩山，因为见到春日盛开的桃花而悟道。有偈语说："三十年来寻剑客，几回落叶又抽枝，自从一见桃花后，直至如今更不疑。"沩山灵祐禅师看了他写的偈语，问他悟到了什么，正好与他的领悟相契合，便对他说："你从境遇的机缘中得以达到悟境，永远也无退失，希望你善自护持。"

【品读】

在自由诗意的自然中触证如来藏，是禅者的生活特征之一。

清净之水　游鱼自迷①

僧问："如何是道？"师曰："太阳溢目，万里不挂片云。"曰："如何得会？"师曰："清净之水，游鱼自迷。"

——《景德传灯录》卷十五

【注释】

①本篇是唐代禅师善会的语录。

【译文】

　　僧人问："什么是道？"善会禅师回答："阳光普照大地，万里不挂一片云。"问："怎样才能领悟？"禅师答："清净之水，游鱼自迷。"

【品读】

　　吾人也如游鱼，如来藏妙用满身而不自知。

《诗品二十四则》①选

雄　浑

　　大用外腓②，真体③内充，返虚入浑，积健为雄。具备万物，横绝④太空，荒荒油云⑤，寥寥长风。超以象外，得其环中⑥，持之匪强，来之无穷。

【注释】

　　①《诗品二十四则》：唐代居士司空图作。司空图（837—908），字表圣，河中（今山西永济）人，唐末诗人、诗论家。咸通进士，官至礼部郎中、中书舍人。唐末农民战争爆发后，隐居中条山王官谷，自号知非子、耐辱居士。有《司空表圣文集》十卷，《诗集》三卷。其《诗品二十四则》表达了一种空灵飘逸的审美意境。

　　②外腓：向外伸张。

　　③真体：指不生不灭的宇宙本体，犹言真如、真际。

　　④横绝：横跨。绝：跨越。

　　⑤油云：浓云。《孟子·梁惠王上》："天油然作云，沛然下雨。"后来诗文因以油云指浓云。

　　⑥环中：喻空虚、超脱之境。

【译文】

　　震撼人心的力量向外伸张、是由于真如本体充溢于胸膛。返回太虚而入于浑然一体的元气，积刚蓄健而为雄壮的力量。这雄浑之气可以笼罩万物、横跨太空,犹如漠漠流动的浓云,像那寥寥的长风激荡。如能超然物外,掌握道的中枢,自然而然,完全不是出于勉强,便有无穷无尽的雄浑之气,洋溢于自己的诗章。

【品读】

如来藏储于吾心而磅礴万物。

冲　淡

素处以默,妙机其微,饮之太和①,独鹤与飞。犹之惠风②,荏荏在衣,阅音修篁,美曰载归。遇之匪深,即之愈稀,脱有形似,握手已违。

【注释】

①太和:指阴阳会合、冲和的元气。《易·乾》:"保合太和,乃利贞。"

②惠风:和风。嵇康《琴赋》:"清露润其肤,惠风流其间。"

【译文】

静默地保持着自己的本色,神妙的机缘是那样隐微。饮之以冲和的真元之气,视孤鹤为同类而与之偕飞。像那温和的风,荏荏地吹动着衣袂,倾听着风吹修竹发出的声音,要将那美感满载而归。此情此境并不深邃,着意追寻也就愈感稀微;倘然一动追寻之念,顷刻间又感到与初心相违。

【品读】

吾人当游心于淡,合气于漠。

沉　著

绿杉野屋,落日气清,脱巾独步,时闻鸟声。鸿雁不来,之子远行,所思不远,若为平生。海风碧云,夜渚月明,如有佳语,大河前横。

197

【译文】

　　绿杉萦绕着山野的小屋,夕阳西下时天爽气清,脱下头上的帻巾独自漫步,不时听到归飞的鸟声。没有鸿雁传书来,那远行的游子呵。但我思念的人其实离我不远,因为他是平生的知音。海风吹拂着蓝天上的云朵,深夜的江渚上映照着明月一轮。如果有美妙的诗句呵,犹如一条大河在面前流淌纵横。

【品读】

　　禅者从容不迫,旷达浑沉。

纤　秾

　　采采^①流水,蓬蓬^②远春,窈窕^③深谷,时见美人。碧桃满树,风日水滨,柳阴路曲,流莺比邻。乘之愈往,识之愈真,如将不尽,与古为新。

【注释】

　　①采采:潺潺流动的样子。
　　②蓬蓬:形容草木密而凌乱。
　　③窈窕(yáo tiǎo):(山水)幽深。

【译文】

　　潺潺流动的溪水,草木茂盛的暮春,幽深的山谷中,不时可以见到艳丽的佳人。青桃已挂满树枝,和煦的阳光照耀着水滨,柳荫覆盖着曲折的小路,树间栖息着啼声婉转的黄莺。愈是进入到此种情境,对她的感受就愈是真淳。如果这样说还不足以表达纤秾之境,也只能以追慕古风而为新颖。

【品读】

　　禅者睹美人之芳春,会万物之灵韵,得之于心而会之于神,洒脱逍遥,与物为春。

高 古

畸人①乘真,手把芙蓉,泛彼浩劫②,窅然③空踪。月出东斗,好风相从,太华夜碧,人闻清钟。虚伫神素④,脱然畦封⑤,黄唐⑥在独,落落⑦玄宗。

【注释】

①畸(jī)人:奇特之人。《庄子·大宗师》:"畸人者,畸于人而侔于天。"

②浩劫:巨劫,历时长久的劫数。佛家称天地由成、住至坏、空为一劫。

③窅(yǎo)然:深远的样子。

④神素:心神的清净本色。

⑤畦封:地界,引申为界限、隔碍。

⑥黄唐:黄帝和唐尧,相传是中国上古时代的两位帝王。陶渊明《时运》诗之一:"清琴在床,浊酒半壶,黄唐莫逮,慨独在余。"

⑦落落:形容举止潇洒自然。

【译文】

奇人乘着真元之气,手里持着一枝芙蓉,飘浮在那历时长久的劫数之上,深远幽渺却又无所寻踪。月亮升起在东方的斗宿之上,温柔的风与它相从。夜幕降临的太华山显得空灵碧秀,远远听到寺院里传来清脆的晚钟。站立在虚旷之处心神清净,摆脱那一切世俗的束缚,寄心于淳朴的太古时代,自然潇洒犹如玄妙的化身超越时空。

【品读】

禅者一旦解脱,则不受时空羁束,极天极地复游于太古,与万物之流变,随造化之斧斤。

典 雅

玉壶买春①,赏雨茅屋,坐中佳士,左右修竹。白云初晴,幽鸟相逐,眠琴绿阴,上有飞瀑。落花无言,人淡如菊,书之岁华②,其曰可读。

【注释】

①春:酒。唐时酒名多带一"春"字。

②书之岁华:书,书写;之,此;岁华,年华、时光。

【译文】

斟上一杯玉壶里的美酒,在茅屋中欣赏绵绵的春雨。伴我的是知心的友人,还有那四周的修竹。雨过天晴,蓝天上白云朵朵,林中的小鸟相互追逐。弹琴人眠在绿荫之下,望着高峰上挂下的瀑布。落花无声,人像菊花一样地淡泊自处。用诗句写出这美好的意境,人们一定会称赞好诗可读。

【品读】

如来藏不碍万境,禅者不拒淡极而艳的生活。

洗 炼

犹矿出金,如铅出银,超心炼冶,绝爱缁磷①。空潭泻春,古镜照神,体素储洁,乘月返真。载瞻星辰,载歌幽人,流水今日,明月前身。

【注释】

①绝爱缁磷:绝,弃绝;缁磷,黑色的云母石,冶炼金属时,遇之必弃去。

【译文】

犹如从矿石中炼出了黄金,好像是从铅中提取出白银,以超然的心情摄取佳境,要有抛弃一切杂念的决心。心如空潭却流淌着春水,又如古镜映现出我的神韵。天然丽质本自素净而纯洁,乘着月色且又复返天真。抬头瞻仰天上的星斗,低回歌咏那幽居的佳人。今日里如同澄清的流水,皎洁的明月乃是其前身。

【品读】

禅者绝欲去爱,素魄冰心,游冶于物而不染片尘。

劲 健

行神如空,行气如虹,巫峡千寻①,走云连风。饮真茹强,蓄素守中,喻彼行健②,是谓存雄。天地与立,神化攸同,期之以实,御之以终。

【注释】

①寻:古代长度单位,八尺叫一寻。

②行健:永远不停地运动。《易·乾卦》:"天行健,君子以自强不息。"

【译文】

劲健的精神如天马行空,劲健的气魄如万里长虹;又像那山峰耸峙的巫峡之中,奔腾着的云,激荡着的风。饮茹那强有力的真元之气,以保全自己的天真;像大自然一样运动不息,雄健的气魄才能与日俱增。这气魄与天地共存,与造化并行。只要真正具有这种精神,诗篇就会永葆雄健的青春。

【品读】

此段将佛家的空性体验、易理的乾健坤载与道家的存神守中相融合,驱之于力与美的领悟,虽不见顿悟超越,但表述的中国古人的普遍精神修炼之道。

绮 丽

神存富贵,始轻黄金,浓尽必枯,浅者屡深。露余山青,红杏在林,月明华屋,画桥碧阴。金樽酒满,伴客弹琴,取之自足,良殚①美襟。

【注释】

①良殚:良,很能够;殚(dān),尽。

【译文】

精神的内涵丰富而典雅,方能蔑视黄金般的炫耀。过于浓艳必然枯槁,而淡妆真率反倒是一往情深。露华滋润的山峰格外青翠,娇艳的红杏隐映在树林。华丽的屋舍须得月亮的清辉笼罩,锦绣画桥也得有碧水绿荫相衬。让金樽中斟满美酒,听丽人弹出悦耳的琴声。写出此种佳境也就自感满足,很能表现美好的胸襟。

【品读】

禅者情露于自然,意泻于恬淡。

自 然

俯拾即是,不取诸邻,俱道适往,着手成春。如逢花开,如瞻岁新,真予不夺,强得易贫。幽人空山,过水采蘋,薄言情晤,悠悠天钩①。

【注释】

①天钩:神话中天上的音乐,即"钩天广乐"。皮日休《上贞观》:"天钩鸣响亮。"

【译文】

俯身拾起就是,不必取之于左舍右邻,与"道"偕行,下笔成春。就像看到花朵开放,就像瞻视新春来临。大自然赋予的必不会夺去,勉强得来的就容易贫乏。与幽人相逢在空山之中,涉水时采起飘浮的青蘋,轻轻道出的情晤之语,就像天上的音乐一般悠清。

【品读】

禅者随性来去,随意行止,一往自然。

含 蓄

不着一字,尽得风流,语不涉难,已不堪忧。是有真宰①,

与之沉浮,如渌^②满酒,花时^③返秋。悠悠空尘,忽忽海沤^④,浅深聚散,万取一收。

【注释】

①真宰:古人以天为万物的主宰,故称真宰。

②渌:清澈。

③花时:旧俗以农历二月十五日为百花生日,号花朝节。宋吴自牧《梦粱录》一《二月望》:"仲春十五日为花朝节,……百花争望之时,最堪游赏。"

④沤:水泡。

【译文】

不用一个风流字,尽能显出风流境;语句虽不涉艰难和痛苦,而使人读来却有难忍的忧愁。这里有真正的主宰,操纵着万物的生灭沉浮,如清酒满杯(终有尽时),百花争艳的春天却预示着花枝凋零的晚秋。悠悠红尘无非是空,就像瞬息生灭的海上泡沫,无论涉世浅深、聚散离合,纵然获取再多也终被那真宰所收。

【品读】

禅者一任兴衰,不沾片境,却能静观万物沉浮聚散。

豪　放

观花匪禁^①,吞吐大荒^②,由道返气,处得以狂。天风浪浪,海山苍苍,真力弥满,万象在旁。前招三辰^③,后引凤凰,晓策六鳌^④,濯足扶桑^⑤。

【注释】

①匪禁:匪,指示代词,彼。禁,宫禁,亦指禁宫所在地都城。

②大荒:广漠的海外之域。《山海经·大荒经》说,海外有大荒之山,大荒之野。

③三辰:日、月、星。

④六鳌:中国古代神话中负载海上大山的六只巨鳌,见《列子·汤

问》。

⑤扶桑：古代神话中的一株神树，生长在太阳升起的地方。

【译文】

有"一日看尽长安花"式的豪放，有吞吐山川式的肚量。谁要是道的化身，他就能够到处自在若狂。风在空中激荡，山海一片苍茫，浑身充满自然真宰般的力量，天地万物都听凭使唤。抬头招来天上的日月星辰，背后又引来翱翔的凤凰。早上驾着巨鳌在东海上行走，洗脚在太阳升起的地方。

【品读】

禅者吞吐八荒，挥斥万物，气御列星，量周沙界。

精 神

欲返不尽，相期与来，明漪绝底，奇花初胎。青春鹦鹉，杨柳池台，碧山人来，清酒满杯。生气远出，不著死灰①，妙造自然，伊②谁与裁？

【注释】

①死灰：已熄灭的冷灰。《庄子·齐物论》："形固可使如槁木，而心固可使如死灰乎？"注："死灰槁木，取其寂寞无情耳。"

②伊：助词，无义。

【译文】

想就此返回而仍有不尽之意，只好相期于未来的日子。泛着涟漪的湖水清澈见底，奇特的花刚刚孕育出枝上的蓓蕾。芳春时节的鹦鹉，杨柳飘拂的水池和亭台，青山中有人来访，清酒斟满杯盏。勃郁的生气远远流布，丝毫也不沾染那死灰般的寂寞无情，神妙地再现自然的佳境，（又需要）谁来加以裁定？

【品读】

禅者精神参与造化，欲往复来，欲逝还返，巡礼造化之机。

缜 密

是有真迹^①,如不可知,意象欲生,造化已奇。水流花开,清露未晞^②,要路愈远^③,幽行为迟。语不欲犯^④,思不欲痴,犹春于绿,明月雪时。

【注释】

①真迹:书画者的手笔。杜甫《戏题王宰画山水图歌》:"能事不受相促迫,王宰始肯留真迹。"

②晞(xī):干,干燥。

③要路:主要的道路,这里似指重要的道理。要路愈远:意谓不要离开审美观照的直觉去另外寻觅什么重要的道理,否则会愈寻愈远。

④犯:繁琐。

【译文】

这里有书画者的真迹,仿佛其中有不可知的奥秘,意态栩栩如生,显示出造化的神奇。绿水流淌,鲜花开放,晶莹的露华也还没有消失。寻觅要路会愈寻愈远,更没有必要在黑暗中摸索。语言不可繁琐,文思也不可板滞,要像春天之于绿色,明月映照着白雪之时。

【品读】

禅者与同造化之流变而不失心之缜密,只是"此中有真意,欲辨己忘言"。

疏 野

惟性所宅,真取弗羁,拾物自富,与率为期。筑屋松下,脱帽看诗,但知旦暮,不辨何时^①。倘然适意,岂必有为,若其天放^②,如是得之。

【注释】

①何时：指什么朝代。

②天放：放任自然。《庄子·马蹄》："彼民有常性，织而衣，耕而食，是谓同德，一而不党，命曰天放。"

【译文】

惟有性情之所寄托，真正拥有而不受羁绊，取物于自然也就自感富足，总以天性真率为期望。筑屋于松树之下，脱下帽子，无拘无束地看诗，只知道日出和日落，不复辨识世间是何时。怡然自乐而志趣闲适，又何必一定要有所作为？倘若能够放任自然，如此才能得疏野之趣。

【品读】

禅者游山水之野趣，受万物之富足，不知时之流逝，不知物之移转，率性而为，一任真常，是之谓"疏野"。

清 奇

娟娟群松，下有漪流，晴雪满汀，隔溪渔舟。可人①如玉，步屧寻幽，载行载止，空碧悠悠。神出古异，淡不可收，如月之曙，如气之秋。

【注释】

①可人：心心相印的人，心爱的人。

【译文】

娟秀的松林下，淌着绿波荡漾的清流，日光映照着汀洲上的皑皑白雪，溪水那边泊着一叶渔舟。称心如意的人儿容颜似玉；穿着木屐悠闲地去寻觅幽静的去处。她走一走又停一停，伫望那山山水水空碧悠悠；神采胜过古代的高士，冲淡之气一发不可收。皎洁，像空中的明月，气爽，似山川凝翠的深秋。

【品读】

禅者志怀霜雪，气拟清秋，意随物去，情与深流。

委　曲

登彼太行，翠绕羊肠，杳霭流玉，悠悠花香。力之于时①，声之于羌，似往已回，如幽匪藏。水理漩洑，鹏风翱翔，道不自器，与之圆方。

【注释】

①力之于时：时力，弓名。力之于时，形容诗的意境之曲折深邃。

【译文】

登那太行山，绿树萦绕在羊肠小道边，袅袅雾霭流荡着玉石的气息，不时飘来清悠的花香。山路像时力弓那么弯曲，羌笛声宛转悠扬。似乎是一去不复返，然而却又已经回转；似乎是在幽暗之处，但又并没有隐藏。水的纹理是漩洄起伏，大鹏的风格是凌空翱翔，道的存在虽然无形无相，却能与万事万物融契无妨。

【品读】

禅者能于万象繁兴中体取婉转迴翔。

实　境

取语甚直，计思匪深，忽逢幽人，如见道心。晴磵之曲，碧松之阴，一客荷樵，一客听琴。情性所至，妙不自寻，遇之自天，泠然希音①。

【注释】

①泠然：微风飘动的样子。泠然希音：指性情得之于自然，如飘浮在空中的希微的声音，不知其所自来，也不知其所从往。

【译文】

遣词造句甚为直接了当，计虑思索也并不深沉，忽然遇见隐逸高士，犹如见到了微妙的道心。在阳光明丽的山磵曲折处，青松下有一片树荫,一位樵夫背着柴,一位来访者在倾听琴声。只要是惰性所至,妙境也就不用自己找寻,这性情来自天然,如飘浮在空中的希微的声音。

【品读】

禅者能化实为虚,体认物之缥缈意含。

悲　慨

大风卷水,林木为摧,意①苦若死,招憩②不来。百岁如流,富贵冷灰,大道日往,若为雄才。壮士拂剑,浩然弥哀,萧萧落叶,漏雨苍苔。

【注释】

①意:指心境。

②憩(qì):休息;安慰。《诗·召南·甘棠》:"蔽芾甘棠,勿翦勿败,召伯所憩。"

【译文】

大风卷起巨浪,林木为之摧折,在这心境悲凉的时候,邀来安慰我的人却没有到来。人生百年如同流水,过去的繁华富贵如今已化为冷灰;大道之行的时代已经过去,即使是杰出的人才也束手无策。壮士抚剑,志气浩然而更感悲哀。萧萧秋风吹着落叶纷飞,漏雨的陋室中布满青苔。

【品读】

禅者也有如凡人的一面,由富贵繁华走向萧条落寞,悲感丛生,但禅者能够超越。

形　容

绝伫灵素,少回清真,如觅水影,如写阳春。风云变态,花草精神,海之波澜,山之嶙峋。俱似大道,妙契同尘,离形得似①,庶几斯人。

208

【注释】

①离形得似:指不求形似,但求神似。

【译文】

超群地标立灵性本色,顷刻间回复清净真淳,如寻觅水中的倒影,如摹写生意盎然的阳春。风云变幻的姿态,花草的神采秀韵,大海的波浪翻滚,山峰的青石嶙峋,都是大道的显现,妙合着万事万物融契无碍的佛理。离开具体的形相而得其神似,也许就是这样的人。

【品读】

禅者游冶于物之灵韵,弃形姿如蝉蜕。

超　诣

匪神之灵,匪机之微,如将白云,清风与归。远引①若至,临之已非,少有道契,终与俗违。乱山高木,碧苔芳辉,诵之思之,其声愈稀。

【注释】

①远引:悠远地向前伸展。

【译文】

不是心神的灵妙,也不是机缘的隐微,就像乘上天上的白云,与清风相伴随。神游那遥远的地方似乎是达到了此种意境,但感受到的似乎又不是理想之境的风韵,很少有人能契悟此道,它毕竟与世俗的喜好相违。群山起伏,高树入云,青苔映碧,芳草鲜美,我歌咏和思念着它们,但这种声音却愈是稀微。

【品读】

禅者悟宇宙之神魂,契万物之机微,游冶于物而不与物同。

飘　逸

落落欲往,矫矫①不群,猴山之鹤,华顶之云。高人画中,令色絪缊②,御风蓬叶,泛彼无垠。如不可执,如将有闻,识者已领,期之愈分。

【注释】

①矫矫:矫健勇武的样子。

②絪缊:阴阳二气交感貌。

【译文】

潇洒自然地随心而往,矫健勇武不与凡俗同群,犹如猴山上的仙鹤,华山顶上的白云。隐逸高士的画中,美好的气色摩荡蒸腾。他驾着一片蓬叶,随风飘浮于碧波万顷。飘逸得不可把握,但却可以得其精神。有见识的人已经领悟,勉强追求总不会如愿称心。

【品读】

禅者不为物羁,不受情累,脱粘去缚,飘然远引。

旷　达

生者百岁,相去几何,欢乐苦短,忧愁实多。何如尊①酒,日往烟萝,花覆茅檐,疏雨相过。倒酒既尽,杖藜行过,孰不有古,南山峨峨。

【注释】

①尊:同"樽",盛酒器。《释文》:"樽,音尊,本亦作尊。"李白诗《前有尊酒行》:"春风东来忽相过,金樽渌酒生微波。"

【译文】

人生不过百年,算来又有几何!苦于欢乐的时光太短,而忧愁实在太多。何不带着一樽美酒,每日往那烟萝叠翠的去处,花朵覆盖着茅屋的草檐,疏落的雨点伴我饮酒。樽中的美酒既已喝尽,又手持杖藜从山路上走过。人生谁没有作古的一天,只有那悠悠南山依然巍峨。

【品读】

禅者参透了生死悲欢,故能放旷洒落,活在当下。

流　动

若纳水輨①,如转丸珠,夫岂可道,假体遗愚②。荒荒坤轴,悠悠天枢,载要其端,载同其符。超超神明,返返冥无,来往千载,是之谓乎!

【注释】

①水輨:水车,戽(hù)水的农具。

②"夫岂"句:自然之道,妙不可说;无形的道化为有形的物,为的是让那些愚人看的。假体:假借形体;遗:给予;愚:不能悟道的人。

【译文】

妙道如水车和圆珠那样不停地流转,它无形无体,不可言说,却假借万物为体向众人显示。面对茫茫大地,悠悠天空,人们如果能悟得道的端绪,自然也就能像道一样流转不息。道犹如超诣的神明,如同飘逸的云气,往返于空明澄净的冥无之境,千秋万载,永无止息。

【品读】

禅者契入空性之要妙,故圆转自如,如滚珠然,无粘无缚,与同万物之流衍幻变而无生无死。

桃花红　李花白①

上堂:"至道无难,唯嫌拣择。桃花红,李花白,谁道融融只一色? 燕子语,黄莺鸣,谁道关关②只一声? 不透祖师关捩子,空让山河作眼睛!"

——《续传灯录》卷二十五

【注释】

①本篇是慧勤禅师语录。

②关关:鸟叫声。

【译文】

慧勤禅师上堂时说:"至极的道理并不难领会,只是别去区分选择。可是,桃花是红的,李花是白的,谁说只是混融的一种颜色呢?燕子呢喃,黄莺鸣唱,谁说只是'咕咕'的一种声音呢?真是没穿透祖师的关键所在,徒然地把山河认作禅悟的法眼啊!"

【品读】

每一触物而超越物之具体性,走向妙用的领悟,乃入道之要妙。

般若体用

泉州承天传宗禅师①,僧问:"如何是般若体②?"师曰:"云笼碧峤③。"曰:"如何是般若用④?"师曰:"月在清池。"

——《五灯会元》卷十六

【注释】

①传宗禅师:北宋僧人,生平不详,住泉州承天寺。

②般若体:智慧的本体。般若:解脱成佛的智慧。

③峤(qiáo):此处指尖而高的山峰。

④般若用:智慧的显现。

【译文】

僧人问泉州承天寺的传宗禅师:"什么是佛家的智慧本体?"传宗禅师回答:"白云笼罩着高耸的山峰。"又问:"什么是智慧之体的显现?"禅师回答:"月亮映现在清澈的池水中。"

【品读】

月在清池而辉光四溢,如来藏随缘而遍满天地。

一片月生海　几家人上楼

桂州①寿宁善资禅师,上堂:"诸方五日一参,寿宁日日升座,莫怪重说偈言,过在西来达摩。上士②处处逢渠,后学时时蹉过。且道蹉过一著,落在甚么处?"举起拂子曰:"一片月生海,几家人上楼。"

——《五灯会元》卷十七

【注释】

①桂州:今广西桂林。

②上士:高明之士。佛经中称菩萨为上士,也称大士。

【译文】

桂林寿宁寺的善资禅师上堂说:"各方丛林每五日参谒一次,老僧我却是每天登座说法。不要怪我把偈语重复地说了又说,过错在西来的菩提达摩。高明之士随处都能悟得禅机,而后学者却常常让时光白白地流过。且说一说白白流失的一种禅悟之境是什么?"举起拂子说:"一轮明月升起在海上,几家人为赏月而登上高楼。"

【品读】

修行者千千万万,而触证者毕竟是少数。

三般见解是同是别

吉州青原惟信禅师①,上堂:"老僧三十年前未参禅②时,见山是山,见水是水。及至后来亲见知识③,有个入处,见山不是山,见水不是水。而今得个休歇处,依前见山只是山,见水只是水。大众,这三般见解是同是别?有人缁素④得出,许汝亲见老僧。"

——《五灯会元》卷十七

【注释】

①青原惟信禅师:宋代禅僧,生卒年不详,住江西吉安青原山静居寺。

　　②参禅:静心审思,探究禅法。

　　③知识:指僧人或禅师。

　　④缁素:辨识。缁:黑色。素:白色。

【译文】

　　吉州青原山惟信禅师上堂说:"老僧我三十年前没有参禅的时候,见山是水,见水是水。及至后来亲见禅师,有了一个悟入之处,见山不是山,见水不是水。如今得了一个休歇之处,依旧见山只是山,见水只是水。大众,这三种见解是相同的还是不相同的? 如果有人辨识得出,允许你一个人来面见老僧。"

【品读】

　　证悟前见山是山,见水是水,此凡俗之间,将世间万物看作实体物质;证悟时见到如来藏随缘万物的奇特景象,颠覆前见,故见山不是山,见水不是水;证悟后知如来藏只是随顺万物,不碍万物之体性,故仍见山是山,见水是水。只是此一"见"是随如来藏而行。

曲中无限花心动①

　　上堂,举赵州勘婆话②颂曰:"冰雪佳人貌最奇,常将玉笛向人吹。曲中无限花心动③,独许东君④第一枝。"

——《五灯会元》卷十九

【注释】

　　①本篇为宋代温州龙鸣寺贤禅师语录。贤禅师,生平不详。

　　②赵州勘婆话:禅宗公案,见《五灯会元》卷四,记赵州从谂禅师勘测婆子是否悟得禅机之事。

　　③花心:指春意。

　　④东君:司春之神。《全唐诗》七五九成彦雄《柳枝词》之三:"东君爱惜与先春,草泽无人草也新。"

【译文】

　　贤禅师上堂,举赵州从谂禅师勘测婆子是否悟得禅机的公案,就此发表自己的见解说:"冰雪佳人的相貌最为奇特,常常手把玉笛向人吹奏,曲调中涌动着催开花朵的无限春意,但却唯独将报道春天来临的第一枝花开许给那司春之神。"

【品读】

如来藏只向会者显现。

少妇棹孤舟　歌声逐水流

　　僧问:"如何是夺人不夺境①?"师曰:"秋风吹渭水,落叶满长安。"曰:"如何是夺境不夺人②?"师曰:"路上逢人半是僧。"曰:"如何是人境两俱夺③?"师曰:"高空有月千门照,大道无人独自行。"曰:"如何是人境俱不夺④?"师曰:"少妇棹孤舟,歌声逐水流。"

——《五灯会元》卷十九

【注释】

　　①夺人不夺境:禅宗认为,人存在着"我执"(执着于自己的看法)和"法执"(执着于外物)两种偏见,对于放弃了"法执"而没有放弃"我执"的人,要肯定其放弃"法执"的方面,批判其坚持"我执"的另一方面,这就叫"夺人不夺境"。

　　②夺境不夺人:对于放弃了"我执"却坚持"法执"的人,要肯定其放弃"我执"的方面,批判其坚持"法执"的另一方面,叫"夺境不夺人"。

　　③人境两俱夺:对于坚持"我"、"法"二执的人,要同时对这两方面都加以批判,叫"人境两俱夺"。

　　④人境俱不夺:对于完全放弃"我"、"法"二执的人,就要全部予以肯定,叫"人境俱不夺"。

【译文】

　　僧人问:"什么是夺人不夺境?"法演禅师回答:"秋风吹渭水,落叶满长安。"问:"什么是夺境不夺人?"禅师答:"路上遇到的人,一半是和尚。"问："什么是既夺人，又夺境？"禅师答："高空有月千门照，大道无人独自行。"问："什么是既不夺人，也不夺境？"禅师答："少妇在孤舟上荡着双桨，歌声随着水流荡漾。"

【品读】

夺人不夺境：摈除我执，看取如来藏任运腾腾；夺境不夺人：断除法执，体验如来藏在自身的运行；人境两俱夺，断除我法二执，看如来藏怎么运行？人境两不夺：我法二执均断，看如来藏自由随缘。

庭白牡丹　槛红芍药

安吉州道场普明慧琳禅师，福州人。上堂："有漏①笊篱，无漏②木杓。庭白牡丹，槛红芍药。因思九年面壁人③，到头不识这一著。且道作么生是这一著？"以拄杖击禅床下座。上堂："一即多，多即一。毗卢④顶上明如日。也无一，也无多，现成公案没淆讹。拈起旧来毡拍板，明时⑤共唱太平歌。"

——《五灯会元》卷十八

【注释】

①有漏：佛教将具有烦恼的人世称为有漏。

②无漏：佛教将一切能够断除三界烦恼、达到佛教修习最高境界的方法称为无漏。

③九年面壁人：指被尊为中国禅宗初祖的菩提达摩，他曾在少林寺面壁九年。

④毗卢：即"毗卢遮那"，指佛的法身。

⑤明时：政治清明的时代。

【译文】

浙江安吉有一位慧琳禅师，是福州人。上堂时说："有漏是竹编的笊篱，无漏是木制的杓子。庭院里盛开着白色的牡丹，门槛边生长着红色的芍药。由此想起那曾经在少林寺面壁九年的菩提达摩，到头来还没有达到这一境界。且说什么是这一境界?"说完用拄杖敲了一下禅床,就下座了。慧琳禅师在上堂时又说:"一即是多,多即是一,佛的法身顶上明亮似太阳。也无所谓一,也无所谓多,现成的公案没有混淆讹错。拿起往日用的毡拍板,在政治清明的时代一起唱太平之歌。"

【品读】

如来藏是佛顶明珠,时时处处应现。

诸相非相

南康军云居蓬庵德会①禅师,重庆府何氏子。上堂,举:"教中道,若见诸相非相②,即见如来③。作么生是非相底道理?佯走诈羞偷眼④觑,竹门斜掩半枝花。"

——《五灯会元》卷二十

【注释】

①德会:宋代禅师,俗姓何,重庆人,生平不详。

②诸相非相:众多事物的现象都只是幻相,而不是真实的存在。

③如来:即"真如",是万事万物的真实相,是佛教的真谛。

④偷眼:暗中窥视。杜甫《艳曲二首》:"竞将明媚色,偷眼艳阳天。"

【译文】

南康军云居寺的蓬庵德会禅师,是重庆府一个姓何的人家的儿子。他在上堂时说道:"教门中说,如果能够认识到众多事物的现象都虚幻不实,也就见到了万事万物的真实相。什么是事物现象虚幻不实的道理?假装害羞地走回家去,却在暗中窥视:斜掩的竹门后,露出她的一半身姿。"

【品读】

一切实体物质显其本相,实是如来藏处处作成。究极而论,诸相非相。

不涂红粉也风流

汀州报恩法演禅师，果州人。上堂，举俱胝竖指因缘①，师曰："佳人睡起懒梳头，把得金钗插便休。大抵还他肌骨好，不涂红粉也风流。"

——《五灯会元》卷二十

【注释】

①俱胝竖指因缘：俱胝禅师竖指的公案。唐代俱胝和尚接引学人常竖一指。

【译文】

汀州报恩寺的法演禅师，乃是果州人。上堂时，法演禅师举说了唐代俱胝和尚用竖起一只手指来接引学人的公案，然后说道："美女睡醒起床后懒得梳头，随手拿起一支金钗插上秀发也就罢休，因为她有着如花似玉的天然丽质，不用涂抹红粉也自然风流。"

【品读】

如来藏处处圆成，不需刻意涂饰。

不涂红粉自风流

侍郎李浩居士字德远，号正信。幼阅首楞严经，如游旧国，志而不忘。持案后，造明果，投诚入室。应庵①揌②其胸曰："侍郎死后，向甚处去？"公骇然汗下。庵喝出。公退参，不旬日竟跻堂奥。以偈寄同参严康朝曰："门有孙膑铺③，家存甘赘④妻。夜眠还早起，谁悟复谁迷？"庵见称善。有鬻胭脂者，亦久参应庵，颇自负。公赠之偈曰："不涂红粉自风流，往往禅

218

徒到此休。透过古今圈襆后,却来这里吃拳头。"

——《五灯会元》卷二十

【注释】

①应庵:昙华(1103—1163),宋代禅僧,俗姓江,字应庵,蕲州人,得法于圆悟克勤禅师,临济宗传人,历住虎丘、天童、归宗诸寺。

②揕(zhèn):击打。

③孙膑铺:孙膑,战国时期齐国的军事家;铺:店铺、商店。孙膑是否经商,无确考。

④甘贽:唐朝池州人,在家修行的行者,通晓禅法。

【译文】

朝廷中有一位侍郎(副部长)叫李浩,是一位在家信佛的居士,字德远,号正信。幼年时曾阅读《首楞严经》,如同游历故乡,牢记在心而不忘记。取得禄位后,前往明果,表示诚意而入其禅堂。应庵昙华禅师对着他的胸部打了一下,说:"副部长死后,向什么地方去?"李浩惊骇得直流汗,被昙华禅师吆喝出门去。李浩回去后反复参究,没过几天竟然进入了禅的境界,就写了一首偈语寄给同拜一师参禅的严康朝,说:"门口有孙膑的店铺,家里有甘贽的妻子,夜里睡觉早晨起,本来就没有觉悟和迷惑的区别。"应庵昙华禅师见到李浩的偈语后,称赞他写得好。有一个卖胭脂的人,跟应庵学习参禅很久了,他很自负。李浩赠给他一首偈语说:"天然丽质的美人不涂红粉也自然风流,往往参禅的人明白了这一点也就罢休。透过古往今来的圈套以后,何必到禅师那里去吃拳头。"

【品读】

如来藏性体本寂,因吾人无明爱染而迷,究其极致,何迷何悟?

一月普现一切水

汉州无为随庵守缘①禅师,出峡至宝峰,值峰上堂,举永嘉②曰:"一月普现一切水,一切水月一月摄。"师闻释然领悟。

住后，上堂曰："以一统万，一月普现一切水。会万归一，一切水月一月摄。展则弥纶法界，收来毫发不存。虽然收展殊途，此事本无异致。但能于根本上著得一双眼去，方见三世诸佛、历代祖师，尽从此中示现。三藏十二部、一切修多罗③，尽从此中流出。天地日月，万象森罗，尽从此中建立。三界九地，七趣四生，尽从此中出没。百千法门，无量妙义，乃至世间工巧诸技艺，尽现行此事。所以世尊拈华，迦叶便乃微笑④；达摩面壁，二祖于是安心⑤。桃华盛开，灵云疑情尽净⑥；击竹作响，香严顿忘所知。以至盘山于肉案头悟道，弥勒向鱼市里接人⑦。诚谓造次颠沛必于是，经行坐卧在其中。既有如是奇特，更有如是光辉。既有如是广大，又有如是周遍。你辈诸人，因甚么却有迷有悟？要知么，幸无偏照处，刚有不明时。"

——《五灯会元》卷二十

【注释】

①守缘：宋代禅师，俗姓史，13岁出家，号随庵，住汉州无为寺。

②永嘉：唐代永嘉玄觉禅师，著有《禅宗永嘉集》一卷、《永嘉证道歌》一卷。

③"三藏"句：三藏，佛教典籍的三大部分，即经藏、律藏、论藏。十二部，十二类体例不同的佛教经典。修多罗，修行的法门。

④"世尊"句：见本书"拈花微笑"篇。

⑤"达摩"句：见本书"少林立雪"篇。

⑥"桃华"句：见本书"见桃花悟道"篇。

⑦"弥勒"句：见本书"明州布袋和尚"篇。

【译文】

汉州无为寺的守缘禅师，出三峡来到宝峰山寺，正值宝峰禅师上堂，举《永嘉证道歌》中"一月普现一切水，一切水月一月摄"两句话，守缘听了，释然领悟。住持以后，上堂说："以一统万，天上一轮明月映现在大地上的万千江河湖泊之中。会万归一，一切江河湖泊中的月影又为天上的一轮明月所涵摄。展现出来则弥漫充满于一切对象，隐藏起来就丝毫也不存在。虽然隐显不同，但本来却没有什么差别。只要能从认识本体上着眼，才能看到三世诸佛、历代祖师，都在这本体中显现；一切佛教的经书和修行的法门，都从这中间流出；天地日月，森罗万象，都从这中间建立；俗世的三种境界、七种趣向、芸芸众生，都从这中间出没；百千种法门，无数的妙义，乃至世间的各种工艺技术，都是本体的显现和践履。所以释迦拈花，迦叶就微笑；菩提达摩在少林寺面壁，二祖神会由此而安心；桃花盛开，志勤因此悟道；敲击竹竿发出响声，香严顿时忘记了以往的知见。以至盘山在肉案头悟道，布袋和尚在鱼市中接引学人，真是所谓匆忙奔走、颠沛流离是为了它，行走坐卧都在其中。既有这样的奇特，更有这样的光辉；既有这样的广大，又有这样的普遍。你们这些人，为什么却有迷有悟？要知道吗？幸而没有偏照处就是悟，刚有不明时就是迷。"

【品读】

如来藏普应万物，收放随缘。若无无明，浊世与生命一时俱灭，佛身与清境一时显现。

声律之中有此妙诠

太白五言绝，自是天仙口语，右丞①却入禅宗。如：人闲桂花落，夜静春山空；月出惊山鸟，时鸣春涧中。木末芙蓉花，山中发红萼；涧户寂无人，纷纷开且落。读之身世两忘，万念皆寂，不谓声律之中，有此妙诠。

——《诗薮·内编下》

【注释】

①右丞：唐代诗人王维，字摩诘，官至尚书右丞，世称王右丞，笃信佛教。

【译文】

李白的五言绝句，自然是天仙一般的口吻，而王维却进入了禅宗的境界。他的五言诗，如："人闲桂花落，夜静春山空。月出惊山鸟，时鸣春涧中。"又如,"木末芙蓉花,山中发红萼。涧户寂无人,纷纷开且落。"读这样的诗,使人既忘记了自身的存在,也忘记了那纷然的世事,一切思虑都归于空寂。真没想到诗歌之中,还能表达这样神妙幽微的意旨。

【品读】

美与自由同在。

妙得禅家三昧

唐人有"鸦翻红叶夕阳动,鹭立芦花秋水明"一联,人但知其佳,而不知其所以佳。余曰:此即王摩诘"东家流水入西邻"意。夫鸦翻枫叶,而动者却是夕阳,鹭立芦花,而明者却是秋水,妙得禅家三昧①。

——《徐而庵诗话》

【注释】

①禅家三昧:指禅宗的精深微妙的道理。

【译文】

唐朝诗人有"鸦翻红叶夕阳动,鹭立芦花秋水明"这两句工于对仗的诗句,人们只知道其意境很美,却不知其何以这样美。在我看来,这就是王维(摩诘居士)之所谓"东家流水入西邻"这句诗所含有的深意的表现。乌鸦翻飞于红色的枫叶之中,动者本是乌鸦和红叶,但在诗人的笔下,动者却是夕阳;白鹭轻盈地立在芦花旁边,二者颜色不同而色彩分明,但在诗人的笔下,明者却是那澄净的秋水,真是神妙地体现了禅家的玄旨啊。

【品读】

抽身旁观,妙得如来藏。

此花不在心外①

先生②游南镇,一友指岩中花树问曰:"天下无心外之物,如此花树在深山中自开自落,于我心亦何相关?"先生曰:"你未看此花时,此花与汝心同归于寂;你来看此花时,则此花颜色一时明白起来,便知此花不在你的心外。"

——《传习录》下

【注释】

①本篇是王阳明的弟子记录的王阳明的言论,王阳明学说深受禅宗影响,被正统儒家称为"禅学"。本篇反映了禅宗的审美观,故予以收录。

②先生:指明代心学家王阳明。

【译文】

阳明先生偕友人游南镇,一位友人指着山岩中树上盛开的花朵,问道:"这些树上的花在深山中自开自落,与我的心灵又有什么相关连?"阳明先生回答说:"你没有看到这些花的时候,这些花和你的心都同归于空寂;你来看这些花的时候,在这一瞬间花的颜色就显现了出来,由此便知道这些花不在你的心外。——你对于花的美的感知是倚赖于你的眼睛和心灵的。"

【品读】

吾人所见外物,实是内相分,故花之鲜艳,实是心之显现。

自由境界

无人缚汝　即是解脱

（僧璨①）大集群品，普雨正法。会中有一沙弥②，年始十四，名道信，来礼师，而问师曰："如何是佛心?"师答曰："汝今是什么心?"对曰："我今无心。"师曰："汝既无心，佛岂有心耶?"又问："唯愿和尚教某甲③解脱法门④。"师云："谁人缚汝?"对曰："无人缚。"师云："既无人缚汝，即是解脱，何须更求解脱?"道信言下大悟。

——《祖堂集》卷二

【注释】

①僧璨（?—606）：相传为中国禅宗第三代祖师。

②沙弥：7岁以上20岁以下受过十戒（佛教部分戒律）的出家男子。

③某甲：自称代词，相当于"我"。

④解脱法门：摆脱烦恼业障的系缚而获得自由自在的佛法门径。

【译文】

僧璨召集各种品级的僧众，像上天普降甘霖一般向他们宣讲佛法。法会中有一个小和尚，才14岁，名叫道信，走上前来礼拜僧璨禅师，并问禅师说："什么是佛心?"禅师反问："你如今是什么心?"小和尚说："我如今无心。"禅师说："既然你没有心，难道佛就有心吗?"小和尚又说："请求和尚教给我获得解脱的方法。"禅师问："谁束缚着你?"小和尚说："没有谁束缚我。"禅师说："既然没有人束缚你，这便是解脱，何须再求解脱?"道信立即大悟。

【品读】

如来藏无缚无脱，谈何解缚！

天子来呼不上船

贞观①癸卯岁，太宗向师②道味，欲瞻风彩，诏赴京。祖上表逊谢，前后三返，竟以疾辞。第四度命使曰："如果不起，即取首来。"使至山谕旨，祖乃引颈就刃，神色俨然。使异之，回以状闻。帝弥加钦慕，就赐珍缯，以遂其志。迄高宗永徽辛亥岁闰九月四日，忽垂诫门人曰："一切诸法，悉皆解脱。汝等各自护念，流化未来。"言讫安坐而逝。

——《五灯会元》卷一

【注释】
　　①贞观：唐太宗李世民的年号。
　　②师：中国禅宗四祖道信禅师。

【译文】
　　贞观癸卯(公元643年)，唐太宗向往道信大师的禅风，想一睹其风采，便下诏请他进京。道信上书委婉地予以拒绝，使者前后三次往返于长安与蕲春破头山之间，道信禅师还是以生病为理由不肯应召。到第四次，唐太宗对使者说："如果再不肯来，就取下他的头来。"使者到山上宣布了唐太宗的谕旨，道信禅师就伸着脖颈让使者用刀砍，神色庄严。使者十分惊异，回到长安把此情状向唐太宗报告。唐太宗对道信更加钦佩仰慕，于是就赐给他一些珍贵的丝织品，(不再强迫他进京)以遂其志向。到了唐高宗永徽二年辛亥(651年)闰九月初四，道信突然告诫门徒说："所有的各种佛理和修行法门，都是为了解脱。你们各自善加护持、记在心中，传播教化于未来。"说完就安坐而逝了。

【品读】
　　禅者游于真玄，无惧生死。

依而行之,是加系缚

有僧举卧轮禅师偈曰:"卧轮有伎俩①,能断百思想。对境心不起,菩提日日长。"师②闻之曰:"此偈未明心地,若依而行之,是加系缚。"因示一偈曰:"惠能没伎俩,不断百思想。对境③心数起,菩提作么长。"

——《坛经》

【注释】

①伎俩:技能。

②师:指慧能禅师。

③境:佛家把眼、耳、鼻、舌、身、意六识所感觉、认识的对象称为"境"。

【译文】

有僧人举卧轮禅师的偈语说:"卧轮有伎俩,能够断绝各种思想,对着外界的事物毫不动心,内心的觉悟日日增长。"慧能禅师听到了,说:"这一偈语并没有说明人心的妙用,如果依此而行,是给人增加束缚。"因此,他也给僧人念了一首他作的偈语,说:"慧能没有伎俩,不能断绝各种思想,对着外界的事物屡屡动心,内心既已觉悟又何必再去增长。"

【品读】

祖扫除有形之道,直驱顿超。

惺惺直言惺惺

鱼军容问忠国师①,曰:"师住白崖山,十二时中,如何修道?"师唤童子来摩顶曰:"惺惺②直言惺惺,历历③直言历历,以后莫受人谩^④。"

——《五灯会元》卷二

【注释】

①忠国师：即南阳慧忠禅师。

②惺惺：清醒。

③历历：(物体或景象)一个一个清清楚楚的。

④谩(mán)：欺骗，蒙蔽。

【译文】

　　鱼军容问慧忠禅师说："老师您住在白崖山，每天十二个时辰当中，是怎样修道的?"慧忠就喊了一个童子来，抚摸着他的头顶说："若是清醒就直说自己清醒，若是明白就直说自己明白，以后不要受人欺骗。"

【品读】

　　大道直接触证，不容丝毫分别折转。

如何是解脱

　　僧问："如何是解脱?"师^①曰："谁缚汝?"又问："如何是净土?"师曰："谁垢汝?"问："如何是涅槃^②?"师曰："谁将生死与汝?"

——《景德传灯录》卷十四

【注释】

①师：指石头希迁禅师。

②涅槃：梵语音译词，指超越生死轮回的觉悟境界。此外，僧人逝世亦称涅槃。

【译文】

　　僧人问："什么是解脱?"希迁禅师说："谁束缚你?"问，"什么是净土?"禅师说："谁污染你?"僧人又问："什么是涅槃?"禅师说："谁把生死给你?"

【品读】

如来藏非缚非脱,非净非垢,非生非死。

长空不碍白云飞

道悟问:"如何是佛法大意?"师①曰:"不得,不知。"悟曰:"向上②更有转处③也无?"师曰:"长空不碍白云飞。"

——《五灯会元》卷五

【注释】

①师:指石头希迁禅师。

②向上:即所谓"向上一路",指禅法的至极微妙之处。

③转处:一作"转语",佛教以"转法轮"来比喻演说佛法,"转处"亦指对佛法的讲说。

【译文】

道悟问:"什么是佛法的主要意旨?"希迁禅师回答:"不明白,不知道。"道悟又问:"禅法的至极微妙之处还有没有什么可以讲说的呢?"希迁禅师回答:"长空不碍白云飞。"

【品读】

万物无碍如来藏任运自由。

无碍是道①

一问:"如何是道?何以修之?为复必须修成,为复不假功用?"答:"无碍是道,觉妄是修。道虽本圆,妄起为累。妄念都尽,即是修成。"

——《五灯会元》卷二

【注释】

①本篇是宗密禅师语录,答史山人十问之一。宗密(780—841),果

州西充(今四川西充)人,家本豪富,少年时习儒,二十八岁出家,住终南山圭峰。

【译文】

一问:"什么是道?怎样修习?是必须修习才能成功呢,还是根本就无须用功?"宗密禅师回答:"没有障碍是道,觉察到虚实就是修习。道虽然本来圆成,但因妄念产生而受到妨碍。妄念全都除尽,就是修习成功。"

【品读】

染尽净现,妄尽真出,是乃修道。

我今独自在

师①临行又问云岩②:"和尚百年后,忽有人问:还邈得师真否?如何祇对?"岩曰:"但向伊③道:只这是。"师良久,岩曰:"价阇黎,承当个事大须审细。"后因过水睹影,大悟前旨,因有偈曰:"切忌从他觅,迢迢与我疏。我今独自在,处处得逢渠"。渠今正是我,我今不是渠。应须与么会,方始契如如。"

——《洞山语录》

【注释】

①师:指良价禅师,良价(807—869),俗姓俞,会稽(今浙江绍兴)人,得法于云岩昙晟禅师,住筠州(今江西高安一带)洞山,为中国禅宗五大宗派之一曹洞宗的创始人。

②云岩:指昙晟禅师。昙晟(782—841),俗姓王,建昌(今江西奉新)人,参药山惟俨禅师而得法,住潭州攸县(今湖南攸县)云岩山。

③伊:第三人称代词,他。

④渠:第三人称代词,他。

【译文】

良价临走时又问云岩禅师:"和尚百年后,忽然有人问:还能画出和尚的肖像吗？该怎样回答？"云岩禅师回答："只要向他说：这就是。"良价默然无语，云岩说："良价和尚啊，承当这件事情时务必特别审慎仔细。"后来良价过河时看到水中自己的身影，才彻底领悟了云岩的意旨，于是就作了一首偈语："切忌从他人身上寻觅，这样做和我隔得太远，我如今独个儿自由自在，什么地方都能够遇到他。他如今正是我，我如今不是他。应该这样领会，才契合万物一如、心印相传之理。"

【品读】

如来藏随个人知见显现独特的个体性，故祖师形貌，哪容描画！

识取金刚眼睛

师①云："是诸人见有险恶，见有大虫刀剑诸事逼汝身命，便生无限怕怖。如似什么？恰如世间画师一般，自画地狱变相②，作大虫刀剑了，好好地看了，却自生怕怖。汝今诸人亦复如是，百般见有，是汝自幻出自生怕怖，亦不是别人与汝为过。汝今欲觉此幻惑么？但识取汝金刚眼睛③。若识得，不曾教汝有纤尘可得露现，何处更有虎狼刀剑解胁吓得汝？直至释迦如此伎俩，亦觅出头处不得。所以我向汝道，沙门眼④把定世界，函盖乾坤，不漏丝发。何处更有一物为汝知见？知么？如是出脱，如是奇特，何不究取？"

——《景德传灯录》卷十八

【注释】

①师：指师备禅师。

②变相：表现经文中的变幻怪异之事的佛教绘画。

③金刚眼睛：又称"佛眼"、"法眼"、"沙门眼"，指禅悟者的智慧之眼。

④沙门眼：见注释③。

【译文】

师备禅师说："各位看见有险恶，看见老虎、刀剑等等威胁你的生命,就产生了无限恐怖。这像什么? 就像是世间画师一样,自己画出地狱,画出老虎和刀剑,认真地看了,却又自生恐怖。如今你们各位也是如此,把什么都看成真实存在,其实是你自己产生幻觉,又因此而恐怖,并不是别人给你造成过错。现在你想澄清这种幻觉和迷惑吗? 只须认识你自己的金刚眼睛。如果认识到了,就知道世间什么事物都不是真实存在,哪里有什么虎狼刀剑能够威胁你? 纵然是释迦牟尼,如果像你们那样,他也不能觉悟。所以,我告诉你们,金刚眼睛能掌握世界,包容乾坤,一丝一毫也不遗漏。除此之外,哪里还有什么东西被你知觉看见? 知道了吗? 如此超脱,如此奇特,为什么不去探索呢?"

【品读】

万象皆幻,实是如来藏显现,究其实质,本无一物。

竹密岂妨流水过

唐天复①中南谒乐普安禅师②,师器之,容其入室,仍典园务,力营众事。有僧辞乐普,乐普曰:"四面是山,阇黎向什么处去?"僧无对。乐普曰:"限汝十日内下语,得中即从汝发去。"其僧冥搜,久之无语。因经行偶入园中,师③怪问曰:"上座岂不是辞去,今何在此?"僧具陈所以,坚请代语。师不得已,代曰:"竹密岂妨流水过,山高哪碍野云飞?"其僧喜踊,师嘱之曰:"祇对和尚,不须言是善静语也。"僧遂白乐普。乐普曰:"谁下此语?"曰:"某甲。"乐普曰:"非汝之语。"其僧具言园头④所教。乐普至晚上堂谓众曰:"莫轻园头,他日住一城隍,五百人常随也。"

——《景德传灯录》卷二十

【注释】

①天复:唐昭宗年号(901—904)。

②乐普安禅师:元安禅师,住湖南乐普山。

③师：指善静禅师。善静(858—946)，俗姓王，京兆（今西安）人，二十七岁弃官出家，后参谒乐普元安禅师而得法，住持京兆永安禅院。

④园头：管理菜园的僧人。

【译文】

唐朝天复年间，善静往南方参谒乐普元安禅师，元安很器重他，收为入室弟子，并让他到菜园去当园头。善静努力地为众人做事。有个僧人打算辞别元安，元安问："四面是山，你往哪儿去？"僧人无法应对，元安禅师说："限你在十天之内做出答语，如契中旨意，就任随你离去。"那僧人苦思冥索，一直想不出答语。有一天散步时，无意中走进菜园，善静惊讶地问："上座不是告辞离去了吗？怎么如今还在这里？"僧人就把没走成的原因告诉了他，并且一定要他代拟答语。善静不得已，只好为僧人代拟道："竹密岂妨流水过，山高哪碍野云飞。"那僧人高兴得跳起来，善静叮嘱他说："应对和尚时，不要说是我的话。"僧人就去答复元安禅师。元安问："谁拟的答语？"僧人答："我自己。"元安说："不是你的话。"那僧人只好把园头代拟的事都说了出来。晚间上堂时，元安对大众说："不要小看园头，将来住持城中寺院，会有五百人经常跟随他哩。"

【品读】

竹密岂妨流水过，万物不碍如来藏。

要行即行 要坐即坐

问："寂寂无依时如何？"师①曰："未是衲僧分上事。"问："什么是衲僧分上事？"师曰："要行即行，要坐即坐。"

——《五灯会元》卷九

【注释】

①师：指继彻禅师。继彻，约十世纪上半叶前后在世，得法于芭蕉慧清禅师，住郢州（今湖北钟祥、京山一带）芭蕉山，又曾住过林溪，故有林溪之法号。

【译文】

　　僧人问:"一片空寂,无所依傍,怎样呢?"继彻禅师回答:"不是禅师分上的事。"僧人又问:"什么是禅僧分上的事?"禅师答:"要行就行,要坐就坐。"

【品读】

　　如来藏一切随缘,不碍吾人行住坐卧。

律身非真解脱

　　漳州罗汉院桂琛禅师,常山人也,姓李氏,为童儿时日一素食,出言有异。既冠①,辞亲事本府万岁寺无相大师,披削登戒学毗尼。一日为众升台宣戒本②布萨③已,乃曰:"持犯但律身而已,非真解脱也。依文作解,岂发圣乎?"于是访南宗。

　　　　　　　　　　　　　　——《景德传灯录》卷二十一

【注释】

　　①既冠:成年后。

　　②戒本:戒律之根本,指戒律的主要精神和重要条文。

　　③布萨:梵语,有三义:出家僧尼每半月集会一次,专诵戒律,谓能长养善法;在家信徒每月六天实行八斋戒,谓能增长善法;信徒忏悔罪过,断恶长善。

【译文】

　　漳州罗汉院的桂琛禅师是常山人,俗姓李,小时候每天只吃一餐素食,说出的话也有些怪异。成年后,辞别父母,师事本府万岁寺无相大师,穿上僧衣,剃去头发,登坛受戒,学习律法。有一天登上高台为僧众宣讲戒律条规结束后,桂琛想:"持戒只是约束身心而已,并不是真正的解脱。依随文字作解释,又怎能产生圣人的智慧呢?"于是便离开万岁寺,去访问南方的禅宗寺院。

【品读】

　　戒律是有相之物,如来藏戒律本具,随心所欲不逾矩。

大千沙界内　一个自由身

问:"即心是佛即不问,非心非佛事如何?"师①曰:"昨日有僧问,老僧不对。"曰:"未审与即心即佛相去多少?"师曰:"近则千里万里,远则不隔丝毫。"曰:"忽被学人截断两头,归家稳坐,又怎么生?"师曰:"尔家在什么处?"曰:"大千沙界②内,一个自由身。"师曰:"未到家在③,更道。"曰:"学人到这里,直得东西不辨,南北不分去也。"师曰:"未为分外。"

——《续传灯录》卷二十五

【注释】

①师:指慧勤禅师。
②沙界:恒河沙数世界,意为无数个世界。
③在:句尾助词,相当于"呢"。

【译文】

僧人问:"心就是佛暂且不问,非心非佛是什么意思?"慧勤禅师说:"昨天就有人问过这个问题,老僧没有回答。"僧人问:"不知'非心非佛'与'即心是佛'有多少差别?"禅师答:"说近就离开千里万里,说远就不隔一丝一毫。"僧人问:"如果被学人截断远近两头,回家稳坐,又怎么样呢?"禅师就问:"你的家在什么地方?"僧人回答:"大千世界内,一个自由身。"禅师说:"还没到家哩,再说说。"僧人说:"到了这个地步,学人弄得东西不辨、南北不分啦。"禅师说:"并不过分。"

【品读】

如来藏含摄万有,何辨东西!

破斋犯戒

问:"如何是灵泉境?"师曰:"枯椿花烂漫。"曰:"如何是境

234

中人?"师曰:"子规啼断后,花落布墀前。"问:"如何是沙门行?"师曰:"恰似个屠儿。"曰:"如何行履?"师曰:"破斋犯戒。"

——《五灯会元》卷十三

【注释】

①师:指五代禅僧归仁禅师。

【译文】

问:"什么是灵泉境?"归仁禅师回答:"枯木逢春,鲜花烂漫。"问:"什么是境中人?"禅师回答:"子规鸟啼过之后,落花布满了阶前。"问:"什么是僧人的德行?"禅师答:"恰似一个屠夫。"问:"怎样付诸行动?"禅师答:"破斋犯戒。"

【品读】

如来藏不拒善恶美丑,故破斋犯戒,如来藏照样随缘。

大海从鱼跃　长空任鸟飞

问:"如何是学人自己?"师①曰:"是我自己。"曰:"为什么却是和尚自己?"师曰:"是汝自己?"问:"如何是大随一面事?"师曰:"东西南北。"问:"佛法遍在一切处,教学人向什么处驻足?"师曰:"大海从鱼跃,长空任鸟飞。②"

——《五灯会元》卷四

【注释】

①师:指大随法真禅师。法真(878—963),五代禅僧,俗姓王,梓州(治今四川三台)人,参沩山灵祐禅师而悟道,遂为沩仰宗传人,住四川大随山木禅庵。

②据《酉阳杂俎·玄览》有题竹上诗曰:"欲知吾道廓,不与物情违;大海从鱼跃,长空任鸟飞。"此诗《全唐诗》失收,三四句广为传诵,故法真禅师引说之。

【译文】

　　僧人问:"什么是学人自己?"法真禅师回答:"就是我自己。"问:"为什么却是你自己呢?"禅师说:"是你自己吗?"僧人又问:"什么是大随方面的事?"禅师答:"东西南北。"问:"佛法普现于一切地方,教学人向什么地方立足?"禅师说:"大海听任鱼跳跃,长空任凭鸟飞翔。"

【品读】

　　八万四千法门,法法均从吾人个体性下手。

向上关捩①

　　上堂云:"当阳有路,祖佛共知。觌面②相呈,见闻不隔。万象不能藏覆,千圣无以等阶。活泼泼,绝承当;净裸裸,无回互。直饶棒如雨点,喝似奔雷③,犹未动着向关捩④在。如何是向上关捩?瞎却诸圣眼,哑却山僧口。日午打三更,面南看北斗。"下座。

——《佛果语录》卷一

【注释】

　　①本篇是克勤禅师语录。

　　②觌(dí)面:见面;当面。

　　③棒如雨点,喝似奔雷:形容机锋之迅疾。按,棒打和吆喝是临济宗用以示机、接引学人的常见手段。

　　④向上关捩:指禅宗至极玄妙的关键之处。

【译文】

　　克勤禅师上堂说:"有条路明明白白,祖和佛全都知道。相见时当面出示,见与闻没有障碍。万物不能将它遮盖,千圣无法和它并肩。活泼泼地,无须承当;净裸裸地,没有纠缠。即使棒打如雨点,吆喝似奔雷,仍然没有触动向上的关键。什么是向上的关键?瞎了诸圣的眼,哑了山僧的口。中午敲鼓报三更,面向南天看北斗。"说完,便下座了。

如来藏非眼非言,无视无说,但会得午敲三更鼓,许你跳脱轮回。

不用无绳而自缚①

尝示众曰:"上士听法以神,中士听法以心,下士听法以耳。且道更有一人来将什么听?"乃拈拄杖卓禅床一下曰:"高也着,低也着,落落圆音遍寥廓。十方内外更无他,不用无绳而自缚。"

——《续传灯录》卷十四

【注释】

①本篇是善本禅师语录。善本(1035—1109),俗姓董,颍州(今安徽阜阳一带)人。嗣法于慧林宗本禅师,曾应宋帝之诏住持东京法云寺,系云门宗第七世重要传人。

【译文】

善本禅师曾对众僧说:"上等根器的人用神听法,中等的用心听法,下等的用耳听法。你们说,此外还有一个人用什么听法?"说到这里,禅师提起拄杖,敲击了一下禅座,继续说:"高处也有,低处也有,清冷的圆妙之音遍布宇宙。十方内外,其他的什么也没有;没有绳索,不用自己束缚自己。"

【品读】

如来藏本自解脱,吾人分别思维,作茧自缚。

脱却笼头　卸却角駄

苏州洞庭翠峰慧月禅师①,僧问:"一花开五叶,结果自然成②时如何?"师曰:"脱却笼头,卸却角駄③。"曰:"拶④出虚空

237

去,处处尽闻香。"师曰:"云愁闻鬼哭,雪压髑髅吟。"问:"和尚未见谷隐⑤时一句作么生道?"师曰:"步步登山远。"曰:"见后如何?"师曰:"驱驱信马蹄。"

——《五灯会元》卷二十

【注释】

　　①慧月:北宋禅僧,十一世纪上半叶前后在世,得法于谷隐蕴聪禅师,住苏州洞庭山翠峰。

　　②一花开五叶,结果自然成:据《五灯会元》卷一,菩提达摩曾作偈诗:"吾本来兹土,传法救迷情。一花开五叶,结果自然成。"一般认为,"一花"指达摩所传禅法,"五叶"指禅宗鼎盛时期先后产生的沩仰、临济、曹洞、云门、法眼五家宗派。

　　③角驮:马鞍。

　　④拶(zá):逼,挤。

　　⑤谷隐:即谷隐蕴聪禅师,慧月的老师。

【译文】

　　苏州洞庭山翠峰住着一位慧月禅师。僧人问他:"一花开五叶,结果自然成的时候怎么样呢?"慧月禅师回答:"脱掉笼头,卸去鞍子。"僧人说:"挤出虚空去,处处尽闻香。"禅师说:"云愁听鬼哭,雪压髑髅吟。"僧人接着问:"和尚没有见到谷隐禅师时的一句话怎么说?"禅师回答:"步步登山,顶峰遥远。"又问:"见到之后怎样呢?"禅师答:"马蹄声声,任意奔驰。"

【品读】

　　迷时处处受缚,悟时自由任运。

莫向如来行处来

　　(可真禅师)上堂:"先德道:此事如爆龟文①,爆即成兆,不爆成钝;爆于不爆,直下便捏。上蓝②即不然,无固无必。虚空走马,旱地行船。南山起云,北山下雨。"遂拈拄杖曰:"拄杖子变作天大将军,巡历四天下。有守节不守节,有戒行无戒行,一时奏与天帝释。"乃喝一喝,曰:"丈夫自有冲天志,莫向如来行处来!"卓一下。

——《五灯会元》卷十二

【注释】

①爆龟文:指烧灼龟板占卜,灼出的裂纹称为兆。

②上蓝:可真禅师所住寺院,也是他的法号。

【译文】

可真禅师上堂说:"先师曾经说过:这件事如同占卜人灼爆龟板,爆裂就成了兆纹,不爆裂就是钝板;在将爆未爆的一瞬间,迅疾地捏持住它。我却不是这样,无需固定程式。虚空中可走马,旱地上可行船。南山起云,却在北山下雨。"讲到这里,可真禅师将拄杖提起,接着说:"拄杖子变作天神大将军,巡视四方天下。守节操的不守节操的,有戒行的没有戒行的,一齐报告给天上的帝释。"禅师吃喝一声又说:"大丈夫自有冲天志向,别去走如来走过的路!"说罢敲击了一下拄杖。

【品读】

如来藏须从各人个体性而得到领悟。

宾主互显　杀活自由

襄州石门清凉法真禅师,剑门人也。上堂:"柳色含烟,春光迥秀。一峰孤峻,万卉争芳。白云淡泞①已无心,满目青山元不动。渔翁垂钓,一溪寒雪未曾消。野渡无人,万古碧潭清似镜。宾中有主②,拄杖横挑日月轮。主中有宾,踏破草鞋赤脚走。直得宾主互显③,杀活自由④。理事混融,正偏不滞。入荒田不拣,信手拈来草。且道如何委悉⑤?尘中虽有隐身术,争似全身入帝乡⑥。"

——《五灯会元》卷十四

【注释】

①淡泞：形容水色明净。

②宾中有主：宾，指学人或心存执著、痴迷未悟者；主，指禅师或心地清净、法眼明亮的禅悟者；宾与主是临济宗接引学人、较量机锋的设施。

③宾主互显：宾和主本是相对待的，但从禅宗总体观照、总体把握的眼光来看，无任何区别和对立，因此宾即是主，主即是宾，互相呈现。

④杀活自由：或而斩断分别妄想，或而复活灵觉真性，机锋的运用灵活自由。

⑤委悉：知道。

⑥帝乡：神话中天帝居住的地方。《庄子·天地》："千岁厌世，去而上仙，乘彼白云，至于帝乡。"

【译文】

襄州石门山清凉寺有一位法真禅师，是剑门人。上堂时说："柳色含着翠绿的烟霭，春光普现秀丽的山河。一峰孤峻耸入去声宵，万卉争芳姹紫嫣红。白云无心而映现在明净的水中，满目青山原本不动（却春意盎然）。渔翁垂钓，溪边的寒雪尚未消融；野渡无人，万古碧潭澄清如镜。宾中有主，禅师的柱杖上挑着日月，主中有宾，穿破了草鞋就赤脚行。一直到宾主互相显示，斩断分别妄想，复活灵觉真性，机锋地应对灵活自由。到此之时，禅理与日用之事混融无碍，没有执著所以正与偏也就不相凝滞。譬如进入荒芜的田地无可拣择，随手拈来一茎草。且说怎么理解？尘世中虽然有隐身之术，哪里比得上进入天帝居住的地方。"

【品读】

在佛教哲学里，没有主客双方主宰与奴役的二元对立法，取消对待，一切圆融。

任从三尺雪　难压寸灵松①

上堂："孤村陋店，莫挂瓶钵。祖佛玄关，横身直过。早是苏秦触塞,求路难回②;项主临江,何逃困命③?诸禅德到这里,进则落于天魔④,退则沉于鬼趣⑤,不进不退,正在死水中。诸仁者,作么生得平稳去?"良久曰:"任从三尺雪,难压寸灵松。"

——《五灯会元》卷十四

【注释】

①本篇是北宋禅师义青语录。

②苏秦触塞,求路难回:苏秦,战国时期的外交家,早年游说秦王不被接纳,曾陷于贫困窘迫。

③"项主"句:项主,即楚汉相争中的西楚霸王项羽,被汉军围于垓下,突围至乌江,自刎而死。

④天魔:佛教神话中的障碍修道的魔王。

⑤鬼趣:佛经所说的"六道"(六趣)之一,即饿鬼道,也称饿鬼趣。

【译文】

义青禅师上堂说:"孤村陋店,别在那儿挂钵停留。佛祖的玄妙关隘,当下飞身而过。尽管如此,已是如同苏秦游说碰壁,难以返回家园;项羽来到乌江,怎逃穷途之命?诸位禅僧来到这里,如果前进就落在天魔之手,如果后退就陷入饿鬼之道,如果不进不退,恰又沉溺在死水之中。诸位,怎么才能得到安稳呢?"沉默了一会儿,接着说:"任凭你三尺大雪,压不住一寸灵松。"

【品读】

有心进取,落天魔之狂乱;有心退守,落鬼趣之幽沉;不进不退,又落无记。要在宽缓舒徐中衔而不舍。

不可屈节下气于人

师①初偕天童交禅师问道,盟曰:"他日吾二人,宜踞孤峰绝顶,目视霄汉,为世外之人,不可作今时籍名官府,屈节②下气于人者。"后交爽盟③至,则师竟不接。

——《五灯会元》卷十八

【注释】

①师：知和禅师，《五灯会元》称"知和庵主"，宋代禅僧。

②屈节：古代使臣出使时持符节以作凭信，屈节即表示投顺。屈：弯曲，摧折。

③爽盟：违背盟约。

【译文】

知和禅师早年与天童交禅师一起寻师问道，二人共同立下盟誓说："以后我们二人应坐在孤峰绝顶，目视云天霄汉，做俗世之外的人，不可以做当今社会那种籍名官府、投顺权势而低声下气的人。"后来交禅师违背了盟约，来见知和禅师，知和就拒不相见。

【品读】

禅者俯仰太虚，与万物为友，绝不屈节于世俗权贵。

临济用处

演迁五祖，师执寺务。方建东厨，当庭有嘉树，演曰："树子纵碍，不可伐。"师伐之。演震怒，举杖逐师。师走避，忽猛省曰："此临济用处①也！"遂接其杖曰："老贼，我识得你也！"演大笑而去。自尔命分座说法。

——《佛祖历代通载》卷三十

【注释】

①临济用处：临济义玄禅师以及临济宗的其他宗师接引学人，往往机锋峻烈，常用棒打、吆喝的方法。

【译文】

法演禅师迁住黄梅五祖山，克勤负责管理寺中事务。当时正在反搭建厨房，庭院中有棵树长得很茂盛，法演说："这棵树虽有妨碍，但别砍掉。"克勤听了这话，就偏是去把树砍倒了。法演震怒，举着拄杖追打克勤。克勤在逃跑躲避时，猛然省悟到：这正是临济的手段啊！于是回头接住法演的拄杖,大叫道:"老贼,我认识你啦!"法演大笑着走开了。从此以后,法演就让克勤另设禅座,演说佛法。

【品读】

禅者机锋不思议,震怒棒喝皆是用。

优游性海　笑傲烟波

隆兴府①泐潭②择明禅师,上堂,举赵州③访茱萸④探水因缘,师曰:"赵老云收山岳露,茱萸雨过竹风清。谁家别馆池塘里,一对鸳鸯画不成。"又举德山⑤托钵话。师曰:"从来家富小儿娇,偏向江头弄画桡。引得老爷把不住,又来船上助歌谣。"上堂:"永嘉⑥道:一月普现一切水,一切水月一月摄。"竖起拂子云:"看!看!千江竞注,万派争流。若也素善行舟,便谙水脉,可以优游性海⑦,笑傲烟波。其或未然,且归林下坐,更待月明时。"

——《五灯会九》卷十九

【注释】

①隆兴府:宋隆兴年间改洪州为隆兴府,府治即今南昌市。

②泐(lè)潭:在江西高安市洞山,禅宗曹洞宗发祥地。

③赵州:唐代禅僧从谂。

④茱萸:唐代禅师。

⑤德山:唐代禅师宣鉴。

⑥永嘉:唐代禅师玄觉。

⑦性海:佛教指真如(智慧)的理性,深广如海。唐朝敬播《大唐西域记序》:"廓群疑于性海,启妙觉于迷津。"

【译文】

隆兴府泐潭择明禅师上堂,举说赵州从谂禅师访问茱萸禅师时的一段探水因缘,说道:"从谂禅师卷起云彩露出山岳,茱萸禅师下过雨后竹风清凉,(可惜这场风雨啊,却使得)谁家别馆池塘里,一对鸳鸯画不成。"又举说德山宣鉴禅师托钵化缘的事,说道:"从来家富小儿娇惯,偏偏来到江边的画舫上来拨弄船桨,引得老爷也把握不住自己,也来到船上唱歌助兴。"择明禅师上堂时又说:"永嘉玄觉禅师说,天上的一轮明月映现在一切水中,一切水中的月影皆为一轮明月所涵摄。"竖起拂子说:"看!看!千江竞注,万派争流。如果是向来善于行船的人,便熟悉水路,可以在智慧的海洋中优游自得,含笑傲视那水上的烟波。如果还做不到,且先回到树林间坐下,再等到一轮明月升起之时。"

【品读】

禅者觑破迷境,悠游万物。

跳得出是好手

出世后,僧问:"如何是禅?"师^①曰:"入笼入槛^②。"僧拊掌,师曰:"跳得出是好手。"僧拟议,师曰:"了。"

——《五灯会元》卷十六

【注释】

①师:指北宋禅师重元。

②槛:木制的囚笼。禅宗要求解除一切执缚,所以把禅也看作是囚笼。

【译文】

重元禅师住持寺院后,有僧人问:"什么是禅?"重元禅师回答:"进入囚笼。"僧人拍掌表示赞同,没想到禅师又接着说:"跳得出来的是好手。"僧人对这句话一时不能理解,低头沉思,禅师说:"了结啦。"

【品读】

有心参禅,也是一缚。跳出禅境,方得自由。